U0105681

系统论视野下
城市突发公共事件的生成、演化与控制

沈一兵 著

科学出版社

北 京

内 容 简 介

全书以城市为时空坐标体系，以“城市应急控制系统”为研究对象，根据系统论的思维方式重点剖析“应急控制系统”中两个重要组成部分——“司控系统”（政府应急管理系统）和“受控对象”（突发公共事件），分析它们的静态结构、动态运行、环境互动，以及两者之间是如何进行控制与被控制、控制与反馈、控制与反控制的互动过程，从而以一种系统论的新视野来诠释城市应急管理的研究。它将系统论的思想与危机管理的理论有机结合在一起，针对突发公共事件的不同扩散形式，抽象出了不同类型的控制方式，对实际的应急管理工作有着重要的指导作用。

本书既是一本专著，又是一本教材，适合高等院校从事危机管理、应急管理研究的本科生、研究生学习、使用，也可供相关专业的研究生、应急管理的工作者以及对危机管理有兴趣的人士参考。

图书在版编目(CIP)数据

系统论视野下城市突发公共事件的生成、演化与控制/沈一兵著. —北京：科学出版社，2011
ISBN 978-7-03-029825-6

Ⅰ. ①系… Ⅱ. ①沈… Ⅲ. ①城市–紧急事件–公共管理–研究–中国 Ⅳ. ①D63

中国版本图书馆 CIP 数据核字(2010)第 253095 号

责任编辑：张 震 李娅婷/责任校对：陈玉凤

责任印制：钱玉芬/封面设计：无极书装

科学出版社出版
北京东黄城根北街 16 号
邮政编码：100717
http://www.sciencep.com
骏杰印刷厂印刷
科学出版社编务公司排版制作
科学出版社发行 各地新华书店经销
*
2011 年 1 月第 一 版 开本：B5（720 × 1000）
2011 年 1 月第一次印刷 印张：14
印数：1—2 000 字数：277 000

定价：49.00 元

（如有印装质量问题，我社负责调换）

作 者 简 介

沈一兵，男，1978 年 12 月生。2008 年毕业于南京大学公共管理学院，获管理学(行政管理专业)博士学位。现为南京航空航天大学人文学院公共管理系教师，主要从事公共管理方面的教学工作，研究方向为公共问题与公共管理、社会风险与公共危机管理等。曾参与国家社会科学基金重大攻关项目“建立健全社会预警机制与应急管理体系研究”(06&ZD025)等的研究工作。发表多篇核心期刊论文，已参与撰写专著和教材各一部。

目　　录

第三部分　城市应急控制系统中的司控系统（主控系统）——政府应急管理系统

第四部分　应急控制与城市和谐

导　论

一、研究缘由与研究意义

1. 研究缘由

城市应急管理研究是当代各国所共同面临的一个难题，是亟待解决的一个核心课题。

从国际环境看：

随着经济与科技的发展，世界已经形成了一个相互依存的整体，地球名副其实地成为一个“地球村”。从系统论的视角来看，整个世界就是一个相互联系、密不可分的有机体，世界任何一个地区、任何一个角落的风险都可能超越民族和国界，构成全球威胁。全球气候变暖、生态恶化、环境污染、经济下滑、恐怖主义、核危机……越来越印证了乌尔里希·贝克的风险社会理论。在当今时代，风险已经无处不在、无时不有，它可能是横扫孟加拉的暴风雪、袭击中美洲的飓风，也可能是撕裂亚洲部分地区的地震，或是卷土重来的印度洋海啸、台风、洪水、火灾、核事故、恐怖袭击……

全球化的不断推进和社会依存度的增加，在某种程度上加速了突发事件与公共危机的蔓延和扩张，各种各样的公共突发事件不断涌现。如，美国 9·11 恐怖袭击事件、切尔诺贝利核泄漏、日本地铁沙林事件、韩国大邱地铁纵火事件、美加大停电事故、SARS 事件、禽流感以及 2004 年年底的印度洋海啸…… 各种公共危机不胜枚举，表明整个人类社会已经进入了公共突发事件的频发期。一次次的灾难、一次次的危机再次敲响了人类最敏感的神经，残酷的现实告诉我们，20 世纪 70 年代罗马俱乐部的警示并非空谈，卡逊在《寂静的春天》中的描述也不是无中生有。面对严峻的形势，我们必须重新审视人类的增长方式；面对危机，我们需要开展国际的对话和合作，共同应对全球风险。

从国内情形看：

作为一个发展中的大国，我国本来就是一个突发事件频发的地区，每年的公共突发事件层出不穷。一方面自然灾害、传统的突发事件有增无减；另一方面新的风险和危机也在滋生暗长。如自然灾害（洪涝干旱、暴风雪、地震、森林草原火灾）、环境事件（水污染、大气污染）、公共卫生（食物中毒、非典、禽流感）、经济与社会安全事件（金融挤兑、商品抢购、暴力犯罪、群体性事件）、生产安全事件（工程事故、矿难），还有地面下沉、水资源紧缺、高温热浪、垃圾污染、核辐射、网络病毒、智能犯罪……新增事故不断涌现，严重影响到人民生命财产的安全和社会的稳定发展。

根据国际经验，当人均 GDP 超过 1000 美元，社会发展开始进入黄金时期，同时也进入风险高发期。按照国家统计局公布的数据，2003 年我国人均 GDP 达 1090 美元，2005 年为 1700 美元，表明我国已经进入高风险社会。随着我国的体制转型和社会转轨，社会竞争加剧，社会流动加快，贫富差距、地区差距不断拉大，社会结构高度紧张。从现实看，中国目前正进入转型加速期，各种利益激烈交锋，加之全球气候变暖、生态环境恶化、技术的不当开发和利用等因素的影响致使各种各样的突发事件层出不穷。在严峻的形势下，社会风险一旦点燃，可能会引发“连锁反应”，社会秩序陷入混乱，甚至威胁政治体制，后果不堪设想。因此，如何及时有效地应对各种突发危机事件，如何尽可能地预防和减少这些事件及其带来的负面影响，如何更好地保护人民的生命和财产安全，如何促进社会的和谐稳定和可持续发展，已经成为各级政府和整个社会面临的重要问题与使命。

从我国城市化的进程看：

城市是人类文明的表现形式，也是人类文明发展的重要标志。近年来，我国城市化的步伐逐步加快，极大地提高人们的生活质量，但也积聚了很多问题。城市化的规模越大，城市对自然环境的影响就越大，而自然对城市的反作用力也越大。城市中排放的废物、废水、废气严重破坏了原有的生态系统，加之人口密集、经济活跃，造成了土地、环境资源负荷沉重。现代城市，尤其是大城市，有着大量密集的高楼、大厦和公共设施，地下、空中交通线路纵横交错，水、电、煤气、通信网络星罗密布。如果其中一点遭到破坏，往往会使整个城市陷于瘫痪，严重时甚至使一个地区乃至国家运行陷入瘫痪。可见，城市的这种高度密集的空间效应增加了城市的易损性。

从系统论的角度而言，系统分化程度越高，系统的总体协调能力就会相对减弱，系统对外界的干扰和刺激也越敏感。任何由外部环境或者内部矛盾引发的小小骚动，都可能导致整个城市系统的运行紊乱。随着城市系统规模的不断扩大，城市中各子系统之间的依赖性和依存性在增加，而城市的易损性也在增加，这对城市系统整体协调性、管理能力和控制力提出了严峻的挑战。事实证明，经济越发达、城市化程度越高，风险性也越大，发生连锁性灾害的可能性越高。比如，一个城市供水系统中的任何一环节受到污染，都会导致整个城市的水危机；一次小小的电力跳闸事故，都有可能导致城市供电系统的中断，使城市陷入一片黑暗。

目前，我国正处于城市化进程的加速期。从发达国家的实践看，达到这个水平的时候，城市发展将进入经济快速增长期，同时城市也进入高风险时期，此时的城市最容易成为“受伤”之地。在城市中，各种各样的突发事件、灾害事件频繁发生，并呈连锁趋势，这对城市居民的生命财产、社会的经济政治秩序甚至国家安全都可能造成巨大的影响。因此，如何建立规范化的城市应急管理机制，快速、全面、正确地应对各种突发事件，最大限度地减少事件带来的损失，创建可持续性发展的城市环境，就成为城市应急管理中亟待解决的一个核心课题。

2. 研究意义

不论从国际环境还是国内形势，城市公共安全问题已经成为各国所面临的共同难题。因此，积极探索城市突发公共事件的应急与控制研究，提高政府和社会的危机管理能力，已成为一项紧迫任务，有着重要的理论意义与现实意义。

理论意义：由于我国的应急管理研究起步较晚，主要是政府主导下的应用性研究，所以在理论方面比较薄弱，对于一些基本的理论问题还缺乏深入的了解，主要表现为注重短期的应急和应对，忽视了长期的预防和综合治理，对突发事件发生、发展机理研究尚不成熟，从而使政府不能有的放矢等等。因此，本书将侧重于理论意义上的研究，理论性与抽象性是本书的特点。全书在系统论的视野下展开，通过深入分析城市突发公共事件的发生、演化和扩散机理，总结出内在规律，并抽象地提出有针对性的控制方式，从而在理论意义上整合了不同的学科，弥补了应急管理研究中系统性不强的缺陷。

现实意义：在应急管理的实际过程中，我国对地方经验总结得不够，加之城市公共安全法律体系、管理体制、应急机制以及城市公共安全规划得不健全，致使同类突发事件频繁爆发，并呈连锁势态。正是由于没有系统的整合的理论指导，使得许多城市的应急救助体系处于各自分散、独立作战的状态，城市公共安全形势不容乐观。虽然本书属于纯理论研究，但这些理论与思想都源于具体应急管理的实践和经验，而这些在实践中提升出的抽象理论又会指导实际的应急管理工作，对于构建一个全面、整合的城市危机管理的体系有着重要的现实意义。

二、相关研究

国内外关于公共危机、风险方面的研究很多，有的是侧重于社会风险、公共危机研究，理论性较强；有的则侧重于社会预警和应急管理研究，应用性较强。而本书主要是着重于研究城市危机事件的应急与控制，但又不同于一般的应用性较强的应急管理研究，属于纯理论研究、学术性研究的范畴。

国外的应急管理大多是就政府而言，学术研究相对较少。如美国危机管理的主要机构“联邦危机管理署”的英文为“Federal Emergency Management Agency”、英国伦敦危机管理的主要机构“伦敦应急服务联合会”的英文为“London Emergency Services Liaison Panel”。各国对突发事件的应急管理都有专门的立法、机构来负责。俄罗斯政府于2001年就制定了《联邦紧急状态法》，对应急管理的相关制度做出了规定。英国政府于2004年7月1日通过了《国内紧急状态法案》，对“紧急状态”进行了规定，如失去性命，人类疾病或损伤，无家可归，对财产造成损害，对财产、食物、水源、能源、燃料的供应造成破坏，对交通设施造成破坏，对卫生设施造成破坏，空气、土壤、水源的污染等。美国在9·11之后成立国土安全部，统筹应急管理事务。日本、加拿大、澳大利亚、德国等国家也均建立起较为发达的应急管理体系和运作机制。但总体而言，应急管理由于涉及政府的组织结构架设、敏感数据的获得等，通常是政府主导下的应用性研究，缺乏理论性和系统性。

国内的应急管理研究自2003年“SARS”后开始升温，在政府的推动下进行，应用性较强。受国务院委托，中国行政管理学会于2004年推动了“中央和大城市应急机制研究”，由中国行政管理学会会长郭济主持，邀请了北京大学、清华大学、人民大学、中国社会科学院(简称社科院)、发展和改革委员会(简称发改委)及公安部等单位的研究人员共同参与，目前已经出版了《中央和大城市政府应急管理机制建设》(郭济，2005)、《政府应急管理实务》(郭济，2004，2005)、《国外大城市危机管理模式研究》(赵成根，2006)。这些研究廓清了我国应急管理体制的一些基础问题，呼吁成立应急管理机构、加强应急管理立法、建立分级响应机制等。高小平(2005)等认为，我国政府的应急机制是指政府为应对突发事件而建立起来的一套应急组织结构和应急行动程序，主要包括预测预警机制、信息管理机制、决策指挥机制、组织协调机制、行动响应机制、处置救援机制、社会动员机制，而我国目前的应急管理体系存在着如下不足：部门分割、协调不足；条块职责划分有待理顺；综合性风险评估有所不足；系统沟通和共享欠缺；社会参与程度不高。因此，该研究建议重点加强统一领导和总体协调结构建设，建立以应对能力为主要依据的分级响应机制，建立健全应急联动机制；建立以国家财政为保障的补偿赔偿机制；建立健全综合防灾体系。莫纪宏(2005)阐述了应急法律体系的法律特征，比较了国外和我国应急法律体系的构成及特征，提出了健全我国应急法律体系的构想，包括紧急状态入宪法、进行应急法律体系建设等。张成福、唐钧(2007)介绍了发达国家中央政府应急管理的机构和经验。万军(2004)总结了我国政府在应急管理上的主要经验。彭宗超等对我国政府应急决策的改进提出了具体设想。汪玉凯(2009)等对我国的应急信息系统的建设提出了基本设想。莫于川(2004)研究了紧急状态下的行政指导。

除了上述对于政府应急体系的综合研究以外，卫生防疫系统、安全生产系统、供水供电系统、防洪抗旱系统、地理气象系统等都从各自的领域研究了本行业的应急管理体制，在此就不一一赘述。在上述基础上，国务院于2005年8月发布了《国家突发公共事件总体应急预案》，在2007年颁布了《突发事件应对法》，对预案体系、组织体系、运行机制、应急保障与监督管理等都做了相关规定。

综上所述，我国的应急管理研究虽然在"SARS"之后发展势头迅猛，但目前总的来说还比较稚嫩，缺乏系统的和跨学科的理论性思考。

三、理论选取、研究方法与创新

1. 研究理论的选取：系统论 控制论

任何研究都有一定的理论基础作为支撑。对应急管理、公共危机管理而言，其最大的特点就是跨学科，它所涉及的一级学科就有社会学、政治学、公共管理学、环境科学、法学等，每个学科在社会风险与公共危机的研究中各有优势，如社会学对社会预警研究较多，政治学对政治体制、应急管理研究较深，公共管理学涉及政策分析、多元治理，环境科学擅长于环境污染与监测的评估，法学则重在应急立法研究。因此，我们选取任何一门学科的理论，都可能丢失了另一门学科的优势，从而使理论研究丧失了整体性。

为了能够打破各学科之间的壁垒，避免理论的单一性，本书选取了一般系统论、控制论作为理论支撑。系统论、控制论不再为某一学科所独有，它属于方法论的知识范畴，是一门横断科学，运用系统论可以有效地达到理论抽象、理论整合的目的。本书以系统论、控制论贯穿全篇，将广义系统哲学的思想融入城市应急管理与控制的研究中，希望能从整体性视角中抽象出对实践有指导意义的理论。

一般系统论的主要创立者是美籍奥地利生物学家贝塔朗菲(L. V. Bertalanffy)。他于1945年发表了《关于一般系统论》的论文，宣告了这门新学科的诞生。控制论的创始人是美国的学者、数学家维纳(Norbert Wiener)，1948年维纳等人立足于现代科学技术，综合运用多门学科的优秀成果，提出了系统控制与反馈的思想，出版了《控制论》一书，标志着控制论的产生。系统论、控制论与申农的信息论曾被称为"老三论"。其实广义的系统论本身就包括了控制论与信息论，因为系统的稳定离不开控制，而系统的控制又离不开信息的反馈，它们都属于广义系统论的范畴。除此之外，广义的系统论还包括普利高津的耗散结构理论、托姆的突变理论、系统混沌、系统自组织、系统协同、系统复杂性等。一般系统论的观点认为系统的本质属性包括整体性、关联性、层次性、统一性，它要求我们用整体性目光来看待系统内部各子系统之间、各要素之间，以及系统与外部环境系统之间的相互作用。经过几十年的发展和完善，系统论不仅在技术科学、自然科学而且在社会科学等领域结出了累累硕果，给人类带来了新的思想观念，并引起了思维方式的巨大变化。

本书通篇运用一般系统论、控制论的思维方式，将城市社会看成是一个大系统，整个城市系统的有效运行离不开人的管理与控制，所以城市系统本身就是一个动态的控制系统。对城市系统的控制可以分为两种，一种是常规控制，另一种是非常规控制。当突发公共事件、公共危机发生时，往往社会的常规控制会失去作用，必须要采用非常规的控制行为。因此，在城市控制系统中我们可以抽象出一种非常规的控制系统，或者称之为“应急控制系统”。在应急控制系统中，司控系统是以政府为主导的应急管理系统，被控制对象是城市突发公共事件，这两者之间通过控制与被控制、控制与反馈、控制与反控制、控制与优化共同组成一个动态的应急控制系统，如图 1 所示。

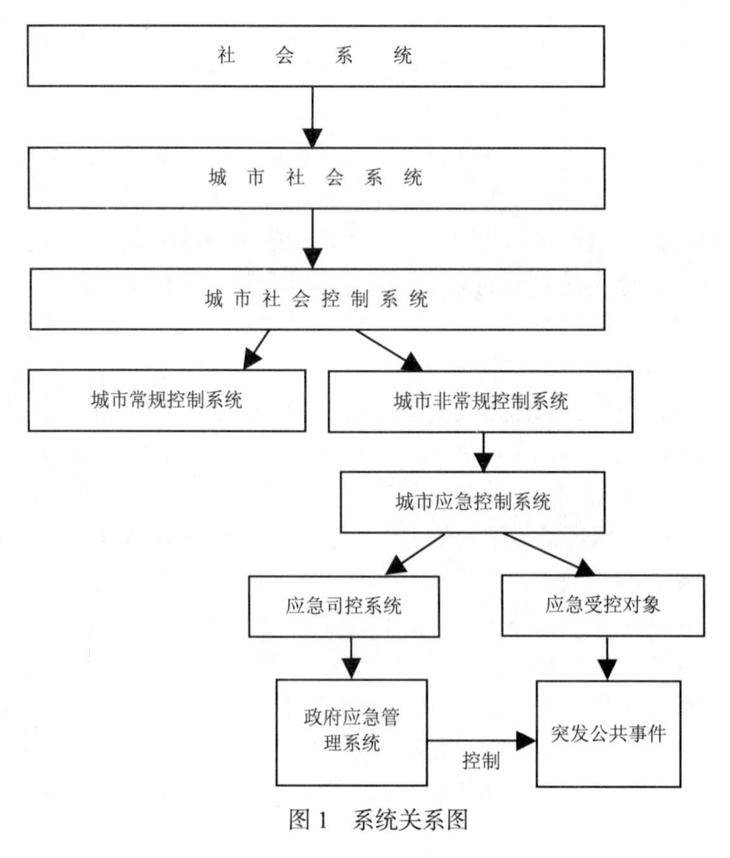

图 1　系统关系图

在上面的理论预设的前提下，本书着重对城市应急控制系统展开论述，并根据被控制对象的特征来设计司控系统的结构和运行机制，还有针对性地总结出了不同类型的控制方式，希望能给实际的应急管理工作以理论性的指导。

2. 研究方法：系统方法

由于系统论、控制论本身就属于方法论的体系，所以本书主要的研究方法就是系统方法。系统方法论是为了解决系统问题而提供的一套关于选择具体方法的思想、原则和步骤的知识体系。它既不是哲学，也不是具体方法的结论，它强调的是分析问题、解决问题的思想和逻辑。它是运用系统、控制的概念和系统规律去认识事物与解决问题的一套方法论体系，主张从整体的结构和功能上研究问题，从宏观上去分析问题。本书尝试通过系统论、控制论的研究方法来剖析城市突发公共事件的生成、演化和扩散的方式，并根据系统、控制、反馈的思想来构建应急司控系统(政府应急管理系统)，从而有针对性地控制危机事件的发生和蔓延。

3. 研究的创新

(1) 本书试图建构和抽象出一般性的应急控制系统的理论

该书通篇采用类比的方式，运用系统思维来研究城市公共安全管理。从控制论的观点看，城市系统可以被抽象成多元函数，突发公共事件可以被类比成城市系统外来的不确定的干扰因素，而应急管理就是对突发公共事件的一系列控制活动。我们通过类比、建立模型等抽象方式，从复杂多变的危机事物中发现它们之间存在的联系和逻辑关系，从而为控制突发事件提供理论上的指导，具有一定的理论建构性。书中还抽象出了不同的应急控制方式，也绘制了许多系统图表，希望对以后建立城市应急控制的数学模型有一定的启发意义，并力求能够在政府应急管理的实践过程中能得到参照和应用。

(2) 该书将自然科学理论与社会科学理论有机地结合在一起

控制论、系统论等来源于自然科学，而社会学、管理学等理论来源于社会科学。书中融合了控制论、系统论与社会管理、风险管理理论等，并从整体性的视角，把系统论与控制论的系统思维方式运用到城市应急管理的研究中，将社会管理学、行政管理学、公共危机管理与社会控制论、大系统控制论、系统哲学有机地结合在了一起。

不足之处：

不可否认的是，由于自身能力所限，对于系统论、控制论这样一个自然科学惯用的方法论如何能有效地运用到社会科学和管理科学中，尤其是目前正在兴起的危机管理和应急管理中，是存在极大难度的，没有多少前人成果可以借鉴，所以不可避免会存在诸多的缺陷和不足，但这毕竟是一次大胆的尝试。

从系统论的不同学科分布来看，主要有三个方面，第一是数学领域，侧重于函数和公式；第二是系统工程领域，侧重于运用；第三是系统哲学，侧重于整体思维。本书主要侧重于系统哲学和理论抽象形式上的应急管理研究，并没有能够深入到系统工程领域和数学领域。但书中在抽象出应急控制方式的同时也借鉴了系统工程理论的成果，使整体体系并没有陷入纯理论的哲学思辨。

四、研究思路与内容

全书以城市为时空坐标体系，根据系统论的思维方式展开研究。本书以“城市应急控制系统”为研究对象，重点剖析“应急控制系统”中两个重要组成部分——“司控系统”(政府应急管理系统)和“受控对象”(突发公共事件)，分析它们的静态结构、动态运行，以及两者之间是如何进行控制与被控制、控制与反馈、控制与反控制的互动过程，从而以一种系统论的新视野来诠释城市应急管理的研究。

本书按照“系统与控制”、“控制与反馈”、“控制与优化”、“控制与和谐”的逻辑思路展开，共分为四部分。

第一部分：论述城市系统与应急控制。

这部分内容共有一章。本章透过城市系统的易损性、突发公共事件的强干扰性来引出城市应急控制系统。重点阐述什么是城市控制系统？何谓城市应急控制系统？城市应急控制系统的主要组成部分是什么？（城市应急控制系统主要由应急司控系统、应急受控对象、控制线路、反馈回路等组成）

第二部分：论述城市应急控制系统中的被控制对象(受控系统)——突发公共事件。

第二部分将用三章的内容，从一般系统论的视角，来研究城市应急控制系统中的被控制对象——突发公共事件。对受控对象的特征和动态演化过程的分析是设计出合理的控制系统，尤其是司控系统的主要依据。

书中，第二章从事件结构维度，相对静态地分析突发公共事件成因、特征与构成要素。第三章从时间维度，动态分析突发公共事件是如何发展和演化的。第四章从空间与环境维度，来分析突发公共事件与外部环境互动过程中的突变与扩散方式。

第三部分：论述城市应急控制系统中的司控系统(主控系统)——政府应急管理系统。

第三部分同样也用三章篇幅，从一般控制论的视角来阐述。由于受控对象(突发公共事件)的复杂性与多变性,决定了司控系统(政府应急管理组织系统)的内部构造和各子系统之间相互作用的机制要比一般的控制和管理系统复杂得多。在第五、第六、第七这三章中，本书将分别从静态组织结构、动态运行机制、社会环境支持与控制方式三个不同维度对城市应急主控制系统具体展开论述，这正好与第二部分描述受控对象的三章内容形成一一对应的控制关系，从而可以更有针对性地控制突发公共事件。

第四部分：论述应急控制与城市和谐。

第四部分共有一章内容，即第八章。本章阐述了反控制、控制失控产生的原因及其表现，并提出克服反控制的有效手段就是控制系统的优化，从城市和谐发展的理论高度上来整合全部内容。

综上所述：书的整个框架、结构首尾相接、左右呼应，将反馈、控制、优化的思维方式融合在一起，整个框架结构本身就好似一个控制系统。如图 2 所示。

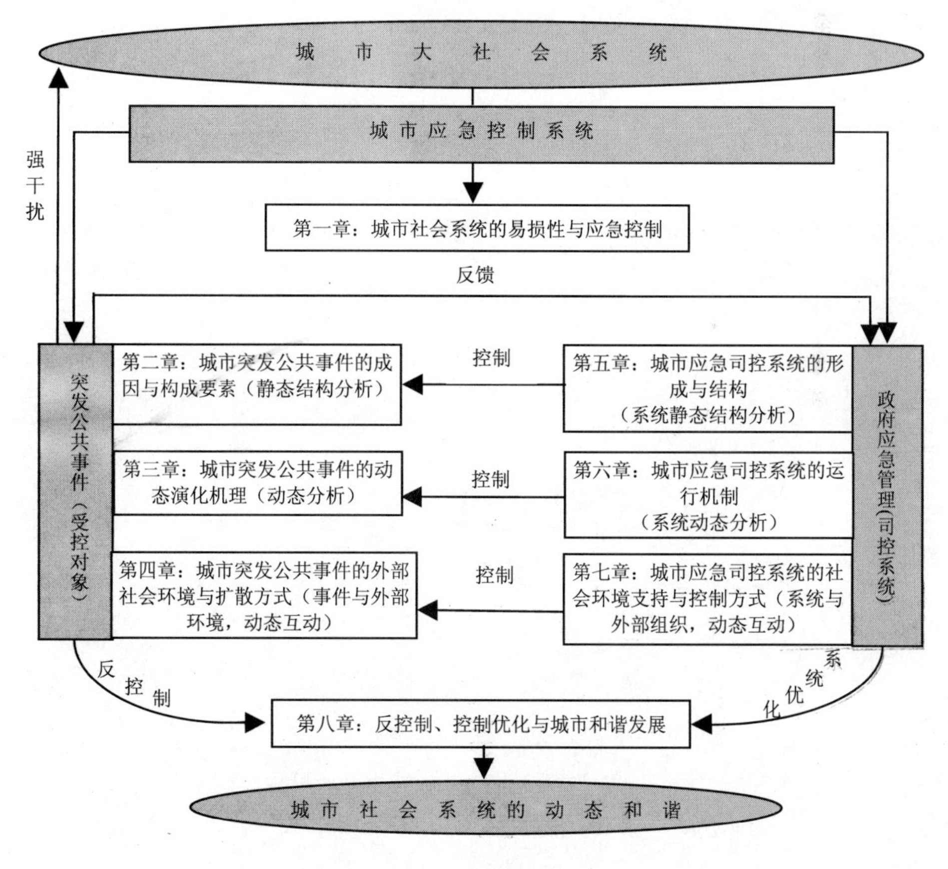

图 2 框架结构图

第一部分　城市系统与应急控制

第一章　城市社会系统的易损性与应急控制

城市是人类财富的发源地，是生产力发展和工业化水平提高的产物，是人类社会进步和人类文明发展的重要标志。马克思（1965）认为："城市本身表明了人口、生产工具、资本享乐和需求的集中。"近年来，我国城市化的速度逐步加快，极大地提高了人们的生活质量，城市成为社会物质、资源、文明高度积聚的地带。随着城市化范围的不断扩大，城市中的问题也在不断积聚，城市病就是城市问题的集中表现。金磊（1997）依据现代系统科学观点，指出现代化城市是一个以人为主体、以空间利用为特点，以聚集经济效益为目的一个集约人类、集约经济、集约科学、集约文化的空间地理区域系统。可见，城市是一个超级复杂的综合社会系统，并履行着复杂的社会功能。现代城市，尤其是大城市，人口密布，高楼环立，地下、空中的交通线路纵横交错，各种生命线设施，如供水、供电、能源、通信等遍布城市空间的各个角落，同时城市还不同程度地履行着政治、经济、文化、社会等多种功能。随着城市系统规模的逐步扩大，城市系统中各子系统的数量和功能在不断增加，各子系统之间的依赖性和依存性也在增强，这对城市系统整体协调性、管理能力和控制力提出了严峻的挑战。规模庞大的城市系统一旦受到干扰，常常会有很强的敏感性与快速的传递性，从而大大增加了城市社会系统的易损性。

在城市系统的动态运行中，无时无刻不受到干扰（不管这种干扰是内部生成还是外部引发的）。城市的发展过程就是不断排除干扰的过程。在城市系统众多的干扰要素中，突发公共事件越来越显现出强烈的干扰性和系统破坏性。美国 9·11 恐怖袭击事件、日本地铁沙林事件、韩国大邱地铁纵火事件、美加大停电事故、我国的 SARS 事件、禽流感……愈来愈暴露了城市系统应对危机事件的脆弱性。

在国内，伴随着社会转型，体制转轨（从计划经济体制向市场经济体制的转变），城市社会流动加快，竞争加剧、分化加速、城市问题愈积愈多，加之一些科学技术的不当开发和利用，严重破坏了城市赖以生存的生态环境，从而使城市在公共安全、卫生、交通、能源、市政等各方面的公共突发事件层出不穷。诸如，生产活动中的灾难事故（矿难、火灾、化学毒气液体泄漏），烈性传染病事件（如登革热、禽流感），自然灾害事件（洪水、地震），生命线工程事故（供水、供电、供油、供气、供热等），群体性事件（基层政府或政府部门与公众之间、不同利益群体之间的矛盾激化所形成的冲突)等，直接影响到城市居民的生命财产的安全和城市的稳定发展。

当今城市突发公共事件的发生频率之高、发生形式之多样、发生原因之复杂、演化形态之多变，是以前任何一个社会、城市和时代所没有的，这也使得用系统论的视角来看待城市以及城市中所不断发生的突发公共事件成为一种必然选择(因为系统论的视角能够穿透纷繁复杂的事件背后，揭示出共同的本质规律)。系统论、控制论认为，保持系统稳定地朝着既定目标运行的最有效的方式就是控制，但面对重大的突发公共事件，城市原有的常态控制系统常常变得束手无策，从而导致失控的局面。因此，当务之急就是要整合各种城市资源、不断建立健全城市应急控制系统(以城市突发公共事件为受控对象的综合控制系统)，快速、全面、准确地控制各种突发事件，最大限度地减少事件带来的损失，维持城市系统的稳定和可持续发展。

一、城市社会系统的复杂性与易损性

美籍奥地利生物学家贝塔朗菲(L. V. Bertalanffy)，最早以科学理论形式根据系统概念、系统的性质与关系，把现有的发现有机地组织起来，创立了一般系统论。系统论按照与整体联系在一起的事实和事件来思考，寻找世界在组织结构方面的特征。它可以把一个原子看作系统，也可以把器官、生物机体、家庭、社区以及国家等看作系统，主张从整体的结构和功能上研究问题，一个范围内的系统又是另一个范围的子系统。

现代科学技术的研究成果已经表明，世界不仅是在总体上是一个相互联系的整体，而且在物质的组织排列上、在物质内部各要素之间、物质与外部环境之间，都是以系统方式存在的。一切运动与过程，或者自成系统，或者互为系统，或者隶属于更大的系统。

所以说，系统是现实世界存在的方式。由宏观的天体到微观的粒子，从无机界到有机界，从自然界到人类社会，虽然它们形态特异，却都是由若干要素组成的，与环境发生着相互作用，具有一定结构和层次的整体——系统。这也正印证了贝塔朗菲的一句名言，“系统无处不在”。因此，作为社会大系统中的一个子系统——城市系统，是一个极其复杂的复合巨系统，城市系统每时每刻都在与环境进行着信息、能量与物质的交换，履行着自身的特有功能。随着城市化的进程，城市规模的扩大，城市的易损性也日益凸现，下面我们将具体展开论述。

（一）城市系统——超复杂的开放社会系统（城市系统形成与复杂性特征）

从系统论角度来看待灯红酒绿、光怪陆离的都市时，我们说城市是一个系统，而且是一个超复杂的开放社会系统。

系统论认为，城市首先是一个社会系统，因为是先有了人类社会，才有了城市，没有人类社会的发展就没有现代化的都市，所以人是城市系统中最基本的要素，也可以说城市系统是一个由人创造的复杂系统。那么哪些是属于城市系统的要素，哪些又是属于系统的环境呢？我们认为所谓系统的要素，必须是直接参与确立系统质的元素，它们在相互作用中产生并保持了系统的结构和特质。那些没有直接参与对系统整体特质的影响，而是间接地影响系统的元素，我们将之划为环境的范畴。此外，对于城市中损坏的公物、道路、桥梁，建筑设施，由于丧失了原有的功能，我们也认为不是组成城市系统的要素。

从地域空间上看，城市系统是人类社会系统的一个子系统，而城市系统本身也有很多要素构成。如果用[D]表示组成系统 T 的要素全体，[S]表示各要素间的各种关系（矛盾），则

$$T=\{D, S\}$$

这是按城市系统定义列出的集合表达式（叶骁军，温一慧，2000）。T 代表城市系统，而 D 是组成城市系统的子系统，S 表示子系统之间的相互关系。

城市系统的组成要素主要包括物质的、精神的和人三个部分。物质的部分包括“人化自然”中的物，城市中的生产资料、生活资料、建筑设施等，它们都是人创造出来的，又常常被称作硬系统；精神的部分包括一个城市的文化、道德、心理、艺术、宗教、哲学等意识形态及其附属物，常常又被称为软系统或概念系统，它们也是人观念中的产物。而人是城市系统中最根本也是最复杂的要素，人是物质的与精神的复合体，人既有自然属性也有社会属性，同时人还创造了城市。城市中的要素是极其纷繁的，这还只是主要的划分，如果细分下去的话，将是一个庞大的体系，尤其是人类居住的现代城市系统已日益巨型化和多样化，系统层次出现彼此交叉和缠绕，同一个事物可能同时成为不同子系统的要素，甚至可能同时成为不同层次的组成部分。比如，在进行一座现代化城市的系统分析中，有人统计其中所包含的要素不少于 1 亿个，比如住房、交通、环保、利税、物价、集会、竞选等，要确定要素的层次绝非易事。

在中世纪的欧洲，城市在地域上只是城邦用来保护城民的军事政治城堡，其

军事性和预防攻击性是其主要的功能。今天，现代意义的城市从系统论来看，已由最初的军事政治城堡，发展成为一个巨型社会系统，各子系统的功能也日趋复杂，城市系统履行众多的城市功能，如政治、经济、文化、医疗、卫生、教育等，有时一个子系统承担着多种社会职能。

此外，城市系统还是一个开放的动态系统。系统的有序运行离不开其开放性以及与外界的互动，它每天输入工业燃料、原料、材料、食品、日用品等，同时输出产品和废料，才能保持稳定有序的状态，才能维持系统的生存。比利时物理学家普利高津(Prigogine)认为，一个远离平衡的开放系统，在外界条件达到一定阈值时，量变可能引起质变，系统通过与外界不间断地交换能量与物质，就可以从原来的无序状态变为一种时间、空间和功能的有序状态，这种非平衡状态下的新的有序结构，就叫做耗散结构(周孟璞，1986)，而城市就是这样的一个耗散结构。城市系统时刻都在与外界进行着物质、能量与信息的交换，从而从环境中不断吸取负熵(张启人，1992)，保持系统有序稳定地发展。

城市系统在空间上具有网络性层次性的特点，在一个地域里的母系统在更大范围内可能是子系统。从世界范围内看，如果将世界范围内的所有城市看作总系统，那么各洲各国的城市就它的子系统，它包括亚洲城市(中国的城市、日本的城市……)、欧洲城市(英国、法国、德国、意大利的城市……)、美洲城市(美国、加拿大、墨西哥的城市……)、非洲城市(埃及的城市……)、大洋洲城市(澳大利亚的城市……)。如果我们把我国城市体系的地区分布看作一个总系统，那么中国各地区的城市、各省自治区的城市就是它的子系统，它们包括江苏省城市(南京、苏州……)、直辖市城市(北京、上海……)、浙江省城市等。

以上只是从地域的角度来划分的，如果我们将一个具体的城市看成一个总系统，按照各要素的功能来划分，其内部的子系统将是纷繁复杂的。

如图 1-1 所示，某个具体城市的子系统可分为若干层级。城市总系统下有一级子系统，如行政管理系统、文化系统、教育系统、卫生医疗系统、通信系统、交通系统、商业服务系统等。一级子系统下又分二级子系统，如一级系统中的文化系统可分为城市主文化二级系统、城市亚文化二级系统、专业文化二级系统、大众文化二级系统等。而二级子系统下面又可以再分子系统，形成一个庞杂的城市系统体系。

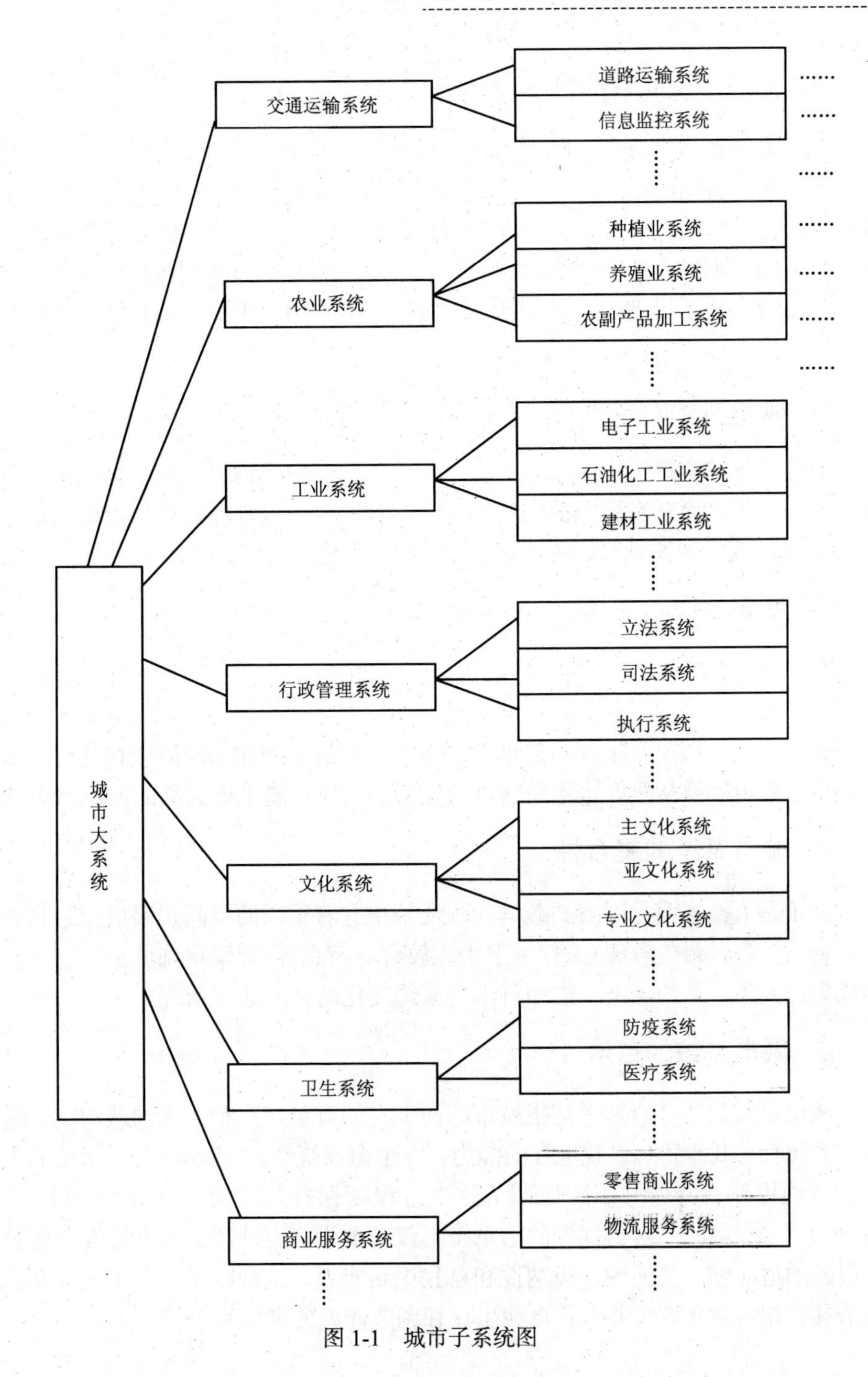

图 1-1　城市子系统图

城市系统是一个独特的系统，是人类智慧的结晶。它有如下的特点：

1. 城市系统的目的性

城市系统在运行中似乎受到某种“目的”性的支配，不断地排除干扰，控制着系统朝某一方向或某一指标发展，实现系统预期的目标。城市中每一项设施的建设、区域的规划、产业结构的调整、市场的运行、文化形态的建构都朝着既定的目标迈进。而城市系统的这种目的性其实在于城市中人的创造性，没有人的存在，城市就失去了灵魂、丧失了活力、没有了生命力。因此，人是城市系统目的性的动力来源，也是城市系统最基本的组成要素。

2. 城市系统的有机性

城市系统的有机性说明城市是一个有机体，其中的构成要素不是杂乱无章地拼凑在一起的，而是有组织地联系在一起，每一个元素都发挥着特定的功能。就像人一样，城市中各要素之间相互联系、相互依存，形成一个有机整体。

3. 城市系统的开放性

城市系统是开放的，它不停地从自然环境中输入物质、能量和信息，同时又向自然环境输出物质、能量和信息，在与环境不断交换与流动中维持着自身的发展。这种开放的城市系统其内部也是动态的，它总是处在不断的变化之中。城市中的各子系统和要素之间也不断地进行着互动，从而趋于更高级的组织状态。

4. 城市系统的聚合性

城市是人类文明与财富的载体，现代都市有着很强的空间积聚效应，它将人才、物质、各种最优资源(医疗、卫生、教育、信息等)都聚集到城市的空间里，形成集约人类、集约经济、集约科学、集约文化的空间地域系统。

5. 城市系统的自洽性

城市系统的“自洽性”是指城市结构本身的自足状态和自我调适功能，说明城市系统有自我维护、自我生存的能力。在生命系统中，“自洽性”是指活的生命体连续地更新自身，并不断地调节这个过程以保持其结构的整合性(杨桂华，1998)。一个具有 “自洽性”的活系统不仅表现为稳定性和自我调适性，而且有着很强的适应性、灵活性、吸纳性和自我更新能力。这种特性说明了城市系统是一个具有相对独立性，并有着自我生存和调节能力的进化系统。

6. 城市系统的环境多样性

不同的城市，由于地理位置不同，有着不同的水文、气候和地貌，其面对的自然环境也是不一样的。有的城市靠近北极，寒冷之极；有的城市濒临赤道，酷热难耐；有的处于高原，有的坐落盆地。在我国许多城市所处的地理环境不同，对环境的依赖与适应性也不一样。环境的多样性也造就了城市系统的多样性。

（二）城市系统的渐进分异与易损性（城市系统的结构分化与渐进机构化）

从村庄到集镇、从集镇到城镇、从城镇到城市、从城市再到现代化的大都市，城市化的过程就是城市系统不断扩张的过程，也是城市系统不断演进、分化的过程，城市正是在不断地渐进分化中走向更高层次的综合。我们把城市的这种不断分化过程称为系统的“渐进分异”，或叫“渐进机构化”（童星，1990）。渐进机构化的出现，是系统内部的相互作用所造成的。由于这种作用，系统的要素趋于定型，从而发生了从整体性行为向叠加性行为的转化。渐进分化使部分以某种方式特定化，结果是系统分裂为一条条相对独立的因果链，从而原有的调节能力就会下降。

城市最初从村庄中分离出来，凭借着强烈的积聚效应，将人群、财物、生产资料、生活资料等要素聚合在一起，使人类社会从农业畜牧业时期过渡到工厂手工业阶段。在农业社会，每个家庭都是一个生产单位，每个家庭就是一个小社会，实行“自给自足”，那是生产力低下，社会分工极不发达的表现。随着城市整体状态的演变，城市中的社会分工越来越细，出现了社会化大生产，机器的发明和利用极大地提高了社会生产力，推动了城市的发展。随着社会从工厂手工业过渡到机器大工业阶段，每个社会成员都被确定从事一种或者某几种性质的专门工作，城市中各个要素越来越被禁锢在某种特定功能上。这种高度的社会化，要求系统高度的组织化，使每个人、每个要素都是总体系统不可分割的一部分。

随着城市系统规模的不断扩大，城市系统中各子系统的数量和功能也在不断增加，各子系统之间的依赖性和依存性也在增强，这对城市系统整体协调性、管理能力和控制力提出了严峻的挑战。总的而言，城市系统的“渐进分异”是生产力发展的结果，是社会进步的表现。但是，系统分化程度越高，系统的总体协调能力就会相对减弱，系统对外界干扰和刺激也越敏感。任何由外部环境或者内部矛盾引发的小小骚动，都可能导致整个城市系统运行的紊乱。在现代化大企业中，一道工序上的故障会殃及整个企业，一个城市供水系统中的任何一环节受到污染，都会导致整个城市的水危机，一次小小的电力跳闸事故，都有可能导致城市供电系统的中断，使城市陷入一片黑暗。

我们把这种局部扰动对整体有如此“牵一发而动全身”的巨大破坏作用，称之为城市系统的易损性。所谓系统的易损性其实是系统对干扰要素（不论这种要素是系统内部生成的还是外部介入）的敏感性，以及面对干扰时整体协调与控制力下降的表现。这种易损性也是系统渐进分化带来的后果，具体表现如下：

从城市系统要素的功能上看，各子要素的职能划分越来越细，各要素间的依存性大大增强，一方失去了另一方就丧失了在整体系统中的功能。这样一种高度的组织化程度，也增加了系统对环境的敏感性和自身的易损性。例如，城市中的人们赖以生存的供水、供电、能源、通信等城市生命线系统，它们之间相互影响，缺一不可，共同履行各自的功能。

从城市系统的形态与空间结构上看，城市空间的高度密集效应增加了易损性。城市中有着大量密集的高层建筑、高楼和公共设施。伴随现代城市的经济增长、城市建筑物和构筑物的数量还在急剧增加，并且不断向空中、地下、水上延伸，出现了大量密集的地下商场、隧道，高架桥和水上景点，这些密集建筑群使城市系统对扰动有着快速的传递性。例如，1976 年 7 月 28 日，在我国河北省冀东地区的唐山、丰南一带突然发生 7.8 级强地震，新兴的重工业城市唐山蒙受惨重灾难，被夷为一片废墟，市区的公路，铁路、桥梁尽毁。1995 年 1 月 17 日发生在日本兵库县的 7.2 级大地震，仅仅 10 余秒钟就有近 10 万栋房屋和商业楼被毁，另有 10 万房屋遭受破坏，死亡 6400 人，30 万人无家可归。城市水、电、气、交通、通信系统全部中断，直接经济损失 1000 亿美元。

从生态环境的角度看，城市化的范围越大，城市对自然环境的影响就越大，对自然的破坏性就越不可避免。但反过来，自然对城市的反作用力也越大。工业是大多数城市重要产业，工业排放的废物、废水、废气必然破坏了原有的生态系统，加之城市人口密集、经济活跃，造成了土地资源和环境资源的沉重负荷。社科院研究报告称 2006 年中国城市化率为 43.9%，从发达国家的实践看，达到这个水平的时候，城市发展将进入经济快速增长期，同时城市也进入高风险时期，此时的城市成为最易“受伤”之地。

（三）城市系统成为城市问题的巨大承载体

现代城市化进程的加快，使人口、财富必将更加集中于城市。然而，由于城市化的不当发展，也给城市带来了一系列的负面效应，积累了很多城市问题，使城市成为城市问题的巨大容载体。在我国，90%以上的科技力量和高等教育资源都集中在城市，金融、通信、医疗、高科技产业等都以城市为载体。2010年，我国城镇总人口数达到6.2亿左右，城市化的水平达到46.6%，城镇化规模居世界第一。人们在羡慕城市富有的同时，城市病就像顽症一般困扰着城市。诸如人口老龄化严重、人群拥挤、交通堵塞、住房紧张、犯罪增加、水源短缺、污染严重等。近年来城市主要问题表现为：

1）就业问题严重。2004年我国公布的失业率为4.2%（周天勇，2005），实现了10年来的首次下降，但城镇从业率却从1990年的56.44%下降到48.7%，这表明城镇人口中适龄劳动者有高达5000万人没有工作。此外，城市的农民工就业和待遇问题也很突出，城市化并不能自然解决农民向城镇居民转化的问题，关键是城市发展、产业发展与结构调整能为农民进城提供多少就业机会和岗位。农民向城镇居民转化还有一个基本素质包括教育文化、技能水平和观念、生活方式等的提高与适应问题，但在这方面农民也是一个“机会不平等”的弱势群体。

2）土地问题十分严重，特别是耕地问题。城市扩张需要的土地每年以数千万亩的规模由乡村进入城市部门，土地收益成为城市扩张赖以维系的巨额资本和房地产商牟取暴利的源泉。城市的盲目扩张，造成大量的耕地严重浪费和配置失调，引发了失地农民的巨大痛苦并加剧了城乡社会结构的失衡。目前，大多数城市中低收入阶层和在城中打工的农民工没有能力购买正规的房地产市场的商品房，只好在城市的周边和城市的缝隙中自发搭建简易住房，加上城市扩张的加快，使大批仍然保留农村集体所有制的农舍村落或完整的农村社区被城市建设用地所包围，形成了“城中村”现象，直接影响城市卫生、交通、治安等。

3）贫富差距急剧扩大。这显然与经济结构调整和城市化背道而驰，而且使构建和谐社会背负了沉重负担。近年来我国的基尼系数不断攀升，贫富差距不断拉大，加之社会保障制度不健全，公共财政分配制度不完善，“住房难、看病难、子女上学难”成为新时代三座大山，城市中人们的生存压力很大，长此以往，极容易激化社会矛盾。

4）城市污染严重。环境问题目前已成为制约城市经济发展和影响人体健康的重要因素。首先，城市污染源繁多，汽车尾气、建筑工地扬尘和城市垃圾焚烧等使污染物的类型更加复杂化和多元化。其次，城市的生活污水和各种工业污水未经处理或处理不当即排入环境，造成城市的水环境危机。由于我国水资源的时空分布很不均匀，随着人口的增加和经济发展，许多城市都出现了严重的缺水问题。除此之外，中国大部分城市和地区的生活废水未经处理直接排入水域，使淡水资源供给受到水质恶化和水生态系统破坏的威胁。再有，城市垃圾无害化处理滞后，形成垃圾围城的现象。我国城市长久以来对垃圾一直没有实行分类，使危险垃圾混入普通垃圾，大大增加了垃圾对于人们的危害，也大大增加了城市处理垃圾的成本。

此外，一些城市大搞形象工程、政绩工程，修建大广场、政府大楼等，城市规模得不到有效控制，城市空间的布局严重不合理，造成城市“摊大饼”，不堪重负。

可见，脆弱的城市系统，聚集了太多的社会问题，沦为城市问题的巨大承载体，如不及时进行系统的调整与整合，其后果会相当严重。

二、突发公共事件——城市系统中的强干扰因素

城市规模的扩大，系统易损性的增强，加之城市问题的增多，使突发公共事件在城市发生的频率越来越高，给城市造成的损失也日益严重。

（一）突发事件对城市系统的强干扰性

“突发公共事件”概念的提出，是在“非典”危机之后随着国内应急管理研究的推进而出现的一个新名词。国务院在2006年1月8日发布的《国家突发公共事件总体应急预案》，是我国应急预案的体系总纲。根据总体预案，突发公共事件是指突然发生，造成或可能造成重大人员伤亡、财产损失、生态环境破坏和严重社会危害，危及公共安全的紧急事件。

很多学者认为“突发公共事件”与“危机事件”、“风险事件”、“安全事故”、“灾害事件”等概念有着内涵与外延上的交叉，甚至很多人把它们等同在一起。但不管人们对突发事件的定义是什么，有一点是可以肯定的，那就是突发事件对城市系统的干扰性与破坏性。从系统论角度看，突发公共事件就是在特殊的情况下，由于系统的内部条件和外部环境发生急剧变化，系统的稳定性和常规可控制性遭到破坏，系统的行为出现异常情况而发生的一类复杂的危害事件。该过程也是系统内的一些事物发生质变的过程。

突发公共事件给人们的直观感受表现为它对城市系统的强干扰性和破坏性，它可能是横扫孟加拉的龙卷风、撕裂亚洲部分地区的地震、中美洲的飓风，也可能是像2001年美国9·11事件那样的恐怖袭击、我国经历的“非典”危机、水危机等。

在城市系统中，实物系统（硬件系统）好比城市机体的躯干，非实物系统（软系

统）就好像是城市的精神与灵魂，而突发事件正是通过破坏城市的硬件系统进而破坏城市的软系统，来扩展自身的势力范围与影响力，从而造成了城市大系统的失衡与动荡。总之，突发公共事件对城市系统的干扰性是巨大的，对系统的挫伤性很强，是一种强干扰。主要表现为：第一，突发公共事件的干扰度大，它不是一般的小事故，有着很强的系统危害性；第二，突发公共事件的干扰时间久，体现为很多突发公共事件持续的时间很长，或者即使消失了，但对系统的影响仍旧深远；第三，突发公共事件的干扰频率较高，许多事件不是一次性发生，而是多次频繁发生，有些还具有周期性；第四，突发公共事件的干扰范围广，各个领域都有爆发突发公共事件的可能。

（二）城市系统的扰动与稳定

城市系统是动态开放的系统，它每天都会受到不同形式的干扰，城市系统的进化就是不断地摆脱干扰，保持自身动态稳定发展的过程。

系统干扰主要有两种，一种是系统自身内部诸要素相互作用引起的，我们称之为“内扰动”，另一种是由环境的变化和刺激引起的，称之为“外扰动”。对于突发公共事件而言，它可能是城市系统的内扰动引发的，比如说，城市政治系统中的政党竞争、城市文化系统中的宗教冲突等；也可能是城市系统的外部环境扰动引发的，如外来污染源的流入，外来物种、流行病的侵入等；而一些重大公共危机事件，则通常是内外扰动共同作用引发的结果。因此，我们很难将突发公共事件定性为单一的内扰动或外扰动。不过，依照我们上面提到的城市系统的要素与环境的划分标准，突发公共事件肯定不是城市系统的要素，从突发公共事件发生开始，它就脱离了原来的社会系统，成为现有系统运行的强干扰力量。也有些学者将突发公共事件看成是一种情境，认为它更多的体现为一种危机情境，是城市系统趋向“目标值”的外部干扰。

如果按照强度来区分，干扰还可分为弱干扰、中干扰、强干扰等。

面对不同的干扰，城市系统都会做出反应。如果系统能够抗拒干扰，并沿着既定的目标值运行的状态，我们称之为“稳定”。所谓稳定态，就是指一个系统在内外环境干扰下，其输出的现实状态与目标值（理想状态）相符合或相接近的性质（常绍舜，1998）。由于目标值有时表现为一条线，有时表现为一定的范围，因而城市系统的稳定大致也有两种情况：

第一种情况，如图 1-2，系统的目标值是一条线，当系统由初始状态进入目标状态后，就按照既定的目标值运行，之后就不再变化。

图 1-2 系统理想稳定态

例如，我国的“嫦娥”号人造探月卫星升空之后，按预定轨道运转；城市中的火车启动之后，沿铁轨正常地运行；城市中的案件进入司法系统后，严格按正常的法律程序办事等，这些均属于这种稳定的情形。这种稳定态是城市系统内部的许多子系统保持自身稳定运作的一种方式，而城市系统的整体稳定态表现为第二种情况。

第二种情况，如图 1-3，系统的总体目标值为一定范围(区间)，当系统由初始状态进入目标状态以后，尽管运行仍有变化，但并不超出目标值所规定的运行范围。

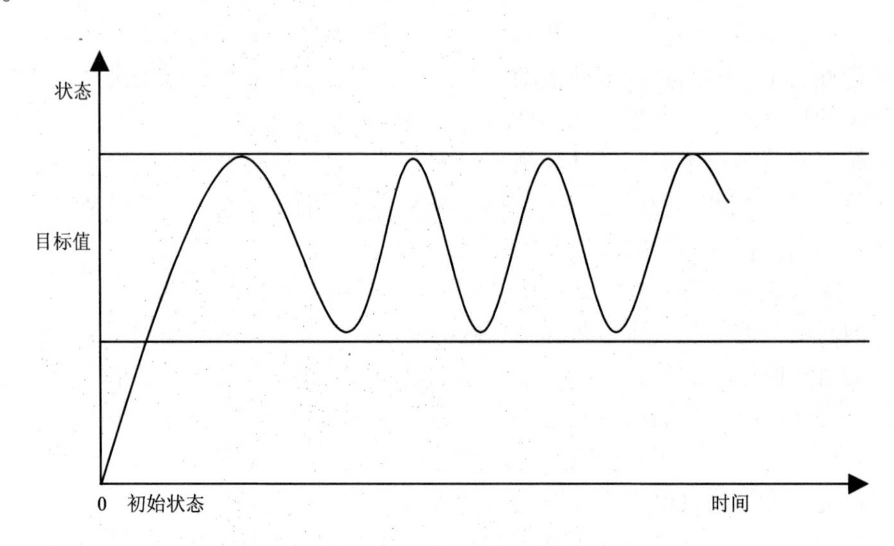

图 1-3 系统现实稳定态

例如，正常成人的心跳为 60~100 次/分钟(除了运动等原因会造成心跳加快)

是稳定的，成年人正常的体温为36~37℃，血压则稳定在100/60~130/90mmHg为正常等。

可见，从自然界到人类社会，许多系统的稳定态都表现为一定的浮动区间。在社会系统中，由于人们对系统既定目标的要求是多种多样的，因而系统的稳定形态也各不相同。例如，国际上，把表示国民收入分配差距的基尼系数规定为超过0.4为不正常的，0.4是国际公认的警戒线。有的国家把国民生产总值的增长率规定在某一水平之上，因而只要满足这一条件就被认为是稳定增长的。在我国，把人口增长指标确定在1%以下，只要人口增长率未超过这一界限就被认为是稳定的……但是，无论在何种情况下，稳定又是相对的，不是绝对的，因为干扰与冲突总是存在的。这就像在海中航行的轮船，在波浪的推涌中，总会有些许晃动，绝对平稳的前行是不可能的。

城市社会系统的整体运行也是如此，只要系统总体变化的区间在一定的范围之内，不超过总系统所能忍受的程度，我们就认为该系统是比较平稳的。一个高度现代化的城市社会，在其发展过程中，由于内外干扰，也总会发生一些动荡，绝对稳定的前进是不太可能的，但只要这种动荡不会导致大的政治动乱、经济危机和社会动荡，那我们就认为该城市系统的发展是比较稳定的。

（三）干扰与震荡

由于干扰总是存在的，而系统的稳定又是相对的，所以，干扰必然会引起系统的整体或部分的反应，这种反应表现为“震荡”或者称“涨落”。简言之，干扰使系统的实际运动状态与理想状态发生偏差的过程，就称之为震荡。例如某一学生成绩的忽高忽低、某人情绪的忽好忽坏、收音机的声音忽大忽小等，都是属于系统震荡的例子。震荡是指系统中每个变量和行为相对系统目标值发生偏离，它使系统离开原来的状态和轨道。在内部和外部的干扰下，城市系统的运行状态往往也会偏离目标值（理想状态），我们将这种现象称之为城市系统的震荡（失稳）。

城市系统面对不同的干扰要素，其震荡（涨落）的表现形态是不一样的。下面我们用数学图形来描述一下，城市系统在面对一般的或者弱的干扰要素时，系统震荡大致是什么形式，而当面对突发公共事件这样的强干扰时，城市系统的震荡又是什么样的，两者有什么不同。

城市系统在面对一般干扰时，如城市内部诸子系统之间的矛盾、小冲突、外部的环境的一般干扰，系统表现为小幅震荡或震荡衰减。

1.（一般性的弱干扰）小幅震荡

图 1-4 显示的是系统在面对干扰时，表现为小幅度的震荡状态，说明此时系统的震荡度较低。震荡度的大小用震荡曲线的振幅和频率来表示。振幅越大，频率越高，则震荡度越大，系统就越不稳定；反之，系统就相对稳定。小幅震荡表明系统的自我控制和调节能力较强，抗干扰的能力较强，从另一个角度也说明了干扰要素的干扰性较弱，干扰程度较低，对系统整体影响不大。

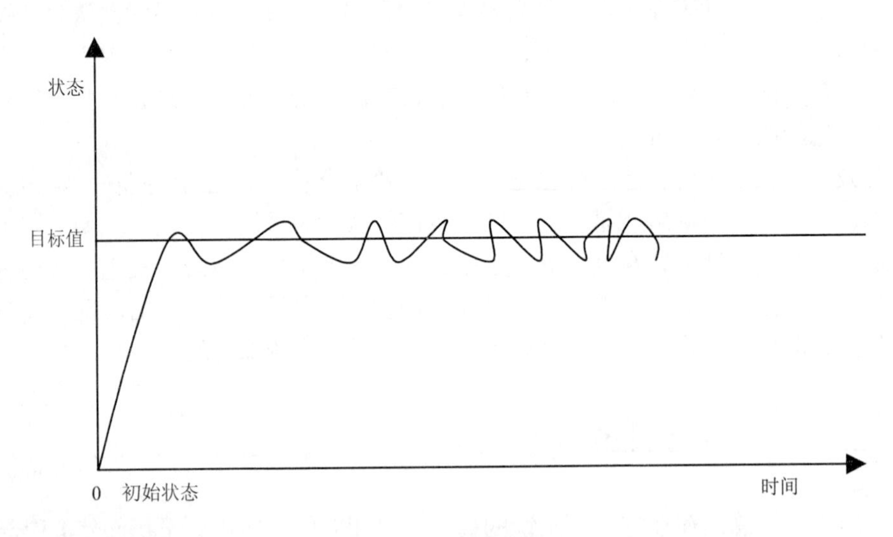

图 1-4　小幅震荡图

2.（一般性干扰）震荡衰减

如图 1-5 所示，这种震荡的特点是控制系统的运动状态开始时偏离目标值的幅度较大，但在短时间内经过系统的调整，其偏离度越来越小，直至趋近或达到目标值(现实稳定)。这说明此时系统运行虽然受到了干扰，也偏离了目标值，但系统本身仍具有抗干扰的能力，能迫使涨落逐步衰减，使系统又回到原来的状态或轨道。比如，城市中的一些新政策、法规、政府规章，在颁布和执行的起始阶段，由于各个方面的原因造成群众的不理解，难以执行，但是很快经过说服、教育和疏导，人们都开始接受它，并且确实享受了政策带来的实惠和好处，从而使各个新的方针政策按照既定的目标，得以有效地贯彻和实施。

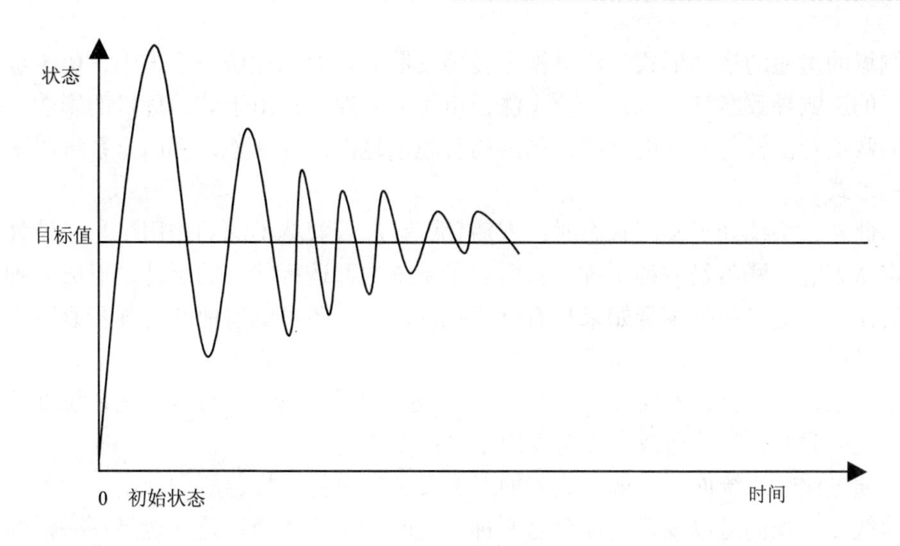

图 1-5　震荡衰减图

那么系统在遇到像突发公共事件这样的具有很大破坏性的干扰时，系统的震荡曲线又有什么不同呢？由于突发公共事件对系统的干扰强度大、干扰时间长、干扰频率高和干扰范围广泛等特点，所以城市系统表现出震荡发散的状态（图 1-6）。

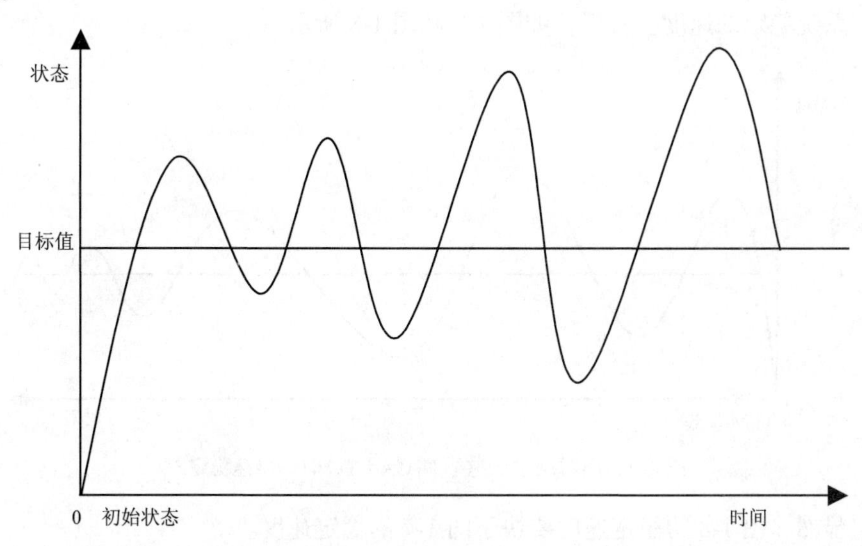

图 1-6　震荡发散图

图 1-6 中震荡的特点是，受干扰系统的运动状态与目标值的偏差幅度随时间的推移而增大，系统的不稳定度越来越高。例如，将要倒下的陀螺以及地震时将

要倒塌的房屋的运动形式，均可视为震荡发散。再如，在城市系统中，由于金融危机的影响导致经济泡沫，物价飞涨，市民人心惶惶；由于政治危机的影响，政府的政治合法性与信任度下降，国内局势越来越混乱等现象，都属于系统震荡发散的形式。

此外，系统处于不同状态时，震荡(涨落)起着截然不同的作用。当系统处于稳定状态时，涨落是一种干扰，它引起了系统内部运行状态的混乱，形成一种无序的倾向，此时系统本身如果具有抗干扰的能力，还可以迫使涨落逐步衰减，使系统又回到原来的状态或轨道。如果系统处于不稳定的临界状态，涨落则可能不仅不衰减，反而会放大成为“巨发散”。而突发事件的爆发，常常都是系统处于内忧外患的时候，因此造成了震荡发散或“巨发散”。

通过比较系统面对一般干扰和面对突发公共事件干扰，所表现出来的不同震荡曲线图，我们可以发现，面对这两种干扰时，系统的稳定速度也是不一样的。所谓系统稳定的速度即指在单位时间内，系统由非稳定态向稳定态接近的程度。

任何一个系统的运动都有一个从不稳定到稳定的过程，一开始就立即进入稳定状态是很难的。但是，有的系统进入稳定态所需的时间少些，有的系统进入稳定态所需的时间就很长，这就是系统稳定的速度问题。

系统在面对一般干扰时，稳定所需要的时间较短；而面对突发公共事件干扰时，系统稳定的速度会较慢，如图 1-7 和图 1-8 所示。

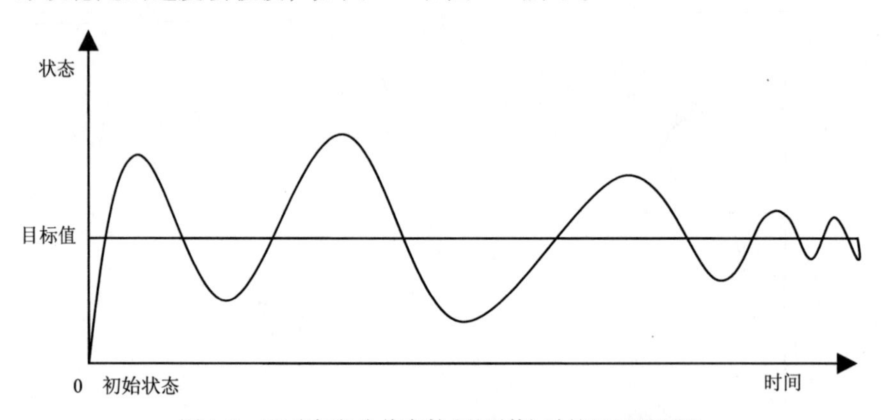

图 1-7　面对突发公共事件(强干扰)时的慢速稳定图

显然，图 1-8 的稳定速度要快于图 1-7 的稳定速度。

城市社会系统稳定的速度主要取决于城市系统的控制能力，以及干扰力的大小和强弱。城市系统的控制能力强，干扰因素小，则系统很快趋于稳定。反之，经历的时间就要很长。一般而言，城市中的一些子系统在受到重创后，其稳定速度较慢，需要很长时间才能恢复到以前的状态。例如，有些人在受到意外打击之后，精神上很长时间振作不起来，恢复不了常态，也属于这种情况。

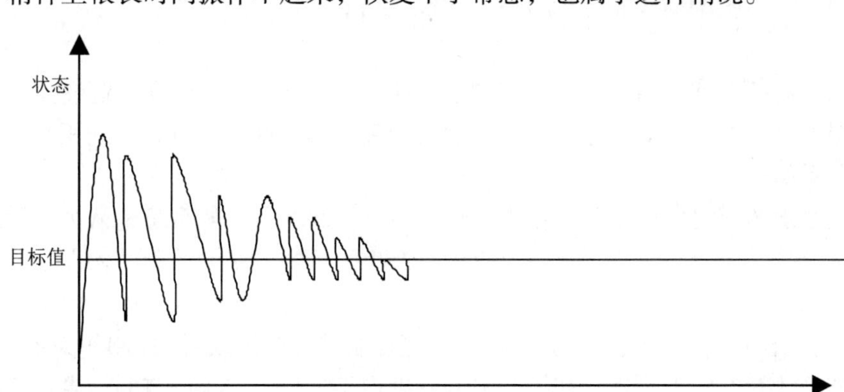

图 1-8　受到一般干扰时的快速稳定图

城市系统在遭受干扰时，一般通过以下几种方法来维持自身的稳定性：第一，避开干扰；第二，将干扰永远消除；第三，修复由于干扰而损坏的系统要素；第四，控制干扰。

先说避开干扰，当干扰是外部可以选择的环境时，我可以选择其他的环境，从而达到避开干扰的目的。但突发公共事件一旦发生，我们就无法回避，所以避开干扰对其不适用。对于消除干扰而言，突发公共事件也是不可消灭的，从人类出现以来就有了，只是在不同社会形态中表现不同，所以消灭也不可能。此外，在突发事件发生之后，常常使城市系统中的很多要素都遭到了损坏，有的还长时间地瘫痪，所以在短时间内修复损害的系统要素也很难。可见，一、二、三种方法都不奏效，既然突发公共事件不能消除，那么控制突发公共事件就成为现实中的有效途径。这里正好引起出了我们下节要论述的重要概念——系统控制。

三、政府应急——对城市系统的一种特殊控制

系统论认为，先有系统才有控制，没有系统就无所谓控制，控制是对系统的控制（这和我们现实生活的控制行为有所不同）。当然，控制的前提是系统不稳定，受到了干扰，系统不能按照既定目标运行，这才有控制的产生，控制是维护现有系统稳定的有效手段。那么什么是控制和控制系统？控制与调节、管理之间的联系与区别是什么？以政府为主导的应急体系建设又是一种什么样的控制系统？下面我们将具体展开论述。

（一）城市系统的调节、控制与管理

在人们的日常用语中，常常将调节、控制、管理三者混合在一起使用。如：对水温的调节控制，对企业运作的控制与管理。其实这三个概念是既相互区别又相互联系的。

从系统的演化角度来看，是先有调节后有控制的。一般系统论认为，系统在“渐进分异”或“渐进机构化”过程中，产生了最初系统的控制结构以及后来不断优化的控制系统。也就是说，动态开放的系统在与环境的互动中产生了最初的系统控制结构，这是系统的“初级调节”；当控制结构产生以后，控制作为系统“二次调节”才开始发生作用。初级调节的基础在于过程，二次调节的结果在于控制结构的优化。可见，控制是系统的一种调节方式，而且是二次调节，所有的控制都应该是一种调节，但并非所有的调节都是控制。

同时，控制也是系统长期发展演化的产物。不同系统，其演化的过程不同，所以控制的方式也不一样。社会系统也是如此，不同的历史环境和社会背景演化出了不同社会形态，不同的国家，不同的城市和不同的政治、经济、文化体制，也形成了不同国家、不同城市系统自身特有的控制模式。任何一个城市控制模式都是社会历史长期进化的产物，所以在优化城市系统的时候要充分考虑到城市的历史文化背景。

所谓控制，是指一个系统（人、生物、机械）通过一定方式驾驭或支配另一个系统（或对象）进行合目的运动的行为及过程（N. 维纳，1963）。“控制”是控制论，尤其是理论控制论的一个最基本的概念，它也可以理解为是物质相互联系中一类特定的联系及其调节。

我们对城市系统的控制，是一种社会控制，因为城市首先是一个巨大开放的社会系统。社会控制将城市社会看成一个动态的自我调节的活自组织系统，它所具有的信息反馈能力和决策能力在城市系统的发展过程中有着重要的作用。社会控制论通过研究社会系统的结构、行为、功能，揭示出各个子系统之间的物质、信息传递及其发展演化规律，并试图运用有关数学模型将复杂的城市社会运行过程模型化、形式化、经济化，以求得对城市社会现象的精确描述和仿真，达到最优控制之目的。目前，社会控制论已运用于城市社会学、城市行政管理、城市产业经济学、法律和企业管理等各个不同领域。

控制与管理也是有区别的，根据系统是否有人意识的介入和干预，可分为自发控制与自觉控制。在城市系统中，有一类系统在控制自身各要素的时候，不需要人的有意识干预，是靠着各种相互矛盾着的力量以及大量偶然的单个行为的相互作用，这样的系统控制叫做自发控制。如，城市中的市场经济，它受市场自身规律的支配和调节，正如亚当·斯密所说的这是一种看不见的手。在市场中，看似无数偶然的买卖交易行为却受着价值规律的支配和供求关系的约束，从而操纵着生产，调节着社会资源的分配。

所谓自觉控制，是人类通过自主的意识，对系统进行有目的、有计划管理的行为，自觉控制系统也就是管理系统。自觉的社会控制就是人们通过各种社会管理主体(包括特殊的社会设施)，根据有关社会管理规律，有意识地对生产和整个社会生活加以管理和协调。在城市系统中，有着大量的自觉控制行为，如，计划经济就是一种自觉控制的机制，还有对各个政党、社会团体、企业组织的管理等，都是属于这种自觉控制，它是人类的主观能动性的高级表现形式。

因此，所有的管理都是控制，并且是自觉控制，而所有的控制也都是调节。

（二）城市常规控制与应急控制

根据控制的常规性划分，控制分为常规控制与非常规控制。城市系统的日常维护和管理，诸如平常的生产管理、交通运输管理、电力网络控制、能源管理、通信工程、城市建筑管理等都是城市系统的常规控制形式。当城市管理中遇到的一些新问题，已有的方案和程序不能解决问题，新的决策程序也不可能立即建立，所以也会有一些非常规决策。如，为了解决交通拥挤、住房紧张、就业压力而临时制定的一些政策措施。

而应急控制是非常规控制中的一种特殊控制形式，一般要求组织(决策单位和人员)在有限的时间、资源和人力的情况下完成对突发公共事件的预防和处置，通常需要打破常规程序和方法，以尽快做出的非常规程序的应急性控制。城市应急控制与常规控制的区别如表 1-1 所示。

由表 1-1 可见，应急控制是一种特殊类型的非常规控制，往往需要做出非常规的决策行为。同时，应急控制与常规控制也是有着内在关联的。应急控制中所涉及的社会性突发事件往往很多是由于常规决策中的不公正、不民主、不及时等潜在影响所造成的。而应急控制可以完善常规控制，常规控制中的制度构建也必须从危机事件以及应急控制过程中吸取有益的经验与教训。

在城市系统日常运行中，常规控制与应急控制同时发挥着作用，平时以常规控制为主，以非常规控制、应急控制为辅，要采取科学的方式，在源头上降低突发公共事件发生的可能性，要在应急的非常规控制中制定行之有效、有的放矢的应对计划，并及时总结，以修正和调整常规控制，做到标本兼治。

表 1-1　应急控制与常规控制对照表

<table>
<tr><th colspan="2">类型
内容</th><th>应急控制</th><th>常规控制</th></tr>
<tr><td colspan="2">控制对象</td><td>城市中的公共突发事件</td><td>城市中常见的公共事务与问题</td></tr>
<tr><td colspan="2">控制目标</td><td>保护市民的生命和财产安全</td><td>维护城市日常的公共利益</td></tr>
<tr><td rowspan="4">控制条件</td><td>时间</td><td>时间急迫</td><td>时间充足</td></tr>
<tr><td>信息</td><td>信息有限(信息不完全；信息不及时；信息不准确)</td><td>信息比较完全：经过详细分析获得全面而深刻的信息</td></tr>
<tr><td>人力</td><td>缺乏：决策者自身素质和专业技术都严重匮乏</td><td>丰富：经由日常的培训、训练、教育等措施提高决策者的素质</td></tr>
<tr><td>技术</td><td>一般的技术设备往往失灵，特别需要一些高精尖的技术及设备</td><td>技术手段比较成熟，能基本实现自动化</td></tr>
<tr><td colspan="2">控制方式</td><td>非程序化</td><td>程序化控制</td></tr>
<tr><td colspan="2">控制效果</td><td>模糊控制和非预期控制，风险大，结果往往难预料</td><td>可控可调可预期(局部试验和大规模修正；预测和监控执行过程)</td></tr>
</table>

资料来源：郭济，2004

（三）城市控制系统与应急控制系统

既然城市系统有着常规控制与应急控制之分，当然也就存在着常规控制系统与应急控制系统。在阐述城市社会应急控制系统之前，先了解一下一般的控制系统。

所谓控制系统，是由各种控制元件有机地联系起来，具有一定功能，可完成某种控制任务的有组织的系统。最简单的控制系统有两个要素，或者说，一个控制系统，最低必须由两个基本要素，即司控元件和受控元件，以及控制线路构成，如图 1-9 所示。

图 1-9 中的控制系统是最简单的，常见于一般的机器控制。由于社会系统的渐进分化，系统要素繁多，而且社会系统要素本身往往又是系统，所以社会控制系统中司控元件就演变成了社会司控系统或称主控制系统，而受控元件往往是社会受控系统，或称受控对象。根据系统有无反馈回路，又可分为开环系统和闭环系统。见图 1-10 与图 1-11 所示。

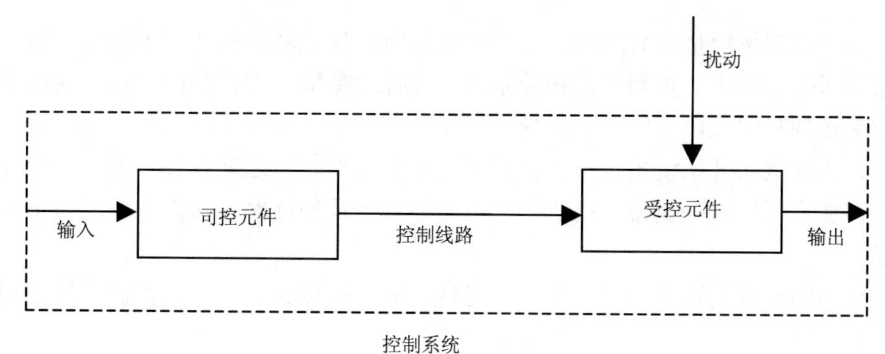

图 1-9　简单控制系统

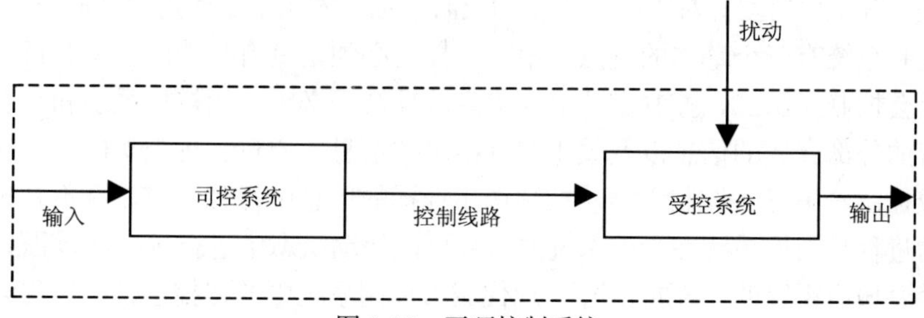

图 1-10　开环控制系统

资料来源：江秀乐，1996

开环系统的特点是装置成本低，控制过程简洁，但系统抗干扰能力较差，一般适用于控制信息量少，受控系统内外干扰较少的场合。

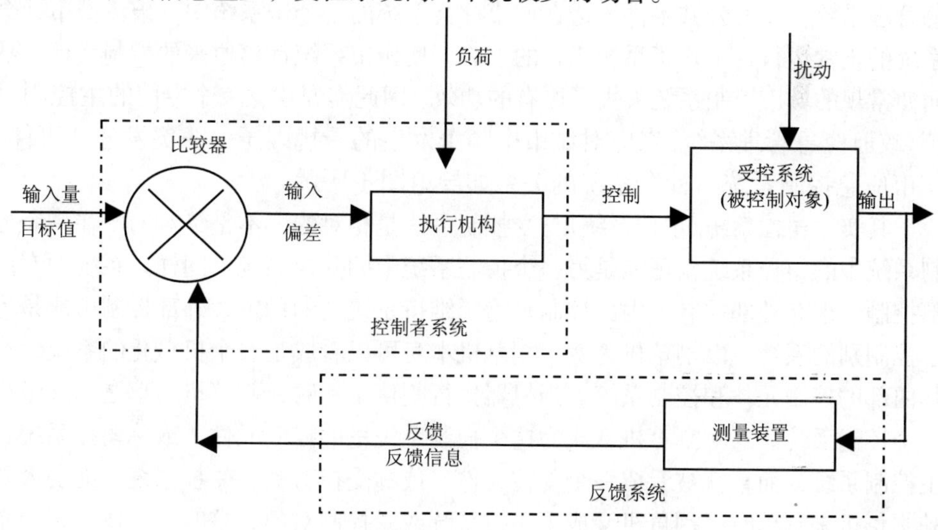

图 1-11　闭环控制系统

资料来源：江秀乐，1996

闭环控制系统是带有反馈回路的系统。所谓反馈就是将受控对象输出信息又回输到司控系统中，重新作为司控系统向受控对象输入的信息源之一，通过反馈比较来达到对输入信号的准确复现。当比较器产生一正比于输入与输出的偏差信号时，将导致闭环系统得以输出，只要输出量与给定量之间存在偏差，就有控制作用存在来纠正这一偏差。由于闭环控制系统有反馈回路，所以系统的抗干扰能力强。

因为闭环控制系统中有反馈，稳定性较好，所以在城市社会控制系统中很多都是采用闭环控制的。比如，对企业内部的组织管理，需要不断地获取管理对象——公司员工的反馈信息，才能更好地提高企业的管理效率。学校的教育管理也是如此，需要得到教育对象——学生的及时反馈，才能不断改进教学质量。所以，社会控制系统有三个基本的特点：第一，控制必须是具有目的的，没有目的就无所谓社会控制。第二，控制必须借助信息的反馈。必须运用被控系统和与它相互作用着的外部介质的信息以及关于控制结果的信息，通过各种类型的信息连接才能完成控制。第三，控制必须从控制作用选择的信息中得到，控制离不开选择。控制的过程是司控系统在受控系统的多种可能运动状态中进行选择的过程。

随着城市系统的“渐进分化”，现代城市控制系统中的司控系统已经逐渐分解成决策、指挥、执行、反馈、监督、咨询等不同的子系统，各自发挥着不同的社会控制职能。作为城市控制系统中的一个特殊控制系统——应急控制系统，是以城市突发公共事件为受控对象的控制系统，而它的司控系统是以政府为主导的应急管理系统。突发公共事件渗透在城市社会系统的各个子系统中，破坏城市社会系统的正常运行，干扰了系统正常的控制，使城市系统远离原来的控制目标，从而使常规的城市控制系统失去了原有的功效。因此需要建立一个专门的主控制系统(政府应急管理系统)来应对城市中频繁发生的干扰因子——突发公共事件。城市应急控制系统与社会系统的关系如导论图 1 所示。

其实，司控系统(主控系统)与受控制系统是相对的，不是绝对的，在一个控制系统中的司控系统，可能是另一个控制系统中的受控系统。同样，系统中有内部控制，也有外部控制，内部控制是为了维持系统内的稳定，外部控制可能是为了控制别的系统。以割草机为例，割草机本身可以看成是一个机械化的系统，有其内部的控制元件和控制系统。当机器执行割草工作时，割草机与草之间又组成一个控制系统。这时割草机就成为这个控制系统里的控制元件，或称司控系统、主控制系统，而草就被看成一个受控元件，或称受控对象、受控系统。而当人驾驶割草机来割草时，割草机又成了受控系统或受控制对象，这时人又成了司控系统。

城市应急控制系统也是如此，当我们把被控制对象锁定为突发公共事件时，那么突发事件就是控制系统中的受控系统，而以政府主导的应急管理系统就成了司控系统。同时，当我们单一地看待政府应急管理系统时，应急管理系统本身也是一个控制系统，也有着内部的控制问题，应急管理系统内部的控制与优化是为了更好地控制外部的突发公共事件，从而提高整个城市系统的应急能力。同时，政府应急管理系统也从属于大的社会组织管理系统，也要受大社会管理系统的调节和控制，这时，应急管理系统又成了被控制的对象，成了受控系统。

由于城市应急控制系统中的受控对象(突发公共事件)的复杂性与多变性，决定了司控系统(政府应急管理组织系统)的内部的构造和子系统之间相互作用的机制要比一般的控制和管理系统复杂得多。只有对受控对象的发生与演化机理进行深入的系统剖析，才能够有针对性地设立、建构和完善司控系统，因为受控对象的特征决定了司控系统的结构与控制方式。司控系统的外部环境、内部结构变化需要政府管理引入系统方法，来提高应对突发公共事件的控制能力。对于应急受控对象(突发公共事件)的系统论的分析，将在下面的第二、三、四章中具体展开，对司控制系统(政府应急管理系统)的分析在本书的第五、六、七章中论述，分别形成一一对应的控制关系。

第二部分　城市应急控制系统中的被控制对象(受控系统)——突发公共事件

对被控对象的特征和动态演化过程的研究是设计出合理的控制系统，尤其是司控系统的主要依据。本书将用三章的内容来研究城市应急控制系统中的被控制对象——突发公共事件。

第二章从被控制对象的成因、特征与构成要素方面相对静态地分析突发公共事件，使我们对突发公共事件在整体上有一个系统的认识。

第三章从动态的角度来分析突发公共事件是如何发展和演化的，从而进一步分析演化过程中的不同形态、动力机制和演化阶段。

第四章从突发公共事件与外部环境互动的视角来分析突发事件的突变和扩散，从而进一步抽象出突发公共事件在城市时空中的不同扩散方式。

其实这三章正好形成了三个维度：事件结构维度、时间维度、空间与环境维度(图 1)。事件结构维度表示突发公共事件内部诸要素之间相互联系。时间维度表示一种过程，突发公共事件的演化随着时间呈现出一定的逻辑关联。空间维度表示环境对突发公共事件的制约以及突发公共事件对环境的影响。而突发公共事件的演化、扩散和连锁效应函数就表现为在这三维空间里动态运动和分布的点、线而形成的曲面。

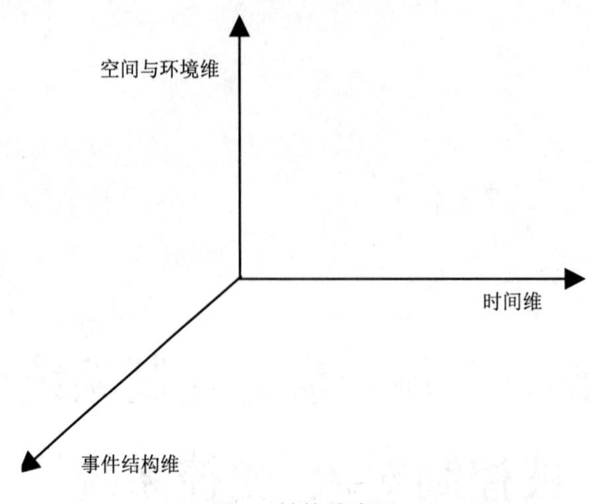

图 1　结构维度图

第二章　城市突发公共事件的成因与构成要素

一、城市突发公共事件的发生原因与特征

（一）突发公共事件的含义

据统计资料显示，2003 年，我国因生产事故损失、各种自然灾害等损失共计达 6500 亿元人民币，相当于我国 GDP 的 6%。2004 年，全国发生各类突发事件 561 万起，造成 21 万人死亡、175 万人受伤。全年自然灾害、事故灾难和社会安全事件造成的直接经济损失超过 4500 亿元。2006 年，全国共发生各类安全生产事故 627 158 起，死亡 112 822 人，其中工矿商贸企业发生 12 065 起，死亡 14 382 人，工矿商贸企业中煤矿企业发生 2945 起，死亡 4746 人。

国际经验表明，人均国内生产总值为 1000~3000 美元时，是公共安全事故的多发期。工业化、城市化进程的不断加快与公共突发事件危机管理体系的相对薄弱之间的矛盾越发突出，城市公共安全形势不容乐观。可见，发展中的中国城市已经进入了一个突发事件频繁高发的时期。那么什么是突发公共事件呢，不同学者都纷纷对其界定。

根据 2005 年的《国家突发公共事件总体应急预案》的规定，突发事件是指突然发生，造成或可能造成重大人员伤亡、财产损失、生态环境破坏和严重社会危害，危及公共安全的紧急事件。如，突然发生的，造成或者可能造成社会不稳定、公共财产和公众健康严重损害的重大事件如传染病疫情、群体性不明原因疾病、重大食物和职业中毒以及其他严重影响社会的事件。突发事件如果处理不好，不仅会对社会造成严重损害，而且会影响社会经济的发展。

薛澜(2005)认为，突发公共事件一般指突然发生，对全国或部分地区的国家安全和法律制度、社会安全和公共秩序、公民的生命和财产安全已经或可能构成重大威胁和损害，造成巨大的人员伤亡、财产损失和社会影响的，涉及公共安全的紧急公共事件。由战争和全国总动员、局部动员所引起的紧急状态则是一种最为严重的突发公共事件。

林汉川(2006)认为，所谓突发公共事件是指突然发生的危及生命财产的重大事件，诸如飞机失事、火车脱轨、轮船沉没、毒气泄露、食物中毒、火灾、爆炸

坍塌、漏水、漏油等恶性事故。该定义实际上把突发事件界定为危及人民生命财产的重大恶性事故。

赵伟鹏等(2001)认为,“所谓突发公共事件,是指超常规的、突然发生的、需要立即处理的事件。突发事件会对其相关的政府组织构成威胁,重大的、涉及面广的突发事件还可能使政府组织处于危机状态。因此,突发事件也可称为危机事件”。该定义从组织危机的角度对突发事件进行界定,抓住了突发事件的突发性、情急性等特点。

任生德等(2003)认为,突发公共事件是事物内在矛盾由量变到质变的飞跃过程,是通过一定的契机诱发的,而这个契机是偶然的。该定义强调了突发事件的难预测性甚至不可预测性。

郭济(2004)认为,在概念使用上,除了“突发(公共)事件(emergency)”外,现在学术界和实践部门使用的主要还包括“风险事件”、“(公共)危机(crisis)”、“紧急状态(state of emergency)”、“灾害(hazard)”、“灾难(disaster)”等。这几个概念都是用来描述性质相近的一类事件或状态,但它们之间侧重点不同。

由于风险、灾害、灾难、突发事件、紧急状态等概念之间相互重叠和转化,广义的危机定义实际上把它们全都包括进来了(Heath, 2000)。关于这些概念之间的联系将在第三章剖析突发公共事件的动态演化时具体探讨。

本书从系统论角度认为,城市突发公共事件就是在城市空间里,由于城市系统的内部条件和外部环境发生急剧变化,系统的稳定性和可控性遭到破坏,系统的行为出现异常而出现的一类看似无秩序却有着某种必然性支配的重大危害事件。事件的发生有着量变到质变的过程,需要政府建立一个专门的主控制系统(应急管理系统),来控制事件的发生和扩散。

(二)突发公共事件的发生原因

由于人们界定突发事件的视角不同,所以对突发公共事件的定义也不尽相同。但不论怎么界定,城市突发公共事件的发生原因大都有这两种类型,一种是自然原因,一种是社会原因,因此,城市突发公共事件也可分为自然性突发公共事件与社会性突发公共事件。

所谓自然性突发事件其实就是突发的自然灾害事件,包括地震、海啸、沙暴、暴风雪等,这些事件属于异常的自然界激烈变动的结果。

值得一提的是,纯粹由自然因素引发的突发公共事件也是很少的。尤其是在城市,随着科学技术的发展和改造自然能力的提高,城市作为巨大的人造生态系统，从根本上改变了自然界原有的物质能量循环方式，大部分城市长期超强度开发利用资源，大量排放废气、废水、废物、废渣，导致资源破坏和环境恶化。人类社会的无节制活动，对自然环境的无视和短视，加剧了灾害化的过程。如，草原面积的锐减主要是过度放牧、开垦和人口的过快增长等原因造成的；1998 年夏，长江流域发生的历史上罕见的大水，原因之一就是长江上游流域内森林过度砍伐；而目前城市的气候异常、四季更替特征越来越不明显，也和城市过多污染物的排放有关。所以，人为的因素在改变着环境，使自然灾害的发生与人类的活动有着很大关联。

同时，自然灾害也表现出一定的社会性：一是灾害最终结果的社会性，任何灾害的灾难性后果都要由人类社会来承担；二是灾害过程的社会性，灾害对社会造成危害程度的大小，一方面取决于生产力和科技的发展水平，一方面也取决于社会制度、社会管理水平和社会成员的防灾意识；三是灾害原因的社会性，灾害作为一种“建立在自然现象基础之上的社会历史现象”①，当然也具有社会性。

社会性突发事件主要是由人为因素造成的，人为的因素大致包括技术性因素、制度性因素和社会结构性因素。

技术性灾害是由于技术的滥用、使用不当或者管理疏忽而引发的突发事件。现在很多城市发生的水污染和水危机，其实就是对生产技术的滥用和不当使用而引发的。例如 2005 年 11 月 13 日，位于吉林省吉林市的中国石油吉林石化公司双苯厂（又称 101 厂）的新苯装置，由于 P-102 塔发生堵塞，循环不畅，以及处理不当造成了两个小时连环爆炸六次的重大安全事故。在爆炸事故发生后，监测发现苯胺、硝基苯、二甲苯等主要苯类污染物大量流入松花江，污染废水排入占全国流域面积 1/20 的松花江后，在其沿岸需要饮用江水的数百万人，都处于无水可饮的危机之中。

制度性突发事件常常是由制度变革和政策调整引发的。目前我国正处在社会转型时期，在社会变革、体制转换、利益调整和观念更新背景下，城市的经济政策、保障制度还不完善，容易激发社会矛盾。当今中国的很多问题，无论是从社会的整体形态、组织的运作，还是从个人的缓解渠道来看，突发公共事件的发生与现有制度的不完善、现行政策调整的不科学息息相关。

社会结构性因素主要是指事件的发生是社会结构之间紧张张力所致。我国的社会分层呈倒“丁”字形，社会关系处于一种很强的张力中，在这样一种状态下，社会矛盾比较容易激化，社会问题和社会危机比较容易发生，并将导致整个社会的结构紧张。现有的研究表明，上层实体化、下层碎片化的社会格局已经形成，

① 于光远，《灾害学》创刊号题词。

因此群体性事件时常发生。

当然，现在很多社会性突发事件的发生既有技术的因素，也有制度和社会结构的原因，是众多社会因素引发，原因很复杂。比如，非法集会、游行、罢工、劫机、军事政变、暴力恐怖事件等。

城市中的很多突发事件发生常常是社会因素和自然因素交互作用的。如，一些突发的恶性交通事故——火车相撞、汽车车祸、轮船沉没、飞机失事等。有些是恶劣的自然天气造成的，有些是人为造成的责任事故，既有自然因素也有社会因素。

（三）城市突发公共事件的特征

在了解了突发公共事件的成因之后，我们将城市突发公共事件的特征归纳如下：

1. 突发性和紧迫性

突发公共事件常常在人们不注意的时候，或是在不愿意看到的时候突然发生。这种突发性更多的是一种主观上的意外性，可能是因为危机发生之前人们对它一无所知，或者是人们管理不善、一时疏忽大意造成的。但正是这种突发性导致了事件的难预见性和处理事件时间的有限性。

处理事件的决策者对于危机情形的处理，在决策上只有有限的反应时间，决策者面临巨大的压力，政府所面临的环境达到了一个临界值和既定的阀值，急需在高度压力下快速做出决策，政府应急管理部门必须在有限的信息、资源和时间（客观上标准的“有限理性”）的条件下寻求“满意”的处理方案（薛澜等，2003）。

2. 不确定性

在突发公共事件发生初期，常常无法用常规性规则进行判断。由于环境的不确定性、人类的有限理性以及信息严重不充分、不及时、不全面，使得事件不容易控制，一切都在不确定中。这种不确定性主要表现为事件发展状态的不确定性、影响范围的不确定性和控制事态的不确定性。

3. 危害性

突发公共事件常常造成城市中的公共设施的损坏、人员的伤亡和财产的损失，给城市带来很多负面影响。随着突发事件的扩散，还会威胁到一个社会或者组织的基本价值或者目标，如果处理不及时，对整个城市社会的稳定、经济的发展乃至整个国家、民族的生存和发展都会产生巨大威胁。此外，虽然有些事件持续的时间不长，但其危害是多层次的，事后的恢复重建也需要很长时间。

4. 信息不对称性

由于发生突然、时间紧迫，往往导致信息的不对称。这种不对称主要表现为两个方面：第一，在事件发生之初，政府部门获得第一手的事件现场资料常常不及时、不准确、不全面，这与事件的突然发生、出乎意料有很大关系；第二，政府与市民的信息不对称，在政府获得事件真相与权威信息时，公众往往还不知情，从而使谣言和一些非权威信息有了市场。

5. 连锁性

连锁性是城市突发公共事件的主要特性。具体表现为灾种的多样性和灾害的并发性(金磊，1997)。

灾种的多样性：随着城市的发展，城市中新的灾害源不断增加。据统计，1960~1997 年，城市自然灾害的种类有 14 种，增加了 4 倍。现代化的城市灾害不仅指自然巨灾“震、水、风、火”，更要涉及人为因素诱发的现代灾害，这些新致灾源有数十种之多，而且频繁发生，相互影响，如管道爆炸、建筑物的腐蚀破坏、地沉与塌陷、装饰危险、钢结构构件断裂、室内公害污染、建筑物生物危害(蚁巢等)、恐怖袭击、爆炸、投毒事件、交通事故、疫病的流行等。这些新灾害源的产生，不仅会造成严重的经济损失，而且会造成大量人员伤亡。

灾害的并发性：城市突发公共事件多为人为灾害与自然灾害相结合，一种灾害或事故发生时常会直接导致一连串的其他灾害或事故发生，我们称为灾害链或次生灾害。由于城市系统的易损性，使得城市中的突发公共事件具有“一触即发、牵一发而动全身”的特性。无论是自然灾害还是人为事故，在城市中都具有连锁状的特点，如地震导致的房屋倒塌、交通中断、生命线系统损坏、火灾爆发、传染病流行等就是典型的灾害链。如果这些灾害或事故同时发生，城市公共危机就表现为群发性(章友德，2004)，如地震、雷暴、洪水、火灾同时发生在一个城市中，并与次生灾害交织在一起，引起城市系统的整体紊乱。

6. 超地域性

虽然事件是在城市中爆发，但事件并不局限于一个城市，可能在几个城市甚至全国和世界范围内扩散。尤其像一些传染性疾病可能在几个城市，几个国家乃至在世界地区范围内肆虐。

二、城市突发公共事件——难以界定的复杂对象

我们将城市看成是一个系统，突发公共事件是城市系统的强干扰因素。对于这样的界定似乎没有疑义，因为城市社会是一个开放系统，是被大众所认可的。在城市的应急控制系统中，突发公共事件又是被控制对象，而在一般的复杂控制系统中(如社会控制系统)，主控制元件和被控制对象都分化成了复杂的司控系统与受控系统。那么突发公共事件究竟是不是受控系统呢，如果是系统，它又是一个什么样的系统呢。要回答这样的问题，首先要回到我们对系统本身的定义上来。

(一) 系统的定义与特征

1. 系统的定义

系统(system)一词源于古希腊语，有“整体”和“给以定位”(萧南槐，1986)的含义。作为一门横断交叉学科的术语，它是在20世纪20年代以后才进入科学领域的。20世纪40年代，在美国贝尔电话实验研究所的工程设计中，系统概念首次被正式使用。50年代以后，系统概念的科学内涵逐步明确，渐渐获得了相对确定的学术含义。但是，由于主体的出发点、目的、角度和思维方式的不同，对系统所作的定义和理解也就有所不同。

W. 罗斯·艾什比认为，系统是变量的总和，是观察者从“机器”固有的变量中选取这一总和(王诺，1994)。

形式主义学派认为，系统的形式定义为，设T为元素$X_1, X_2, X_3, \cdots, X_n$集的族，即

$$T = \{X_1, X_2, X_3, \cdots, X_n\}$$

而它们的笛卡儿积如下：

$$R = X_1 \times X_2 \times X_3 \times \cdots \times X_n$$

布赖恩·简斯(Brian Caines, 1979)则认为，系统是人们建构出来的。他说：“系统就是那些我们想识别其为系统的东西，我们不能期望去发现一个系统，因为系统是我们创造和建构的，我们可以用我们的知识经验去建构出许多不同的系统。”

J. 米勒认为，“系统——这是在空间和时间上有限的领域，在其中诸组织是由功能关系联结在一起的”。

我国学者对系统也有自己的定义。钱学森(1982)认为，极其复杂的研究对象成为“系统”，即相互作用和相互依赖的若干组成部分结合的具有特定功能的有机整体，而且这个系统本身又是它所从属的一个更大系统的组成部分。

虽然人们对系统的定义形式多样，但从功能角度对系统定义者居多，他们认为系统具有目的性，并在要素的关联中体现一定的功能。本书也是按照功能主义视角来理解系统的。一般系统论创始人，贝塔朗菲(1981)将系统定义为“处于相互关系中并与环境相互联系(从而形成组织整体)的元素的集合”。这样的定义具有系统哲学的含义，比较客观，也比较大众化。

《韦伯新世纪词典》也是从功能主义对系统加以界定的，而且阐述得比较全面。它的界定是“系统是相互关系、相互联系而形成一个统一体或一个组织整体的事物的集合分布”。

1）“它通常是体现许多不同因素的复杂统一体，它具有总的计划、功能或旨在达到总的目的”；

2）“由持续相互作用或相互依赖联结在一起的诸客体的汇集或结合”；

3）“有秩序地活动着并与环境相互联系的整体、总体”。

2. 系统的一般特征

不管人们对系统的定义如何，这些定义至少有三个共同特征，从而在最一般的意义上反映出系统的特点。

(1) 系统中存在着相互区别的要素

系统都是由两个以上的要素(部分、环节)组成的整体，构成这个整体的各个要素可以是单个事物、物质或非物质，也可以是若干这些事物(物质与非物质)组成的子系统。

(2) 各元素之间的相互联系才构成了系统

系统中各要素之间、要素与整体之间以及整体与环境之间，存在着一定的相互联系，从而在系统的内部和外部形成一定的结构，在这里可以把环境看成是系统所从属的更大的系统。任何元素只要处在相互联系中，并形成组织整体，它就构成一个系统。

(3) 非“加和性”

系统是与环境区别开来的新的组织整体，这个整体具有不同于各组成要素(部分的）系统质或新功能，具有非“加和性”。即系统的整体功能大于要素之和。

这主要包括两个方面，第一，是指系统整体的性质大于其各个部分性质的机械相加之和。例如，生命系统是由骨骼、肌肉、血液等要素构成的，然而生命系统的整体特性绝不是这些要素性质的机械相加。第二，是指系统整体的功能大于其各个部分的功能之机械相加之和。马克思在《经济学哲学手稿》中指出：“100个工人通过协作在一天中所干的活，不仅一个单个工人100天干不了，而且常常100个单个工人100天也干不了。”这里形象比喻了系统的整体功能，100个工人的协作就形成了一个劳动系统，这个系统整体功能大大超过单个工人的劳动力之和。

可见，系统中的要素不是毫无关系地偶然堆积在一起的，而是有着紧密的相互联系和相互作用，否则它就不是系统。从以上分析比较，我们对系统作个大致定义：系统是由两个以上有所不同而又相互联系相互作用的要素所组成的、具有一定的结构和适应特定功能的整体，环境是它所从属的更大的系统。

（二）突发公共事件的系统视角考察

通过以上对系统定义的罗列以及系统特征的归纳，让我们感觉到似乎想要给“系统”概念做出很完整的定义并非易事。因为研究角度和研究目的不同决定了系统概念的差异，也决定了我们将哪些研究对象看成系统，将哪些对象看成要素和环境。

那么突发公共事件作为控制系统中的被控制对象，它能否被看成系统呢。从广义的系统论的角度而言，系统是世界存在的方式，一切现象与过程，或者自成系统，或者互为系统，或者隶属于更大的系统。即使是社会大系统中不和谐的干扰因素——突发公共事件，其本身也可以是作为一种干扰系统存在的。我们主要从以下四个方面考察：

1. 从突发公共事件本身看

首先，虽然突发事件的发生具有突发性和不确定性，但突发事件是在特定的时间、地点、由特定的人、物、自然等要素相互作用而引发的。所以突发公共事件中包含了很多要素，如人的要素、物的要素、自然的要素、社会环境的要素等。

其次，突发公共事件有着很强的放大效应与破坏后果。突发公共事件造成这些灾害性后果是内部诸要素相互作用而体现出的整体功能。

此外，突发公共事件的发生虽然有偶然性的因子，但这种偶然也存在于一定必然之中。这说明突发公共事件有一定发生机理和发生原因，是可以被人们不断认识的。

2. 从城市系统的脆弱性看

由于城市系统的日益复杂化与渐进机构化，城市的易损性逐步增强，城市中突发事件的破坏性就显得更为突出。

城市系统中不存在任何孤立的物质运动，某一种物质运动形式总是与其他物质运动形式紧密相关的，突发公共事件的发生也是如此。随着它在城市中的演变扩散，其威力和破坏性是不断增强的，正是城市系统的这种脆弱性反而加强了突发公共事件的系统功能(破坏性功能)。

比如，当某一突发事件在城市中发生时，常常会诱发其他类型的突发事件发生。如大地震的发生除了直接造成建筑物和工程设施的毁坏、坍塌和由此引起人畜伤亡及经济损失外，还常常会诱发火山、海啸、滑坡、泥石流、火灾等次生突发事件，甚至还会酿成瘟疫、社会恐惧等衍生突发事件。

3. 从系统哲学的视角看

系统哲学认为，世界是由许多高度内在联系着的部分组成的系统，它们之间的相互作用造成了复杂的行为，这些复杂行为无法通过对个别部分的单纯分析所能了解，而必须通过对相关的部分之间的相互作用机制才能获得认识。所以，我们应该用整体性与辩证性的思维来分析系统。

这里有一种对系统的错误理解方式：认为只有组织、有规则的整体才是系统。比如说石坝和石堆，很多人认为有规则垒成的石坝可称为系统，而随意简单的石堆则不能构成系统，因为石堆中各石块之间的关系是简单的、随意堆积的，石堆的作用等于各石块相加之和。其实这种解释也是经不起推敲的，需要我们辨证地分析。随意堆积的石头，也可以算是一种规则，如果这堆石头的规模大到一定的程度，便会形成若干个小石块所不具有的作用。比如它形成供船舶停泊的平静港湾，可以构成海堤，也可能成为路障，阻碍交通，甚至可以阻挡河道，引起滑坡、地震，甚至导致生态失衡等的突发公共事件。此时，石堆所形成的整体，已经成为各石块间相互联系、相互依存、共同发挥作用的系统整体(王诺，1994)。有时候，没有规律可循、复杂性和非线性也是系统的特征。

突发公共事件的爆发也是如此，看似没有规律，看似无序，没有规则，杂乱无章，就像这些随意堆积的小石块一样。但在城市这个特定时空里，一旦有诱导因素和孕育环境，加上各种因素交织在一起，便造成了它的发生，从而也造就了这样一个复杂多变的系统。

4. 从马克思主义的发展观的视角来看

系统概念是人们在经历许多的实践和认识活动之后形成的，而且系统概念也在不断地发展中。马克思的发展观要求我们也必须要用发展的观点看待系统。

由于我们常常会从带有共识意义的系统常识概念出发来讨论系统的定义，所以很容易将系统局限在原来的旧事物上。马克思曾经认为早期的人类社会就像“一袋马铃薯”一样，处于松散状态，尚不可称为系统。在进入近代资本主义尤其是二次大战以来，人们之间的联系日益广泛、国际的交流和合作日益密切，世界成了一个“地球村”，成了一个系统，这时候把社会看成是一个系统对解决众多社会问题有很大的帮助。

可见，有些事物以前不能看成系统，现在却能够看成系统了，有些事物以前看似没有规律，随着人类认识的发展，也逐步认识了它的机理。

同样的道理，我们可以将突发公共事件看成系统，是因为事件在演化过程中呈现出放大和连锁效应，同时也是社会发展的需要和时代的需求。以前，突发事件也许还只是一些不足轻重的小事故，还没有显示如此巨大的破坏性与连锁性，但随着人类城市化的进程，它已经显现出不同寻常的系统特性。虽然有些突发公共事件我们还不能理清它的内在规律，尤其是社会因素引发的社会危机，如群体性事件、宗族冲突、恐怖主义，矛盾关系错综复杂，但它们的机理可能存在于更深层次的复杂系统中，它们自身的系统规律可能还不被我们所了解。有时候我们将一些功能机理尚不清楚的系统当成是黑箱，一些内部结构和功能完全把握的认识对象我们称为“白箱”，介于两者之间的我们叫“灰箱”。我们对突发公共事件的认识过程也是逐步从黑箱到灰箱以及向白箱不断接近的过程。

综上所述，任何关于系统的定义都不是绝对的，都具有相对性。系统是人们认识对象的一种中介手段，是从整体性视角去认识事物的一种有效方式。将突发公共事件(尤其是在城市中发生的)看成系统，可以透过纷繁复杂的乱象，揭示突发公共事件共同的发生机理与发生规律，对解决城市中的众多社会问题与危机事件，维持城市的和谐发展有着重要的作用。

因此，我们认为突发公共事件是一个复杂的事物，一个复杂的控制对象，复杂性是它表现出的最根本特质。你可以将它看成一个事件、一个过程、一个不确定的社会现象、一次社会系统的突变，或是一个不稳定的系统形态，但不论怎么界定，我们都不能孤立地看待它，都需要从相互联系的整体性视角去剖析它、认识它和解释它。

三、城市突发公共事件的构成要素与分类

（一）城市突发公共事件的构成要素

由于突发公共事件不是一般的事故，如不加控制都会形成灾害，甚至是大的灾难。因此，我通过借鉴灾害系统理论，认为突发公共事件也是可以被看成是城市灾害系统的。这样一来，可以从整体角度来分析突发事件与其相关要素之间内在联系。

目前，将自然灾害的形成视为自然灾害系统综合作用的产物，已在学术界取得了共识。自然灾害是自然与社会综合作用的产物，自然灾害系统是由自然致灾因子、孕灾环境和受灾体共同组成的地球表层复杂异变系统，灾情是这个系统中各子系统相互作用的结果。在现代社会里，单纯自然性灾害已经很少，人为导致的自然性灾害因素在增强，人为的社会性灾害呈频繁增多的趋势，尤其在城市中，人为与自然灾害常常并发，严重破坏了社会系统的稳定。

所以，在城市系统中，将突发公共事件看成系统，有利于对人为灾害的分析。有学者(王劲峰等，2005)认为，突发事件由三要素组成，它们分别是孕育环境、突发事件、社会冲击场。高小平(2004)认为突发事件也是一个复杂系统，它随时间与环境不断变化，这就要求应急组织与个人必须要及时调整以适应这种变化，要善于学习危机、应急危机。根据灾害系统理论，我们认为组成城市突发公共事件系统的要素主要包括城市致灾因子(既有自然的也有社会的)、城市受灾体和城市孕灾环境，它们三者的共同作用导致了这样一个结果——城市灾情的产生。如图 2-1 所示。

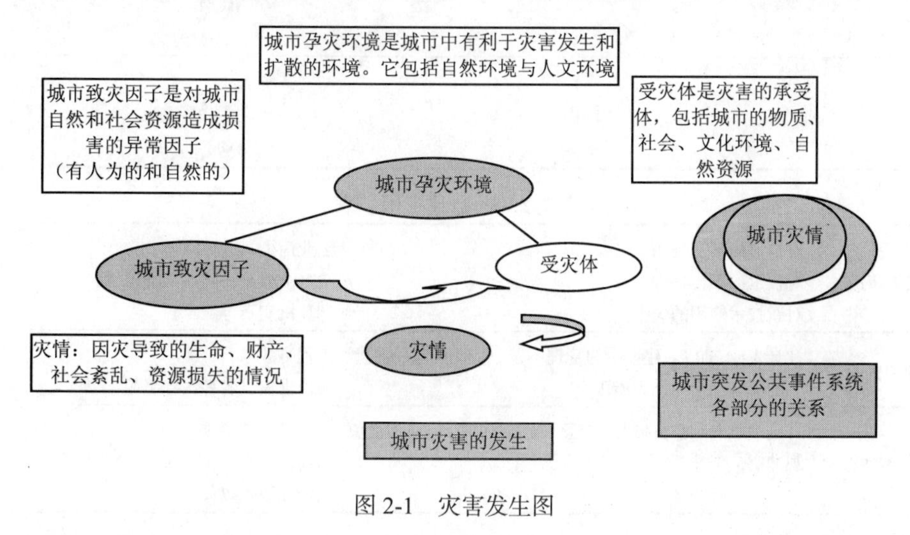

图 2-1　灾害发生图

1. 致灾因子

城市中的致灾因子包括自然致灾因子和人为致灾因子。自然致灾因子包括地震、火山喷发、滑坡、泥石流、台风、暴风雨、风暴潮、龙卷风、尘暴、洪水、海啸等。它们有的是大气圈产生的，有的是岩石圈产生的，还有的是生物圈产生的，比如病害、虫害等(史培军，1991)。

社会(人为)致灾因子是由于人的主观因素和社会行为失调或失控而产生的危害人类自身利益的变异因子。由于人为致灾因子比较复杂，所以还没有一个完善的划分体系。一般可以划分为：技术事故致灾——空难、海难、陆上交通事故等，危险品爆炸、核外泄，计算机病毒；管理失误致灾——城市火灾、各种医疗事故等；社会和政治冲突(国际或区域性)致灾——战争、大规模群体暴动、动乱等(如表 2-1、表 2-2 所示)。

表 2-1　自然致灾因子表

气海变动	大气	旱、涝、洪 风、尘、雾 冻、热
	海洋	潮、浪 冰 赤潮
地壳变动	深层	地震 火山、放气 升、降、海侵
	浅表	崩、滑、流 沉陷、地裂
农林受害	病	
	动物	虫、鼠、兽
	植物	天火、人火

表 2-2　社会致灾因子表

技术事故	对自然的不当利用 对技术的不当处理 对新技术使用的失误	工业污染 空难、海难、陆上交通事故 计算机病毒等
管理失误	社会生产、加工、建设中的管理不善、管理体制不健全、人的管理水平与能力所限	工程事故 城市火灾、各种医疗事故
社会冲突	社会中不同利益群体间冲突、种族间冲突、信仰和价值观冲突	大规模群体事件 暴动、动乱 战争、恐怖事件

2. 受灾体(承灾体)

受灾体就是各种致灾因子作用的对象，是人类及其活动所在的社会与各种资源的集合。其中，人比较特殊，既是受灾体，又是致灾因子。受灾体的划分有多种体系，一般先划分人类、财产与自然资源三大类。而人类一般又划分为富人、中等收入人、穷人三种或妇女、儿童、老人、残障人及正常男性，这是因为收入不同抵御突发公共事件的能力就不同，一般二者成正相关关系；而身体状况不同对灾害应急反应的能力也不同。在灾害发生后，妇女、儿童、老人、残障人易受灾害的影响，是受灾的脆弱群体，这在历次自然灾害的死亡、伤残人员统计中都有明显反映。财产划分为不动产和动产两部分，不动产主要包括各种土地利用(如房屋、道路、农田、牧场、水域、森林等)和自然资源(矿产、土地资源、生物资源等)，动产包括运输中的货物、各种交通工具等。在对受灾体分类的基础上，便于进行受灾体的脆弱性(易损性)评价(史培军，1996)。除了人类这样一个特殊要素外，财产和资源分类如表 2-3 所示。

表 2-3　财产和资源分类表

种类性质	财产	资源
不动产	房屋(城乡居民住房以及各种办公用房) 工厂(包括生产线) 道路(公路、铁路、管道) 城市基础设施(各种管网及公用设施) 通信设施(电缆、枢纽等) 农作物(粮食作物、经济作物) 水库(包括各种水利工程：渠道、库坝等)	土地资源 水资源：湖泊 生物资源：植物 矿产资源：金属矿产、非金属矿产 自然风景资源
动产	运输机械(飞机、火车、汽车、拖拉机、轮船) 流动货物(各种被运输中的货物及仓库中的货物)	生物资源：动物 水资源：河流、冰川(雪)

3. 孕灾环境

孕灾环境从广义上来说，即为自然环境与人文环境。在自然环境中，可划分为水圈、岩石圈、生物圈；人文环境则可划分为人类社会圈与人类技术圈。

孕灾环境更多体现为社会环境的不稳定(社会冲突加剧、社会政治信任度下降、社会治安混乱、经济动荡等)和自然环境恶化(土地退化、森林枯竭、生物多样性破坏、水土流失、沙漠化、地面沉降、海水入侵等)。

孕灾环境的稳定程度是标定城市突发公共事件发展和扩散的指标，孕灾环境对突发公共事件系统的复杂程度、强度、灾情程度以及灾害系统的群聚与群发性特征起着重要的作用。

通过对突发公共事件的系统要素分析，我们可以看出，致灾因子其实就是我们通常所说的突发公共事件本身，而承灾体是突发公共事件所破坏的对象。孕灾环境主要是指灾害发生和扩散的环境，包括自然环境与社会人文环境。也有学者认为，环境是不应当作为系统要素的，因为环境是系统的外部要素，它对突发公共事件没有决定性作用，只有延缓和加速的作用。这种说法有一定的道理，但环境中有些要素是稳定的，甚至是抗灾的，而有些是不稳定的，是“孕灾”的。从这个角度来说，孕灾环境也可以看成是突发公共事件的要素，那些稳定的、抗灾的环境则是突发事件系统的环境。但不管怎样，城市突发公共事件系统包含了两个基本要素是肯定的，一个是致灾因子，另一个是致灾因子的作用对象——受灾体。城市突发公共事件系统是致灾因子和受灾体相互作用的结果，没有致灾因子就没有灾害，同样，没有受灾体，突发公共事件就没有破坏的对象，也不能形成系统。

（二）构成要素间的相互关系和功能

系统中各要素之间是相互联系的，否则就不能构成系统。突发公共事件系统是系统中各要素相互作用的结果，认识这一点对于理解城市区域空间里的突发公共事件的系统构成有着重要的意义。

1. 突发公共事件要素间的相互关系

(1) 要素之间的依存性

突发公共事件各要素之间是相互依存的。从致灾因子和受灾体的关系来看，首先，光有致灾因子是不行的，如果致灾因子没有作用的对象，是不能形成灾情的。比如，在空旷的野外突然刮起了一阵龙卷风，在飓风停歇之后，并没有造成人员的伤亡、财产的损失和公共资源的破坏(当然如果是小的一些影响，可以忽略不计)，那么就不是突发公共事件，可看成是自然界的奇异现象。再如，一次突发性的停电，如果只是一个家庭断电，并没有引起大面积的电灾，事后很快就恢复了，也没有造成公共财产的损失，这也不是突发公共事件。因为停电只是一个致灾因子，如果没有致灾因子作用的受灾体，是不构成系统的。一样的道理，如果只有受灾体，没有致灾因子也是不能形成灾害的。同样，孕灾环境在其中的作用也是不能忽视的。

（2）要素之间的互动性

学者史培军(1991)认为，是致灾因子、孕灾环境和受灾体的互动共同构成了城市灾害系统，三要素在灾情(害)(D_f)的形成过程中缺一不可，只不过是在灾情大小的发展方面，各要素的特征变化对灾情程度的作用不同而已，不存在这三个要素谁是决定因素，或谁是次要因素，它们都是形成灾害的必要与充分的条件。

这三要素之间的互动主要通过孕灾环境稳定性(S)、致灾因子强度(R)和承灾体脆弱性(V)来体现的。孕灾环境越不稳定，致灾因子的风险性越大，受灾体越脆弱，则突发公共事件引起的灾情就越严重，反之也是一样(图 2-2)。

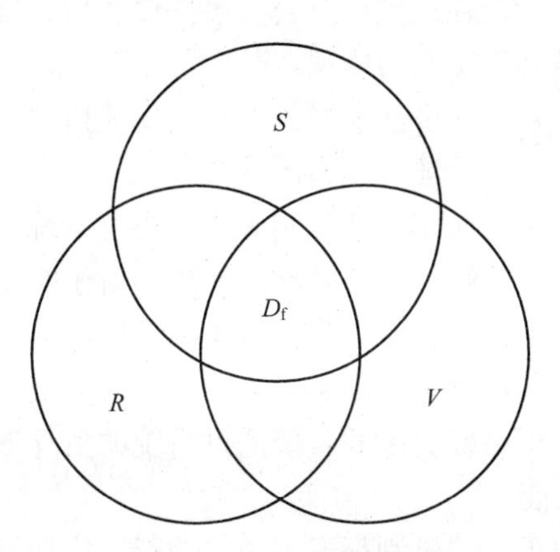

图 2-2　灾害要素互动图

（3）要素的多层次性与复杂性

突发公共事件要素之间存在着多层次性，从而体现出复杂性的特点。就致灾因子而言，有自然性的，也有人为性的。还有学者认为有第三种，自然和社会结合型的致灾因子。在自然致灾因子中又分成很多种，在人为致灾因子中也分很多子系统，每种致灾因子之间既相互联系又千差万别，从而体现出多层次性和复杂性的特征。同样，在孕育环境和受灾体中又有若干不同的子系统，各子系统相互关联又随机联动，表现出复杂性、非线性与模糊性。

由于公共突发事件所表现出来的不均匀性、多样性、差异性、随机性、突发性、迟缓性、重现性和无序性等复杂性特点，使得“简单”的理论和手段已不适宜于日趋复杂化、复合性的公共突发事件的研究，因而从系统论角度研究突发公共事件是当务之急。

2. 突发公共事件的社会功能

系统通过要素之间的结合组成一定的结构，系统有什么样的结构就体现什么样的功能。社会功能主义理论者默顿认为，社会是由各个部分组成的一个结构系统，各部分之间依靠某种相对稳定的形式结成一定的关系，并形成一定的社会功能。默顿认为社会功能有正功能和反功能，有显性功能与隐性功能之分。反功能不利于社会系统的整合与稳定，而正功能有助于社会系统的调适。

突发公共事件的功能主要体现于孕灾环境、致灾因子和受灾体之间的互动中。从社会系统的角度来看，突发公共事件对城市社会系统破坏较大，因此主要是体现为社会负功能。城市系统在遭受突发公共事件侵袭后，常常表现出一系列的不适应和不顺应，这就是其负功能的体现。

从系统论的视角来看，这里涉及系统的正负反馈机制的问题。在以稳定为目的的城市大社会系统中，负反馈机制力图保持系统平衡和稳定，按照既定的目标值运行，是正功能的体现。而正反馈机制破坏了现有系统的稳定性，使原有系统结构遭受破坏，甚至趋于瓦解，是负功能的体现。对于突发事件而言，它使城市大社会系统趋于震荡的不稳定状态，是城市正反馈机制的作用的体现。突发事件的频繁爆发使城市系统的负反馈机制越来越弱，正反馈机制作用加强，社会不稳定加剧。而政府应急管理系统更多的希望通过系统的负反馈机制来维护社会的和谐，体现了城市的正功能。

当然并不是所有的正反馈机制都表现为负功能。比如有一些社会事件，标志着进步力量的崛起。比如“五四运动”，这些进步的社会行为属于社会运动的范畴，代表了社会新的生产力的发展方向，在当时社会系统中所形成的正反馈机制，打破了原有旧社会体制的枷锁，是社会进步的体现。

而我们当今的一些社会性突发公共事件，如群体性暴动大多是现有体制中的人民内部矛盾问题，与社会运动有着质的区别。虽然这些社会群体性事件给现有社会系统产生的正反馈在客观上有利于现有社会政治生态的改进，使社会系统不断寻求更有利于自身稳定的控制方法。但它们毕竟不是社会进步运动，属于公共突发事件范畴，其破坏性、非理性和负功能是显而易见的。

有些学者也认为灾害是有潜在正功能的，它能够促进城市系统的调整，在客观上使城市系统从不适应到适应。这种观点有一定的道理，社会学家科塞也认为，一些小的社会冲突的释放有利于大社会的稳定，被称为社会安全阀。其实灾害事件本身并没有什么正功能，主要是人类在灾害中不断积累经验、避免损失的结果，可能更多的体现为人类的一种应急、学习和适应功能。

（三）突发公共事件的一般分类与模糊分类

1. 突发公共事件的一般分类

突发公共事件的种类繁多、纷繁复杂，可以从不同的维度对其进行划分：从成因上看，可以分为自然性突发事件和社会性突发事件；从危害性上看，可以分为轻度危害、中度危害和重度危害的突发事件；从预测性上看，可以分为可预测的突发事件和不可预测的突发事件；从可防可控性上看，可以分为可防可控的突发事件和不可防难控的突发事件；在城市区域上还可分为小城市、大中城市和特大城市突发公共事件等。

胡宁生(1999)从危机角度，对突发公共事件分类作了归纳。如表 2-4 所示。

表 2-4　突发公共事件类型概览

划分标准	相应的事件类型
动因性质	自然危机(自然现象、灾难事故)/人为危机(恐怖活动、犯罪行为、破坏性事件)
影响的时空范围	国际危机、国内危机、组织危机
主要成因及涉及范围	政治危机、经济危机、社会危机、价值危机
采取手段	和平的冲突方式(如静坐、示威、游行等)/暴力性的流血冲突方式(恐怖活动、骚乱、暴乱、国内战争等)
特殊状态	核危机/非核危机

根据《国务院关于实施国家突发公共事件总体应急预案的决定》(国发[2005]11 号)的规定，突发公共事件主要分为自然灾害、事故灾害、公共卫生事件、社会安全事件四类。这样分类的优点在于管理者可以根据不同的事件特性，提出相应的预防和控制措施。

1）自然灾害。主要包括水旱灾害，台风、严寒、高温、雷电、灰霾、冰雹、大雾、大风、沙尘暴等气象灾害，火山、地震灾害，山体崩塌、滑坡、泥石流等地质灾害，风暴潮、海啸等海洋灾害，重大生物灾害和森林草原火灾等。

2）事故灾难。主要包括民航、铁路、公路、水运等交通运输事故，工矿商贸企业、建设工程、公共场所及机关事业单位发生的各类安全事故，造成重大影响和损失的供水、供电、供油、供气，通信、信息网络、特种设备等安全事故，核与辐射事故，环境污染和生态破坏事件等。

3）公共卫生事件。主要包括传染病疫情、群体性不明原因疾病、食品安全和职业危害、动物疫情，以及其他严重影响公众健康和生命安全的事件。

4）社会事件。主要包括危及公共安全的刑事案件、涉外突发事件、民族宗教事件、恐怖袭击事件、经济安全事件以及群体性事件等。

国内有一些学者(薛澜，钟开斌，2005a)认为，结合国内外先进的应急管理经验，根据突发公共事件的性质和发生机理，应将经济安全事件从社会事件中单独划分出来归为一类。经济安全事件主要是指资源、能源和生活必需品严重短缺，金融信用危机，造成严重经济失常、经济动荡等涉及经济安全的突发事件。由于对经济危机的应急措施涉及贸易、金融、投资、股市、汇率及财政、货币政策等许多的方面，具有很强的专业性，所以有必要将之单独分出来，对建立专门的经济危机应急机构有很大好处。还有些专家认为，应该将食品安全单独分出来，对于解决目前多发的食品卫生事件有很大帮助。

可见，目前的分类还有不完善的地方，还需要不断地改进。其实这种分类的方法是根据突发事件性质和发生的领域来分类，主要按照突发事件的致灾因子的种类来划分的，是一种相对静态的分类方式。从系统的角度看，我们应该将突发公共事件的演变看成一个系统，既要看到致灾因子的复杂性也要充分考虑到受灾体的承受能力，可以将两者结合在一起来考虑分类的方式。

2. 模糊分类

由于突发公共事件常常表现出多样性、差异性、随机性、突发性的特点，从而使我们对突发事件认识带有很大的模糊性和不确定性。把突发事件分成自然灾害、事故灾害、公共卫生事件、社会安全事件四种类型固然可以针对不同的事件特征进行预防和控制，但对于多个致灾因子和多灾种的事件并发就很难有效了。由于突发公共事件在一定时空中具有放大效应，从而常常产生连锁效应，导致很多事故群发。比如，将“非典”定义为公共卫生事件似乎并不妥当，因为“非典”也导致很多社会事件和经济事件的发生，已经演化成了全面的社会危机。再如，由于水质污染而引发的群体性不明疾病，一个是事故灾害，一个是公共卫生事件，但两者又有着关联性，所以不能将事故污染和由污染导致的疾病割裂开来划分。

从系统论的角度看，每一次对事物的分类都会使我们丧失对事物整体性的认识。我们认识突发事件的认识也是一样，要把握它的整体性就需要去认识它的这种多样性和模糊性，而模糊理论为我们提供了认识事物一种新的视角。1965年，美国加利福尼亚大学控制论教授扎德(L. A. Zadeh)发表了有关模糊理论的第一篇论文《Fuzzy Sets》(模糊集)，首次提出了模糊子集的概念，建立了模糊子集的“并”、“交”、“补”的运算(扎德，1982)。此后，模糊概念和认识方法在科学的各个领域长驱直入，极大地推动了现代科学的进一步发展。

模糊理论分析的对象大多具有随机性、隶属边界不清晰和性态不确定等特征。

扎德提出了模糊子集的概念，对一个元素是否属于某个子集不是简单的肯定或否定，而是对属于程度用“隶属度”给予表达。例如，在评价人的高矮时，对于一个身高1.74米男子是否算做高个子，不同的人有不同观点，但运用模糊理论便会得到适当的解释(王诺，1994)。按照目前中国人的状况，我们可以约定身高1.8米以上属于“高个子”，这个子集的“隶属度”为1，而身高1.6米以下属于“高个子”，这个子集的“隶属度”为0，身高1.6米至1.8米之间按比例给予(0，1)中的一个数作为“隶属度”，亦即身高1.78米属于“高个子”子集的“隶属度”为0.9，身高1.74米属于“高个子”子集的“隶属度”为0.87，这样问题就少了歧义。

在模糊理论中，这种子集称为模糊子集。每个元素对模糊子集都有一个“隶属度”表示其属于的程度。同样对于突发公共事件这样一个带有模糊特征的事物，我们也可以用模糊隶属度来分类。这样，每一个突发公共事件的致灾因子在相应于每个模糊子集都有不同的“隶属度”，然后进行综合评价，就能确切地找到我们要分类的模糊目标。当然，在其分类过程中总会涉及很多的数学算法，真正实行起来也比较复杂。

目前，中国科学院的刘佳、陈建明(2007)利用模糊决策理论对未来的危机事件类别进行模糊综合评估，利用马尔可夫链原理计算突发事件级别的转移概率，对模糊综合评估结果进行检验，提出了一套模糊算法和模型。由于此模型属于专家决策范畴，只适用于大型的突发事件。另外，对于一些从未发生过的突发事件，例如SARS，还不能运用。但不管怎样，运用模糊理论对突发事件进行研究有着很大的空间，对于综合处理突发公共事件大有益处。

第三章 城市突发公共事件的动态演化机理

对被控制对象的演化机理进行分析，有利于我们对其进行动态控制。演化是指一种事物、现象或系统是如何动态地生成、发展和演变的。我们知道生命是从无机界到有机界，从单细胞到多细胞，从原核生物到多核生物逐步演化而来的。可见，突发公共事件的演化是一种动态的过程表达(当然在国内外有些观点认为危机是“点”，而不是“过程”)。突发公共事件的构成要素是在相互联系中动态运行的，从而在时间序列上呈现出不同的形态，尤其是一些重大突发公共事件和公共危机更是如此。本章将从突发公共事件的时间维度剖析事件是如何在时间流里延展与扩散的。

机理从管理角度来理解，是指一个事物“内在规律性”的表达。由于不同类型的突发公共事件其演化路径是不同的，而且有些演化机理尚有待于不同领域里的专家进一步的深入研究和发现。因此本书只分析突发事件生成、发展、演化和扩散中的一般性规律与共性特质。

一、突发公共事件的系统态演化

(一) 突发公共事件的不同演化形态

首先，从事件持续时间的长短看，大致可分为两类，一种是突变式，另一种是渐变式。突变式是指一些突发公共事件，尤其重大突发公共事件爆发力在瞬间产生，强度较大，但整个事件从发生到结束持续的时间并不长(袁辉，1996)。比如，地震、爆炸、特大交通肇事等。如图 3-1 所示。

从图 3-1 可以看出，突变式事件虽然持续的时间不长，但短时间内对社会系统造成的震荡是强烈的，其破坏程度也是巨大的，如强烈地震和爆炸。

渐变式是指一些突发公共事件从产生到结束不是在瞬间完成的，而要经过一个逐步蔓延和扩散的中间状态，其引起的损失、伤亡和影响的程度也是在逐渐增大的，最后才产生质的变化，造成严重的损失、伤亡和恶劣的影响。比如火灾的过程、旱灾的形成、从群体事件到大规模暴动、流行病的传播、环境的污染、有毒气体的泄漏等(图 3-2)。

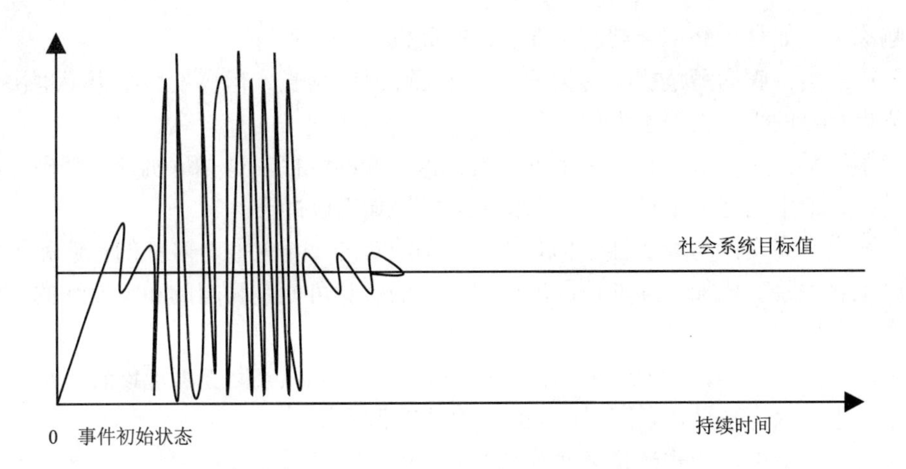

图 3-1　突变式曲线图

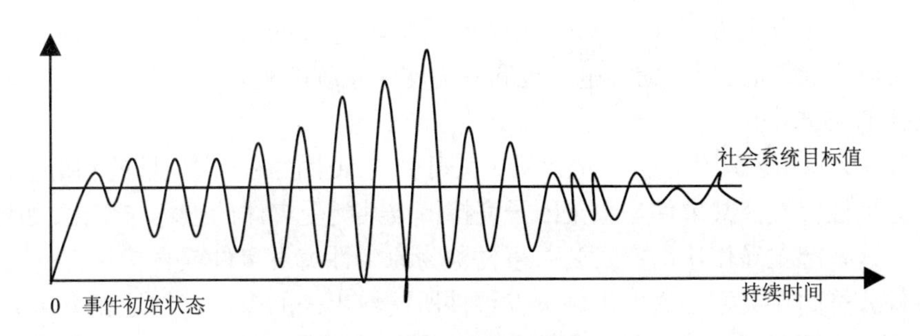

图 3-2　渐变式曲线图

由于渐变式有一个相对蔓延的时间状态，因此从产生到衰退的时间相对较长。

罗森塔尔（Rosenthal, 2001）也是从事件发展和终结的速度来区分危机性事件的，但他又将突发式与渐变式进一步地细分，形象地归纳为四种形态。如表 3-1 所示。

表 3-1　危机形态表

突发公共事件	突发式	渐变式
快速终结	龙卷风型	腹泻型
逐渐终结	长投影型	文火型

第一类：龙卷风型危机。这类危机来时快去时也快，就像龙卷风一样，如劫持人质危机。

第二类：长投影型危机。这类危机往往突然爆发，虽然时间也持续不长，但影响深远，如马丁路德金被刺事件引发的危机。

第三类：腹泻型危机。这类危机往往酝酿时间很长，但爆发后结束得也快，如刚果(金)的千人大屠杀事件。

第四类：文火型危机。是来得缓慢去得也慢的危机。这类危机开始缓慢，逐渐升级，结束也有一个过程，就像文火一样，如巴以冲突。

其实，突变性与渐变性是相对的，不是绝对的，与人们对事件的把握和了解程度也有关系。比如，强烈地震虽然给我们的感觉可能是瞬间的和突发性的，但地壳、地层之间的不稳定性变化也是一个渐变的过程，只是这些渐变过程我们一般无法察觉。同样，造成新奥尔良灾难的卡特里娜飓风实际上就应该看成是渐变性地发生，因为它是在登陆之前就已经被人观测到了。

首先，不论渐变式还是突变式突发公共事件，如果不加控制，其最终结果都会导致社会系统的强烈震荡，甚至崩溃。尤其是在城市系统中，城市系统的脆弱性使得渐变式突发事件常常会引发突变性事件，突变式事件也可能引起渐变式事件，形成连锁群发性事件。比如，由爆炸(瞬间)造成的火灾，而火灾的蔓延又可能引发电灾(瞬间大规模的停电，也和电力网络系统的脆弱性相关)，电灾还会引起其他的灾害等。

其次，从事件产生的先后顺序看，又可分为原生性的、次生性的和衍生性的。

原生性突发公共事件是致灾因子直接造成某类受灾体的破坏与伤亡，如地震、洪水，这些起主导作用的突发公共事件称为原生性突发事件或直接灾害；次生突发事件或称间接灾害是由原生性突发事件所诱导出来的事件，如地震引起房屋倒塌，而房屋倒塌又间接引起火灾的发生，由火灾又造成了灾害，那么火灾就是次生性的。衍生性事件或衍生灾害是致灾因素破坏了社会的结构、功能，物资流和信息流，造成了人群和组织的伤亡和瓦解，都会直接或间接造成社会生产、经济活动的停顿，由此造成的经济损失。如大地震的发生使社会秩序混乱，出现烧、杀、抢劫等犯罪行为，使人民生命财产再度遭受损失。再如大旱之后，地表与浅部淡水极度匮乏，迫使人们饮用深层含氟量较高的地下水，从而导致了氟病等。从时间上看，先有原生性突发事件，后有次生性的和衍生性的。不过，有时候次生性灾害与衍生性灾害比原生灾害的危害还大。因此，防止次生灾害与衍生灾害的发生与蔓延也是减灾控制的重要内容之一。

最后，从事件随时间的推移所呈现出的放大效应和连锁效应看，突发公共事件常常由一些细小的事故引发，同时又呈现出扩散性和连锁性。为什么一些细小的冲突事件能引发一场大的危机呢？这需要我们用系统论的视角来解释。如果在外界没有任何力量去控制事件的蔓延和扩散的情况下，事件会从无序、混沌向自组织临界演化。

(1) 突发事件的无序性

在突发公共事件爆发初期，人们常常会用无序性来形容事件的偶然性和突发性。无序性主要表现为不稳定性、不规则性、随机性和彼此间的相互独立性。无序是相对于有序而言的，有序性是客观事物存在和运动中表现出来的稳定性、规则性、重复性和相互的因果关联性。人类理性的功能主要在于抓取对象世界中的有序性以形成关于世界的规律性的认识，而对无序性则是难以对付的。因此在突发事件发生初期，由于在主观上出乎人的意料，所以常常表现出无序性，尤其是当一些突变式的事件和一些新出现的突发灾害事件发生时，人们更是感觉到手足无措。比如“非典”初期，由于人们对于这种新型病毒的不了解，所以感到无从下手。还有一些突发式的事件，如飓风，由于人们没能及时预测发生的信息，也会感到事件发生的偶然性与无序性。

我们认为，在突发事件发生初期，虽然有偶然触发的因子，但更多的体现为人们主观认识上的无序性。它可能是人们主观上的疏忽大意而没有察觉，也可能是受人类技术水平和认识能力所限，但这种无序性是存在于更深层次的规律性之中的。从这一点上来说，无序不是绝对的。

突发事件看似偶然，实属必然。从系统哲学的角度来看，偶然性体现并受制于必然性，偶然性是必然性的表现形式和补充，凡存在偶然性的地方，其背后总隐藏着必然性。有些事物或现象现在认为是无序的，将来的认识则未必如此。对于同样的事物，由于认知不一样，有人会认为是有规律可循的，也有人认为是无序的，就像专家和外行人同看一张复杂的电路图，正常人和色盲人同看一张检测图表，或医师与政治家同看一张肺部 X 光片，必然会存在着主观的差异性。随着突发事件逐步扩散，人们也越来越关注它的发展，从而总能从一些偶然性与随机性中找出内在的联系，对其认识也更加理性化。因此，突发公共事件虽然具有突发性，但仍有其内在规律可循。我们把这种存在于确定性中的表面无序性称之为混沌。

(2) 突发事件的混沌与蝴蝶效应

混沌一词在希腊早期的宇宙论中，曾专门用来描述万物生成前宇宙的原始完整状态。中国古代哲学也认为，在盘古开天地之前，宇宙处于混沌状态，认为是首先有混沌，然后才有大地和欲念。通常人们也将混沌用来描述混乱、杂乱无章和乱七八糟的状态。

在科学研究中，混沌是介于有序和无序之间的状态，它并非无序也并非有序，是有序中包含的无序。哈肯(1986)指出，“混沌可以定义为产生于确定性方程的随机性”。我国学者郝柏林(1990)认为，“混沌是非周期的有序性”。

混沌现象为人们熟知，得益一个著名的论断：蝴蝶效应。1972 年 12 月 29 日，美国麻省理工学院教授、混沌学开创人之一 E. N. 洛伦兹在美国科学发展学会第 139 次会议上发表了题为《蝴蝶效应》的论文，提出一个貌似荒谬的论断：在巴西一只蝴蝶翅膀的拍打能在美国得克萨斯州产生一个龙卷风，并由此提出了天气的不可准确预报性。当时，气象学家洛伦兹用计算和数值模拟天气变化时，发现仅仅千分之一差值的输入竟可以引起巨大的差异，于是提出了这一惊人的论断。

时至今日，这一论断仍为人津津乐道，更重要的是，它激发了人们对混沌的浓厚想象。在心理学上，蝴蝶效应表现为一种不同于普通的连锁效应和因果性不明显的情绪反应和行为。比如，因为几天前发生的一点小小不顺利，而开始心情烦躁，在压抑和郁结状态中，小的情绪波动渐渐在心底形成轩然大波，最终以不可预见的狂躁模式爆发出来，时间累积得越久，崩溃的后果越不堪设想。这种蝴蝶效应在社会系统中有很多，下面举几个例子。

现象 1：金融风暴

1997 年 3 月至 5 月，来自美国华尔街的“大蝴蝶”索罗斯突然振动它的翅膀，骤然掀起了泰国、印尼的金融风暴，随即引发了整个东南亚的金融大危机，进而引发了 1997 年包括东亚许多国家在内的金融危机。泰国、印度尼西亚和韩国这三个国家，几乎全部的企业(包括金融企业)都受到破产、停产、停业等致命的打击。这场危机让人们真正领略到洛伦兹蝴蝶效应现象在金融界乃至经济领域的真实存在性和巨大的影响程度。

现象 2：群体事件

2005 年法国巴黎骚乱蔓延，原因是一名内政部长不假思索地称弱势群体为“暴民”，侮辱性词汇激化了矛盾，使主谋者煽动其他阶层人员加盟，也使同情者倒向与政府对立，使看热闹者转化为参与者。2004 年重庆万州事件，起因是有人在路上打了人并自称是什么公务员，由此聚集了数万人，发生焚烧警车、打砸政府办公楼以及哄抢物品的事件。

古今中外的一些群体性闹事风波，一开始常常只有少数人，很多事件起因微不足道，但如果疏于监察和防范，最终会酿成危机。有的是由于一时难以化解的矛盾与感情纠葛，有的是领导与群众、同事与同事之间的一点小小误解摩擦，还有的只是一个漫不经心的举动，偶然事件激发了不满情绪。同样一件事，在这群人里没什么反应，在另外一群人里就会引发闹事，有时看似不相干的原因，连街头纠纷，也会导致矛盾激化(当然这里必然存在着深层次的社会原因)和社会危机。

近来一些较大的群体事件，多是由于地区和部门的领导干部警惕性不高、工作不深入，失职渎职，形式主义、教条主义和官僚主义严重，不能及时发现一些群众的不满情绪，不能及时化解一些不稳定苗头，酿成不该发生的事端和风波。

现象 3：政治与军事

近几十年来的国际政治、军事事件乱象丛生。例如，前南斯拉夫三方的内战，海湾战争，以色列同巴勒斯坦的政治、军事冲突，印巴军事争端，伊拉克武器核查、美英轰炸伊拉克等都是局部混沌现象。再如，数十年来，日本党派斗争激烈，这种现象直接引发了日本政坛上阵阵的政治风暴，导致日本频繁更换首相的现象不断出现，有的首相仅任职几十天就下野了。

今日的科学已经认识到，无论是在自然界还是在人类社会，混沌都是一个普遍现象。一支点燃的香烟，烟雾袅袅缓缓散开；风中旗帜前后摆动；自来水龙头滴水的花样由稳态变为随机；气候变化中翻卷着的乌云；还有飞行中飞机的形态、高速公路上汽车拥挤的情景、地下油管内液体流动的变化、突发公共事件演化等，都会出现混沌。

在西方流传的一首民谣，我们可以命名为《一颗钉子引发帝国灭亡》，它似乎更形象地放大了这一效应[①]：

丢了一个铁钉，坏了一只马蹄；

缺少一只马蹄，跌翻了一匹马；

翻了一匹马，死了一个骑马的武士；

死了这位骑马的勇士，失去了这场战争的胜利；

失去了这一场胜利，亡掉了这一个帝国！

乍听起来，这首民谣也可谓荒唐，一个帝国灭亡的原因竟然是缘起于一只马蹄掉了一枚铁钉！但分析一下，每一步的推理，也并不无道理。丢失一颗马蹄铁钉是非常偶然的微不足道的小事件，但是如果没有人对这些个偶然性事件加以弥补、控制，小事件就会循着一条匪夷所思的方向发展下去，就像滚雪球一样，最终可能导致一场风暴、一串血案、一个帝国的灭亡。少一颗钉子，马蹄铁钉的就不牢，马蹄铁没装好，马蹄就容易受伤，马受伤了骑马人就会被摔伤，导致一场关键战役失利，最终亡了一个帝国。每一个环节都是偶然的，但每一个环节都是连锁相扣的，必然导致最终结果，这就是偶然中的必然性。这一现象，用系统论的专业术语来说，就是所谓对初始条件的敏感性。

混沌系统具有三个关键要素：一是对初始条件的敏感依赖性；二是临界水平，这里是指非线性事件的发生点；三是分形维，它表明有序和无序的统一。

虽然人们对混沌现象早已司空见惯，但对于究竟什么是“混沌”，目前尚无统一的定义。不过，混沌现象的奇妙之处在于它把“表观的无序”与内在的决定论

① 《Collected works of Wiener with Commentaries》, p371。

机制巧妙地融为一体。

普尔指出，混沌是一个相当难以精确定义的数学概念，但是它可以被描述为“确定的随机性”。混沌可以表现为以下的数学特征(卢佩，1991)：

1）内随机性。虽然混沌的发生具有随机性和发展后果的不可精确预测性，但仍然存在于确定性的系统方程中。正如突发公共事件的发生后果常常不能精确预测一样，但事件的发生却存在于确定性的联系之中。

2）对初始值的敏感性。混沌态与有序态的不同之处在于，它具有局部不稳定性。随着进入的初始位置的不同而“差之毫厘，谬以千里”，即所谓对初值的“敏感性”。蝴蝶效应正是这种敏感性的表现。对于突发事件而言，一次原生性的小事件能引起连锁效应和大的危机也是这个道理。

3）非整数维。对混沌的描述不能用规则的几何学来描述。通常人们认为事物的几何图形的维数总是整数。例如，点是零维，线是一维，面是二维，体是三维等。整数维的几何图形只能描述规则、光滑的几何图形。但是现实世界中大多数事物都不是很规则的，这就需要把整数维的概念推广到分数，即非整数维数，这对于我们认识复杂性的事物很有帮助。

4）无限嵌套的自相似几何结构。形象的比喻，可以把混沌现象的几何结构看成洋葱头，不过在混沌状态下系统的每一部分都有类似的结构，而且一层一层剥下去以至无穷。这表明混沌具有某种结构不变性。

5）混沌是一种“奇异吸引子”，在相空间或状态中间中某个区域，它的特点是能将相空间中从其他区域出发的轨线吸引过来。

在不同的学科中，人们对混沌的理解也是不完全一样的。在数学中，混沌表现为非线性的方程和函数；在动力学中，表现为确定的非线性动力系统；在社会科学中，混沌表现为一种存在于必然性中的偶然性。它不是纯偶然的、个别的事件，而是普遍存在于宇宙间各种各样的宏观及微观系统之中。

混沌不是独立存在的科学，它是人们看待事物和问题的一种独特视角。混沌科学与各门科学互相促进、互相依靠，由此派生出许多交叉学科，如混沌气象学、混沌经济学、混沌数学等。混沌学不仅极具研究价值，而且有现实应用价值。

用混沌来解释突发公共事件是因为事件在演化过程中所呈现出的复杂性和非线性的特征。从非线性的视角来看待事物之间的联系正是混沌学的主要方法。在突发事故和灾害中常常表现出随机性、突发性、不均匀性特点，使得一些相对简单的理论和手段失去作用。比如，火灾过程就是三维、非定常、多尺度、非平衡、非线性以及耗散性，包含湍流流动、传热传质、可燃物热解、相变和燃烧的复杂物理化学过程(董华，张吉光，2006)。火灾系统的复杂性表明，非线性是火灾系统根本的特征。突发事件构成要素中的致灾因子、受灾体和孕灾环境，其中任何一个要素中的子要素发生微小的变化都可能是事件迅速演变成大的灾害和危机，从而引发整个社会系统的混乱。

因此，只有从非线性混沌科学角度进行认识，才能更完整、更深刻地了解突发公共事件演化规律。

（二）突发公共事件演化中的方向与动力

1. 方向：趋向自组织临界

突发公共事件大多最初以一种突发性、非线性、复杂性的形态呈现在我们面前，但随着其影响范围的扩大，其内在要素之间以及与周围城市环境之间不断地进行着物质循环、能量转换和信息传递，并借助突发因子相互耦合在一起，形成系统驱动。在系统的动力作用力下，逐步从一种看似无序和混沌状态的驱动下走向自组织临界值。这种现象在自然灾害系统中表现最为明显。

自组织临界并非自组织，但两者又是相互关联、密不可分的。所谓自组织是指系统中各要素相互影响、相互联系，自动地由无序走向有序的过程(钱学森，1981)。我们说生命系统、社会系统、城市系统是自组织的系统，因为它们能不断地在演化过程中从无序走向有序，从低级有序走向高级有序。从自然界到人类社会，从植物界到动物界，不同系统在演化过程中都有着不同程度的自组织现象。自组织是系统排除外界干扰，并力图保持自身整体性和稳定性的一种能力。可见，自组织是系统稳定有序的表现，也是系统自我控制的手段。

热力学第二定律认为，宇宙中物质和能量有随时间自发的无序化倾向，而在这一过程中宇宙中的熵也在逐步增大，正是熵导致了系统的无序性。热力学认为熵是系统自发产生的，而且具有不可逆性，因此，世界不可避免要走向无序和衰退。但为什么有很多系统能在很长一段时间里保持自身的结构和稳定性呢，为什么生命能从低级向高级进化呢，对于这个问题热力学不能回答。普里高津认为，处于非平衡态的系统能够产生耗散结构，其实就是一种开放性系统，它能够不断地从环境中吸取物质、能量特别是信息(即负熵，有序性)，来维持自身的有序性和自组织性。一个城市系统就是一个耗散结构，它只有不断地与外界进行物质、能量交换才能维持下去，使自身具有活力和自组织能力。否则，这种交换一旦停止，城市就会出现危机。当城市社会系统处于有序的有机运动中时，其自组织程度也较高，城市社会系统的自组织化程度越高，说明城市的系统越和谐。

所谓自组织临界值，其实就是指系统在趋向自组织的一种临界状态。自组织临界(self-organized criticality)是由美国布鲁克海文(Brook-heaven)国家实验室的物理学家贝克(Per Bak)和唐超(Chao Tang)等在1987年提出的，是关于具有时空自由度的复杂动力学系统的时空演化特征的一个概念(颜泽贤等，2006)。他们认为自组织临界往往产生于弱混沌系统中(就是不稳定的混沌系统)，在这种临界状态下，小事件会导致一场大灾难。在复杂的动力学系统中(包括灾害系统)，能自发演化成自组织临界状态，这时系统的动力行为不再具有特征时间和特征空间尺度，而是表现出覆盖整个系统的时空分布。他们通过著名的沙堆模型说明自组织临界状态的存在，并进而认为，像火山爆发、太阳耀斑、金融危机、恐龙灭绝、股票市场、恐怖暴动等这些复杂性事物都会在一定条件下到达自组织临界状态。这对于我们研究突发公共事件的演化有很大的启示。

对于突发公共事件和灾害系统而言，系统内部诸要素在特定环境下相互耦合形成动力驱动，系统也会朝向自组织方向发展。这说明灾害系统在一定条件下会趋向自组织临界状态,但不能说灾害系统就自组织系统(因为自组织系统相对是稳定而且具有自维能力，能不断进化的)，由于灾害系统本身的极不稳定性，所以只能是自组织临界值。对于灾害系统而言，这种自组织趋势的增强，就意味着城市整体社会系统自组织程度的减弱。当突发公共事件或灾害演化到自组织临界值时(复杂度最低点时候，也就是负熵最大或者说熵最小)，其爆发力和突发性是最大的,此时对城市系统破坏性也是最大的,甚至会使城市系统整体丧失自组织能力。当然，很多突发公共事件在扩散过程中，由于自身的不稳定性、脆弱性和人工控制力的增强，常常没达到这种临界状态就丧失了演化动力，出现演化中止，也就不再扩散了。

2. 演化动力

城市突发公共事件扩散的动力主要来源于致灾因子、受灾体与孕育环境在城市时空下的相互影响。虽然不同种类的突发公共事件，其扩散动力有具体差别，但就总的事件而言，影响其演化动力的因素主要有下面几个方面(祝江斌，王超，2006a)：

(1) 城市突发公共事件(致灾因子)的性质

在城市突发事件演化中，致灾因子的性质是影响扩散动力的关键因素。不同的致灾因子的扩散能力是不一样的。比如自然灾害的扩散能力较强，影响区域往往是大面积的，而且极易变异和连锁扩散为其他类型的突发事件，如地震可能引发水灾、火灾、爆炸等灾害，导致有毒物质贮存设施的破坏，以及水坝、堤岸的损坏等；而城市安全事故的扩散面积一般比较小，一般是局部的危害。

(2) 城市突发事件(致灾因子)的强度

城市突发事件致灾因子的强度也是影响其扩散程度和速度的要素之一。同一种突发事件,不同强度其扩散程度大不一样，比如八级地震可能引起一个城市的毁灭，而二级地震及以下的地震基本不对人类造成危害。

(3) 城市中作用对象(受灾体)的脆弱性

城市中突发事件的发生不可避免，但其危害的程度与扩散范围却与作用对象的脆弱性直接相关。受灾体本身的脆弱性包括设施的脆弱性和人的脆弱性。设施的脆弱性是针对硬件设施抗突发事件破坏的能力，而人的脆弱性是针对社会中的人抗突发事件破坏的能力而言的。城市中人们是否具有防灾意识、是否懂得防灾知识和具备防灾能力是抑制事件扩散的一种重要因素。

(4) 城市中的环境因素

影响突发公共事件的环境因素主要包括自然环境和社会环境，它能够加速或延缓事件的扩散速度，其作用不可小视。如，火灾在大风的环境下，会扩散迅速，灾情严重；流行病毒在人群聚集地点更加容易蔓延等。关于突发事件与环境的互动影响将在第四章中具体论述

(5) 城市应对体系的脆弱性

一个城市中完善的应对体系可以有效降低突发事件的损失，是控制事件扩散的重要途径。城市重大突发事件的发生并不可怕，可怕的是没有事先预警和事后无效的紧急应对。我们需要建立有效的预先防范和事后的应急控制体系，这样才能有效降低突发事件的扩散，从而尽可能地降低城市突发公共事件造成的损失和危害。在第五、六、七章我们会具体分析应急主控体系的建构。

从时间上看，城市突发事件的演化动力在不同演化阶段也有所不同。具体表现为：

在突发公共事件发生初期，其演化的动力主要来源于致灾因子的性质，在中期的扩散动力主要来源于致灾因子内部能量释放与其破坏城市载体时形成的合力，而事件后期的扩散动力来源于事件、次生事件、衍生事件与环境相互耦合作用。借用 S 形曲线来表示，如图 3-3 所示。

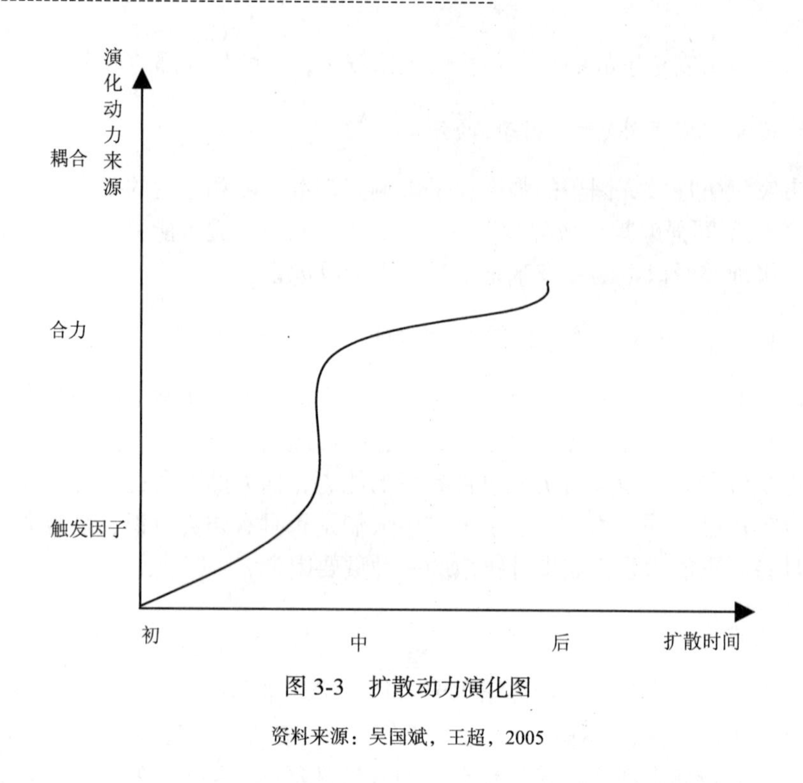

图 3-3　扩散动力演化图

资料来源：吴国斌，王超，2005

二、突发公共事件的社会态演变

将突发公共事件看成是一种社会现象与过程，是对突发公共事件的一种最朴实直观的表达。“风险”、“事故”、“灾害”、“危机”、“突发事件”等概念都是用来阐述一种社会现象或者一种社会状态的。事故、灾害、危机这些词汇也都是对损害事件的一种社会形态的表达方式。由于风险、灾害、灾难、突发事件、紧急状态等概念之间相互重叠和转化，本书将通过对突发公共事件社会态演变的分析，找出这些概念在逻辑上的“勾联”。

我们知道，突发公共事件的突发性更多的是一种主观上的意外性，其实在事件发生之前，社会系统中的各种矛盾、冲突相互作用，已经有了一个社会风险分布和酝酿的过程，加之触发因子的作用，在一定条件下才有了事件的爆发。而随着事件影响范围的不断扩大，次生事件、衍生事件陆续出现，社会恐慌不断加剧，整个社会系统越来越不稳定，从而出现了公共危机。如果公共危机不能得到有效的扼制，那么整个城市就会陷入瘫痪，那将成为一场灾难。

因此，从社会风险到公共突发事件，从公共突发事件到公共危机，在时间维度上是一个连续体(图 3-4)，下面我们将具体分析。

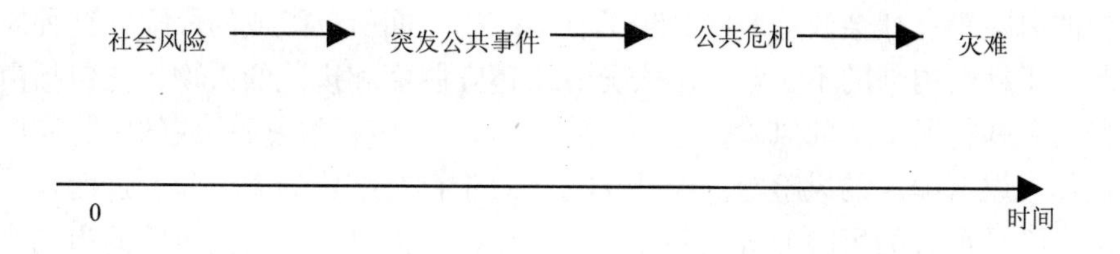

图 3-4　时间维度上的社会态演变

（一）从社会风险到突发公共事件

从上述的基本概念的分析来看，从社会风险到突发公共事件的爆发有个风险分布、风险酝酿和风险触发的过程，如果对风险任其发展，最终必然酿成事件，甚至演变成危机。那么什么是风险呢，风险与社会风险有什么区别和联系呢？

1. 风险与社会风险

风险与社会风险的概念之间本身就存在着很多共同的地方，常常在不同的学科中使用。风险概念主要在保险学、流行病学、工程学、经济学中使用，通常表示为某个事件造成破坏或伤害的可能性或概率。通常采用的是成本—收益的公式：风险（R）=伤害的程度（H）×发生的可能性（P）。在这里风险作为一种可能性，显然是可以统计和量化的。

社会风险概念是从社会的层面来表达风险的，更多在社会学、政治学、心理学中使用。社会风险一般很难计算和量化，而风险本身就包含了社会风险。社会风险是风险的一种社会态，是从社会整体的角度来看待风险的。比如个人风险、家庭风险、组织风险等都是基于对风险不同层面的表达。我们这里所说的社会风险是一种广义的社会风险，政治、经济、文化风险都包含在内。而狭义的社会风险将社会看成与政治、经济、文化并列的系统，此种社会风险则专指社会系统的风险，是社会学研究的主要议题。

贝克、吉登斯和拉什从社会的价值、文化和现代性的角度来分析风险，并提出了风险社会理论，其实更多谈的是社会风险，而且认为社会风险常常是不可量化的。玛丽·道格拉斯认为风险是一个群体对危险的认知。它是社会结构本身具有的功能，作用是辨别群体所处环境的危险性，把风险看成是社会产物或集体建构物，显然是社会风险。

斯科特·拉什（2002）从文化角度把社会风险分为了三类：自然风险，包括对自然和人类社会所构成的生态威胁和科学技术迅猛发展带来的副作用和负面效应所酿成的风险等；社会政治风险，包括社会结构方面所酝酿成的风险，这种风险往往起源于社会内部的不正常、不安分、不遵守制度和规范的人物，还包括由于人类暴力和暴行所造成的风险；经济风险，包括对经济发展所构成的威胁和由于经济运作失误所酿成的风险等。拉什认为，对于社会结构的变革和变迁而言，社会政治风险是最大的风险的等级制度主义文化，经济风险为最大风险的市场个人主义文化，自然风险是最大风险的社团群落的边缘文化。

乌尔里希·贝克(2005)等认为风险是现代乃至于可预见的未来社会的核心，它将取代诸如财富、科学、理性等因素而主导个人及社会生活的开展。他们认为风险是人为的混合，它结合了政治、伦理、演绎、媒体、科技、文化以及人们的特别感知，因此这里的风险是依据人们特定的社会文化感知和定义来建构的，也是一种社会风险。

英国社会学家安东尼·吉登斯(2000)认为，社会风险无人能够完全明白，我们甚至不知道这些风险是什么,也难以把握。他把风险分为外部风险(external risk)和人造风险(manufactured risk)。外部风险是指在一定条件下某种自然现象、生理现象或者社会现象是否发生，及其对人类的社会财富和生命安全是否造成损失和损失程度的客观不确定性。而人造风险则是一种新的风险形式，它是人们以往没有体验到的，也是无法依据传统的时间序列作出估计的。在这里人造风险是不可测也不可预算的，我们没有任何可以借鉴的经验，就更不要说根据概率对风险的精确计算了。

2. 社会风险到突发公共事件的转变

从社会风险到突发公共事件有个风险酝酿和风险转化的问题，而突发公共事件就是风险孕育的后果。在这里，突发公共事件其实就是一个社会风险事件，是社会风险从潜在的可能性、随机性和不确定性，变成了社会现实性。社会风险是一种抽象的表述，而突发公共事件是一种现实的危害。对于风险，我们要反思和预警，对于事件我们更多的是应急和控制。

从社会风险到事件的爆发有一个风险孕育的过程，系统论告诉我们任何事物都有一个从量变到质变的过程。以城市为例，风险在城市中表现为城市社会风险，这种风险之所以会造成恶性事件，常常和风险的性质、风险的分布、风险的环境以及触发因子有很大的关系。

风险的性质是指风险的类型，比如自然风险、生产安全风险、经济风险、文化风险等，不同类型的风险其强度、破坏度是不一样的，就是同一种风险也有其不同的风险度。

风险的分布不同，风险所处的环境不一样，风险转化成突发事件的可能性也不一样。比如火灾，在火苗很少的环境下，如果周围风很大，那么火灾就会熄灭，不至于酿成火灾；如果是在森林中起了大火，这时风就成了火的帮凶，就真是风助火长、火仗风威了。

同样造成风险转化成风险事件的，还有触发因子的作用。触发因子大致可分为自然触发因子和人为触发因子两种。比如爆炸，可能是在安全隐患没有察觉的情况下，物质自燃的结果，这就是自然触发因子与风险的结合；也可能是人为操作的失误，那就是人为触发因子造成的。

如图 3-5 所示，城市中的风险经过酝酿和积聚会形成很多城市社会问题，这些问题得不到解决，在环境和触发因子作用下，就常常会爆发突发公共事件。比如，城市交通拥挤问题长期不能解决，就常常引发重大交通事故。当然，不是所有的风险都和突发事件有着一一对应的关系，有些风险也不一定要积聚到社会问题时才转变成风险事件，有很多时候人们还没有发觉问题的严重性和安全隐患的时候，在触发因子和环境作用下它就已经酿成了事件，这也说明了触发因子和环境有着偶然性。

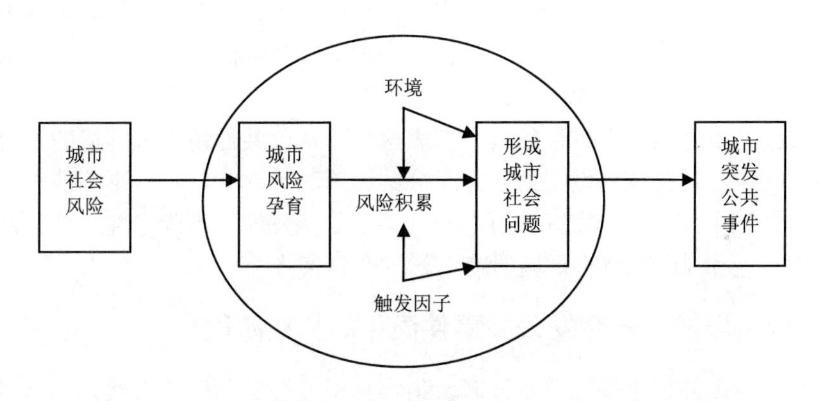

图 3-5 城市风险孕育图

（二）从突发公共事件到公共危机

很多人认为，突发公共事件就是公共危机，只是表述的视角不同而已。但我们认为突发公共事件从发生到结束有个演化和逐步扩散的过程。在这个过程中，事件由小变大，由少变多，从社会物质层面到社会价值层面，事件的破坏性和影响范围逐步扩大，从而形成了公共危机。所以，公共危机是从突发公共事件演化而来的，是突发公共事件演化的高级阶段。所有的公共危机都是突发公共事件，但不是所有的突发公共事件都是公共危机。

1. 突发事件、紧急事件与突发公共事件

一般人都没有去区分突发事件与突发公共事件，因为在公共危机的话语下，突发事件本身就是指的是突发公共事件。但两者还是有一定的区别，我们在这稍微地区分一下。

突发事件：也就是突发事故，是指在特定的时间、地点和环境下，突然发生的事故。其特点是突发性、不确定性和一定的损坏性。突发事件可能是一般的事故，比如交通事故，公安局有一整套的处理程序，一般情况下不会变成突发公共事件。突发事件有私人领域的，也有公共领域的，但随着事态的发展，私人领域的突发事件也可能延伸和危及公共领域。突发事件可能造成特定的个人和家庭的伤害，但随着范围和危害程度的扩大，也可能会引发公共突发事件，甚至公共危机。因此，突发事件与突发公共事件在一定的条件下是可以相互转化的。

紧急事件是“日常的”有害事件，它与突发事故几乎同义。它一般不会对整个社会造成影响，或者并不要求特别耗用大量资源，往往采用一个工作程序便可以使情况恢复到正常。如一场家庭火灾、一个盗窃事件、一个心脏病患者旧病发作或一条主供水管线路爆裂等，主要都是当地的消防部门、警察局、应急医务所和公共事业部门本业务范围内的工作。

突发公共事件是突发事件的社会态表达，是从公共性角度来阐述的。突发公共事件是指在公共领域内发生的，并对公共设施和公众产生不良影响的事故。因此它不只是一个人、一个家庭的事情。其特点是突发性、不确定性、公共性和严重破坏性。这和风险与社会风险具有一样的逻辑演绎。

2. 公共危机——突发公共事件演化的高级阶段

公共突发事件如果处理得不及时，很容易引发公共危机。当然并不是所有的公共突发事件都会引发公共危机，只有当公共突发事件没能得到有效的扼制，突破了自身的临界点，其破坏性和公共危害不断增强时，才会产生公共危机。如何去界定突发公共事件的临界点呢，本书认为可以从三个维度来看：第一，事件发生的频率，事件发生的规模、程度和影响的范围；第二，事件是否引发了次生、衍生事件；第三，从价值层面看，事件是否对社会正常的价值和秩序系统产生严重的威胁。

对于公共危机，虽然许多学者提到，但对其界定仍然很模糊。有人从公共管理的角度来理解公共危机，认为公共危机就是一种产生了影响社会正常运作的，对公众的生命、财产以及环境等造成威胁、损害，超出了政府和社会常态的管理能力，需要政府和社会采取特殊的措施加以应对的紧急事件或紧急状态。本书也

比较倾向于这种界定。

我国学者张成福(2003)认为，从系统论的角度来看，危机是一种改变或破坏系统平衡状态的现象，也可以视为系统的失衡状态。薛澜等(2003)认为，危机是对一个社会系统的基本价值和行为准则架构产生了严重威胁，并且在时间压力和不确定性极高的情况下，必须对其做出关键决策的事件。

我们认为，公共危机是由公共突发事件发展而来，并对一个社会的基本价值、行为准则、社会秩序产生严重的威胁的事件。由于时间紧迫和高度的不确定性和破坏性，公共危机需要以政府为核心的公共管理系统做出决策来加以解决。公共危机的特征是，突发性、高度不确定性、公共性、紧迫性、高度破坏性、信息的不充分性等。比如，美国的 9・11 事件，印度洋的海啸、禽流感等。可见，公共危机极大地影响了公共利益，常伴有次生、衍生灾害，导致众多人的生理和心理的伤害，而公共危机的处理往往也需要公众的高度参与。

突发事件、突发公共事件和公共危机三者之间的特征如表 3-2 所示。

表 3-2　突发事件、突发公共事件和公共危机之间关系表

突发事件	突发性、不确定性、损坏性(不涉及社会价值层面)
突发公共事件	突发性、不确定性、 公共性、破坏性、信息的不充分性(对社会价值、心理层面有一定的影响)
公共危机 (突发公共事件的高级阶段)	突发性、高度不确定性、公共性、紧迫性、高度破坏性等等引发次生、衍生事件(对社会价值、心理和秩序产生严重威胁)

以 2003 年在我国发生的“非典”事件为例。起初，“非典”只是一种突发事件。一开始“非典”属于未知传染病，这种突发事件不一定成为公共事件，如果卫生防疫体制有效，就会及早发现这种病，及早隔离，而不会成为公共事件。由于卫生防疫体制本身出现问题，一直到出现小规模流行的时候，才引起了我们的警觉，这样一个突发事件就变成了公共事件。但是在变成突发公共事件之后，政府一开始并没有采取有效的应对措施，加之信息不充分，从而使一个地方性公共突发事件酿成了全国性的公共危机，其中很多制度方面的问题也被暴露出来了。

后来政府采用问责制和一系列强有力的回应，才抑制住了“非典”危机的蔓延，最终降低了公共事件的危害。但最后付出的实际代价实在不小，很多医护人员也都感染了非典，相当多的“非典”患者还留下了很多后遗症，在社会上引起了很大的恐慌，社会价值和秩序受到了严重的威胁。

由此可见，从突发事件、公共突发事件到公共危机，其影响范围是层层递进的，对社会系统的破坏程度也在逐步增强。

通过上面的分析，我们可以将风险、社会风险，突发事件、突发公共事件，危机、公共危机这六个概念逻辑串联起来。

从风险到危机之间有个转化的过程，风险与危机的关系是因与果的关系，风险是因，危机是果。由此类推，社会风险是因，公共危机是果。从风险到危机的转化需要经过一个载体——突发事件，才能从潜在的可能性转化为现实的危机。可以说突发事件是从风险到危机转变的中介。而社会风险则需经过突发公共事件，才能转化成公共危机。从风险到突发事件之间有个风险酝酿的过程，从事件到危机有一个事件扩散和蔓延的过程。社会风险是社会潜在遭受破坏的可能性，而公共危机是显在的受到危害的现实性，但社会风险与公共危机都是主观与客观的统一。因为社会风险既有风险感受，又是客观存在的；同样，公共危机既有主观的危机感知，又造成了客观的危害结果(图 3-6)。

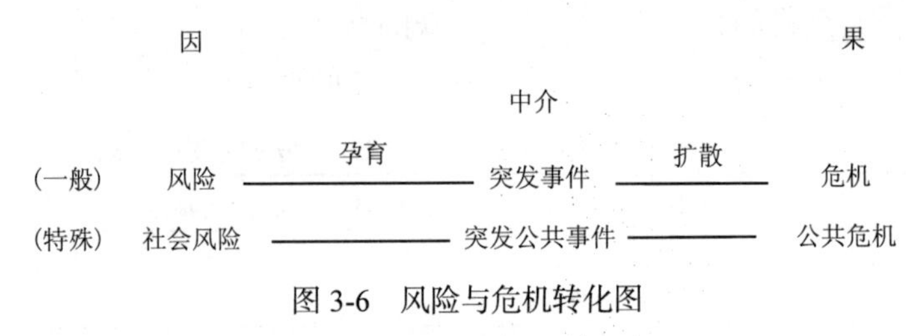

图 3-6　风险与危机转化图

三、城市突发事件的演化阶段分析

从时间维度来分析突发公共事件，最直接的方式就按照不同时段和周期来划分。虽然突发公共事件发生的时间、势态有一定的突发性和不确定性，但并不是说突发事件的发生是毫无缘由、无章可循的。通过以上的分析，我们可看出，在突发公共事件发生前仍然是有迹可循的。突发公共事件的爆发是系统的内在矛盾由量的积累发展到质的飞跃的过程。突发公共事件作为一种质的突变，在爆发前是社会风险孕育和积聚的过程。当社会风险积聚到一定的程度时，通过一定的诱因促成便有了突发公共事件，而对突发事件不加控制，任其扩散就会酿成公共危机。

对于自然灾害类的事件而言常常有一定的周期或准周期，而社会性的突发事件由于本身的复杂性，常常很难预测，不过仍有规律可循。但不论怎样，城市中突发公共事件从孕育发生到衰退结束，都有一个演化的时段，从而可以抽象出不同演化分期。这对于分时段控制事件和建构演化模型有很大的帮助。

（一）演化分期的不同理论

1. 芬克的危机阶段理论

斯蒂文·芬克(Steven Fink)(2002)借鉴疾病的发展过程曾提出过危机的阶段分析理论：第一阶段是危机潜伏期，第二阶段是危机突发期，第三阶段是危机蔓延期，第四阶段是解决期。芬克的这种危机分析理论的特点在于，提供了一个综合性的循环往复的过程。他曾举过一个很形象的例子，危机的过程就像一个用锅煮水的过程，从慢慢烧水的“潜伏期”到水烧开至沸腾“突发期”。之后，或者把锅取走，危机得到解决；或者经过“危机蔓延”后，把锅底烧掉，危机也得到解决。这与国内学者牛文元提出的“社会燃烧理论”也有形似的地方。他把社会系统的有序和无序，平衡与失衡，稳定与暴乱，同自然界的燃烧现象进行了形象的类比，非常形象地描述了危机事件的产生和发展。这也说明了突发事件的发生有其自身的燃点和沸点，或称之为临界点，它是社会风险积聚到一定时候而产生的质变结果。

2. 特纳的灾害阶段理论

特纳(Turner)于1976年在调查三类灾害基础上，依据灾害的影响和后果对灾害的发展进行了模型描述。模型以人类社会对灾害的反应措施的不同作为对灾害阶段的划分标准，将灾害的演化过程分为：理论上事件的开始点、孵化期、急促期、爆发期、救援和援助期、社会调整期七个阶段。特纳认为，灾害的演化过程一般都经过以上一个周期，减灾和应对需要依据每个阶段的不同采取相应的措施。但当时特纳并没有对灾害的成因进行深入的分析，只是将灾害的起因归于事件“理论上开始点”。

1992年特纳构建了灾害的前阶段理论。特纳认为，灾害在发生前阶段具有各种诱因，这些诱因在前阶段相互作用和耦合，最终导致了大规模事故或灾害的爆发。特纳将诱因总结为五个方面：第一，假象导致注意力忽视了真正的危险源；第二，组织觉察力和文化的刚性；第三，由于系统内部各类信息交流不畅导致问题模糊，最终导致事故发生，这种模糊、干扰和混乱经常被意外因素复杂化，这些意外因素主要包括不熟悉系统的个体、普通的公众以及其他一些没有预料的事；第四，未能遵守已有的安全管理制度；第五，忽视和不重视紧急事件的变化，特别是在事件孕育期最后的阶段。该模型采用案例分析和定性方法对突发事件的成因机理进行了描述和探讨，希望在此基础上制定有效的措施来减少突发事件的爆发。

3. 紧急事件演进阶段

1995 年 Burkholder 依据人道主义紧急事件的发展过程，提出了紧急事件的三个阶段模型。这三个阶段分别为：急性的紧急事件阶段、晚期紧急事件阶段、后紧急事件阶段。模型描述了不同阶段紧急事件的状态，提出了必须依据紧急事件的阶段特征，设定不同的目标和采取不同措施来平息紧急事件。

4. Ibrahim-Razi 灾害分期

Ibrahim-Razi 的灾害分期理论来源于马来西亚对 1968~2002 年 7 个灾害年的调查报告，该模型将灾害的发生之前分为 7 个阶段：①错误产生阶段；②错误聚集阶段；③警告阶段；④纠正或改正阶段；⑤不安全状态阶段；⑥诱发事件产生阶段；⑦保护防卫阶段，最后导致灾害爆发。该模型基于组织系统内部各因素的相互作用机理，期望通过分析各类因素在灾害孕育期的相互作用，来避免事故的发生。

（二）突发公共事件演化的分期

上面的分期理论是从危机的起源、发展、突变、直到危机的解决等不同角度做了一个动态的考察。这对研究突发事件有一定的借鉴意义。一般来说，一个完整的突发事件也有其发生、发展的过程，大概可分为下面五个阶段：潜伏期、突发期、高膨胀期、缓解期、消退期。

潜伏期是突发事件的潜伏阶段，不容易察觉。这一时期，社会矛盾长时间的累积，突发事件处于风险积聚的量变的过程中，发生突发事件的可能性在不断增强。在此阶段，尽管风险的孕育有隐蔽性、随机性、无序性、难以准确预测的特点，但其都会或多或少地表现出某些征兆出来。如地震爆发前自然环境的异常变化,群体性突发事件爆发前的集会、相关人员的异常活动等。

在突发期，潜在的可能性变成了现实性，并以破坏性的事件呈现在公众面前，由不为人知到引起人们的关注。此阶段时间不长，但感觉很长，事态常常会引来越来越多的媒体的关注，是社会和个体开始承受事件所带来的损害的阶段。

高膨胀期是突发事件不断扩散、蔓延，损害程度不断加剧的时期，事态不断升级。这一段时期，突发事件极可能演化成公共危机，甚至就是以公共危机的形式表现出来，并可能伴随次生、衍生灾害，社会价值观、社会心理和社会秩序受到极大冲击和破坏。

在缓解期，突发事件得到控制，损失在慢慢减少，但没有彻底解决。这一过程时间长短不一，有形的损失容易恢复，但心理创伤的恢复需要时间。如果事件是发展到公共危机状态之后再进入缓解期的话，这段时间就会相对很长。

在消退期，突发事件得到完全控制，人们开始回归正常的社会秩序、恢复生产、重建家园。

综上所述，从无序、混沌到自组织临界；从社会风险到突发事件和公共危机；从潜伏期到突发期、高膨胀期、缓解期和消退期，这三个层面的剖析都是在时间的维度上展开的，都是对事件的动态分析，是同一个问题的不同方面的表达。

因此，通过本章的分析，可以将突发公共演化过程汇总成一个表(表3-3)。

表3-3　时间维度分析表

时间维度分析	系统态演化	无序—混沌—自组织临界
	社会态演变	社会风险—突发公共事件—公共危机
	阶段分期	潜伏期-突发期-高膨胀期-缓解期-消退期

从突发公共事件的演化可以看出，每个演化过程都是在假设没有人工控制的情况下的演变结果，因此控制就显得更加重要了。在潜伏期里，如果我们能够发觉无序中的有序性，对突发事件的风险预警尽量能及时准确，就可以避免很大的损失，甚至可以将某些突发事件扼杀在萌芽之中。在事件爆发后，如果能应对及时，组织有力，就可以很好地避免事态的蔓延、膨胀、自组织临界和公共危机的发生，将损失降到最低点。因此，突发事件的每个阶段也不是都要经历的，如果政府的应急机制运作高效，完全可以在时间上减少突发事件的发生周期，从而减轻政府的压力。而我们对事件控制的目的就是要阻断演化中的任何一环节，必须实施实时分段控制。

此外，每一个具体的突发公共事件也不是都必须经历以上的演化过程和演化环节的，这只是一种理论上的抽象，一种对事件的动态类比，是为了更全面更理性地分析被控制对象，从而为司控系统的建构提供理论依据。

案例：　从我国2008年雪灾看突发公共事件演化的随机性

一、事件过程概述

2008伊始，一场罕见的冰雪灾，将中国大地蒙上了一层冰冷的寒气。1月中旬以来，正值人们准备回家过年的前夕，一场接一场的低温雨雪冰冻天气席卷了我国南方大部分地区。冰雪阻断了人们回家的匆匆步履。京广线高峰期滞留130多列车16万人，广州站滞留17万人。京珠高速等多条高速公路封闭，湖南省内停留的车龙一度达70多公里，部分旅客困在冰雪中已长达四五天。1月29日，一辆大客车在贵遵高速路行驶时因路面凝冻翻车，造成25死13伤的悲剧。极端天气造成的危害震惊了中国，也震动了国际社会。

大范围的降雪，使中国南方诸省连续遭受了强低温袭击。湖南、贵州、江西、安徽、湖北、广西、四川等省(区)成为重灾区，受灾人口达1亿多人，这场暴风雪天气，来势凶猛，道路中断、机场关闭、停水、通信不畅……且其持续时间之长，影响波及面之大，受灾情况之严重，是人们所未曾想到的。由于输电线路覆冰覆雪严重，致使这些地区的电力设施不同程度受损，个别地区用电负荷过大，已经导致了更大范围的拉闸限电。特别是贵州，全省41个市县停电，境内生产工作和日常生活受到严重影响。与此同时，京广线列车供电设备出现故障，交通受阻，列车晚点，截至1月29日，仅滞留在广州火车站的旅客就多达50余万。尽管有关方面奋力抢修并启动了最高级别预案，但问题并不能在短时间内得到解决。由于对电荒的估计不足，使灾区居民的生活环境雪上加霜。在电力供需形势总体平衡的大背景下，出现这样的“特殊危机”令人措手不及。

受灾最惨烈的城市不是广州而是郴州。广州仅仅是京广线的终点，郴州却是南北交通的咽喉。如果不是2008年的雪灾，我们不会知道，湖南的一座人口不过30万人的小城郴州，其战略位置如此重要。两条贯通南北的大动脉，京广线和京珠高速公路都卡在了郴州。到2008年2月5日，被冰雪围困的郴州已断电断水12天，满城难见一个亮着灯的窗户。银行断电，从银行里取不出钱；就算有钱，停电的超市无法营业，郴州的市民已满城难以买到一包方便面。南北铁路大动脉由于郴州的灾情而陷于瘫痪，几十万人滞留火车站无法回家。

截至2008年2月12日，在中国发生的低温雨雪冰冻灾害共波及21个省、区、市，灾害共造成107人死亡，8人失踪，直接经济损失1111亿元人民币。灾害造成农作物受灾面积1亿7800万亩[①]（约1180万公顷），绝收2530万亩；蔬菜受灾面积占秋冬种面积的30%以上；因灾死亡的畜禽6900多万头(只)；森林受损面积近2.6亿亩；倒塌房屋35.4万间。其中湖南、贵州、江西、安徽、湖北、广西、四川等省区受灾最为严重。1月21日，全国电力企业全面进入应急状态……

2008年1月29日上午，中共中央政治局召开会议专门研究雨雪冰冻灾情，部署做好保障群众生产生活工作。会议指出，各地区各部门都要紧急行动起来，

① 1亩≈666.7m^2。

牢固树立全国一盘棋的思想，大力发扬一方有难、八方支援的精神，同心同德、团结协作，自觉支援和帮助受灾地区，各级领导干部和广大党员要深入抗灾救灾第一线，充分发挥先锋模范作用，努力把这场灾害造成的损失减少到最低程度，确保人民生命财产安全，确保经济平稳正常运行，确保社会和谐稳定。

1月29日，全国大面积停电领导小组果断决定并报国务院后，启动贵州省大面积停电Ⅰ级响应……面对不断变化的形势，一道道“非常措施”果断做出。

国务院迅速成立煤电油运和抢险抗灾应急指挥中心，从2月1日开始，集中10天左右的时间，突击抢运电煤，全国铁路几乎所有敞车用于电煤运输……

2月8日，全国169个停电县基本恢复供电。经过全国上下的共同努力，到腊月二十九日，郴州终于来电了。

二、雪灾的随机性因素(原因)分析

从雪灾演变的过程来看，最终的雪灾已经不是一般意义上的自然灾害，而是演变成了社会性的公共危机。从事件的扩散来看，雪灾造成了一系列的连锁危机，如停高速、停客运、停火车、停航空；断煤、断水、断电、断通信；市场秩序混乱、哄抬物价、社会心理失调、灾区环境污染等。

我们知道，随机性、不确定性是突发公共事件的根本特性。这次雪灾时间长、强度大、范围广，就其演化过程来说，有着很多随机和偶然的因素(有自然的随机性，也有人为的随机性)。但正是这些众多的随机性交织在一起，最终引发了一场社会性的危机。

1. 气候环境的随机性

据专家分析，2008年大气环流异常是造成我国南方雪灾的根本原因。这也正印证了气象学家洛伦兹的混沌理论和蝴蝶效应，即大气的不可准确预测性。大气环流异常形势主要表现在以下四个方面：第一，2008年1月以来，中高纬度欧亚地区的大气环流呈现西高东低分布，这种异常型大气环流型持续数天，是多年气候状况的3倍以上，为1951年以来该环流型持续时间最长的一次，这有利于冷空气自西北方向沿河西走廊连续不断入侵我国。第二，西北太平洋副热带高压偏强偏北，强大副高的位置稳定维持在我国东南侧的海洋上空，并多次向西伸展，使冷暖空气交汇的主要地区位于我国长江中下游及其以南地区。第三，青藏高原南缘的南支低压槽活跃，促使暖湿空气沿云贵高原不断向我国输送。第四，在冷暖空气交汇区，由于暖湿空气位于上部，形成对流层中低层稳定的逆温层，导致大范围冻雨的出现。上述这种稳定的大气环流异常形势组合造成我国东部地区出现罕见的大范围持续低温雨雪冰冻天气。

2. 地点上的随机性

正是由于大气环流的异常，造成了降雪地点的异常。如果雪降在中国的北部或西部，不会形成雪灾，但遗憾的是恰恰是在我国东部和南部。湖南省电线浮冰厚度达到30到60毫米；江西持续出现59年以来最严重的低温雨雪天气；贵州有49个县市持续冻雨日子突破历史纪录；安徽持续降雪24天，是1949年有气象资料以来最长一年；而河南、陕西等5个省份的降雪百年一遇。北方对大雪等闲视之，而南方却不堪一击。南部很多城市的输电线路的承重普遍设计过低，五六十毫米的雨雪根本承受不住，高压线塔在冰雪中接二连三轰然倒地，受灾不可避免。

3. 时间上的随机性

这次雪灾最大的特点是时间上的特殊性，正好是恰逢春运之际。国人都有着强烈的“回家过年”的传统习俗。每年的春运都是人流、交通最拥堵的时期，大量的外出打工人员都纷纷回家过年，他们同时从东部、南部等发达地区向西部、中部和北部等地流动，给交通、电力等通信设施造成了巨大的压力。但凑巧的是，这次雪灾偏偏发生在春运高峰期，给灾情雪上加霜。

以上的1、2、3点正好是“天、时、地”三个随机要素的碰头。

4. 地方“两会”恰逢雪灾爆发期

“两会”遭遇雪灾可以称得上是政治上随机因素。我国地方上的两会大都集中在年底年初举行，与春运高峰、雪灾期发生重叠。而今年的两会又正好是五年一次的换届选举，许多新一届的领导班子还没成立，难以明确救灾的职责和权限。很多地方的相关领导由于忙于开两会，根本无法赶到现场指挥，延误了救灾时机。此外，中央正好在此刻调整了负责全国应急管理工作的领导班子，新上任的班子在应急工作开展方面仍需要一个逐步适应的过程。

5. 军事上的随机性

2008年年初，台湾大选在即。以陈水扁为首的民进党疯狂地实行台独政策，两岸的关系异常紧张，火药味越来越浓。面对陈水扁恶劣行径，我国的南京军区、广州军区都处于一级战备的状态，随时准备与台独分子开战。也正在此时，适逢雪灾降临，以往的救灾行动中军队是不可或缺的救援主力，而此刻处于一级战备的军队却难以调动，必然影响了灾害的救助。

三、启示

现代经济社会大系统中的各子系统运行紧密关联。在这次雪灾中，铁路交通依赖电力、电力又依赖能源、能源又依赖交通，上述三者的循环在经济社会中的地位举足轻重，某个环节出现问题便呈现多米诺骨牌效应：大雪压断电缆导致电网中断，电气化列车因此无法开行，又使电厂急需的煤炭频频告急，人员、物资流通受阻，正常生活秩序陷入混乱，公路和机场的冰封，使铁路的处境更加艰难。经过这场雪灾，我们需要认识到，需要尽快形成健全的、由政府和社会共同应对危机的机制和体系，将危机的危害降到更低程度。

1. 更新危机管理理念，增强危机意识

政府只有把自己的主要职责放到管理社会公共事务，提供有效的公共服务方面，增强危机意识，树立以人为本的思想，才能有效地应对各类突发性公共事件、维护社会的稳定。

2. 重视多维、相互作用的复杂危机的预防与处理

正如上面所述，现有的灾害预防方案，各部门间对此次暴风雪的估计，可能就没有预计到多项危机的同时爆发。当铁路中断、公路堵塞、飞机转降、电力中断、食品运输供应受阻同时发生时，社会经济会受到更大的干扰。

3. 提高对多项齐发的复杂危机的预警与多部门协调能力

在此次暴风雪的抗灾中，有关部门，如气象、铁路、民航、公路、电力、公安、商务、劳动等缺乏相互的合作，这些部门与有关地方在预警、沟通、合作方面，还有相当多的改进余地。防灾减灾机制建设的重点是要破解灾害链条，这不仅应有部门合作，还要有省市协调，进而全国联动，通力合作，这是综合减灾落到实处的执行力问题。

4. 重视罕见、少发的巨大危机的预警、预防和处理

此次大风雪是50年罕见。不过，在危机预警和预防时，即使是罕见灾害，一旦后果极其严重，就应列入预防范围之列。如美国有关方面便在多年前考虑陨石击中地球、人类文明毁灭的极罕见但后果极为严重的灾害的预警与预防。

5. 要注重现代化设备(包括交通、发电/能源、通信)在自然和人为灾害中的脆弱性，找出应对措施。

6. 充分进行社会动员，尽快建立多渠道危机参与机制和保险救助体系。

资料来源:

1. 陈洁华. 2008. 2008 年雪灾连锁危机对中国的十大考验. 社会观察, (2): 22-24.
2. 魏雅华. 2008. 2008 中国春运反思. 政府法制, (7): 8-11.
3. 金磊. 2008. “雪压”中国后的五个非常思考. 城市与减灾, (2): 13-15.

第四章　城市突发公共事件的外部社会环境与扩散方式

我们知道突发公共事件不同于一般的事故，它有其特定的构成要素，并表现为时间上的蔓延与空间上的延展。在城市空间里，突发公共事件不断与城市社会环境进行着物质、信息与能量的交流，不断与环境进行着互动。在社会环境要素中，社会心理、社会信任和社会传播与突发事件之间的互动最为直观，它们之间相互影响、相互制约，加速了事态的恶化。本章将从空间的维度来剖析这些环境因素对事件的制约、事件对环境的影响，以及事件在环境中所表现出的突变和扩散方式。

一、城市突发公共事件与外部环境的互动

在前面我们论述突发公共事件的构成要素时，我们提到了孕育环境。根据灾害系统理论，灾害系统中孕灾环境本身是灾害系统中的一个子系统，是灾害系统的组成部分，孕灾环境对灾害系统的复杂程度、强度、灾情程度以及灾害系统的群聚与群发特征起着决定性的作用。但也有学者认为，环境只是灾害事件的外部要素，只能加速和延缓事件的生成和演化，不是决定性的要素。但不管怎样，环境对灾害和突发公共事件的影响是不可忽视的，尤其是对次生灾害和衍生灾害的形成起着重要的催化作用。许多突发事件被放大而形成的连锁效应都与环境系统的不稳定性有着密切的关联。

对于在城市中发生的突发事件来说，城市空间以及空间里的系统都可以看成突发事件的外部环境，因为突发公共事件一旦爆发就会从城市正常的社会系统中分离出来，成为阻碍城市系统正常运行的一种强干扰要素。从这个意义上来说，城市系统本身就可以看成是突发公共事件的外部环境。

由于不同的城市突发公共事件产生于不同的环境系统中，因此，环境对突发公共事件的生成、演化和扩散有着重要的影响。突发事件的外部环境从广义上来说，可分为自然环境与人文环境。自然环境，可划分为水圈、岩石圈、生物圈；人文环境则可划分为人类社会圈与人类技术圈。

自然环境更多的体现为一个城市的地理位置、自然资源和气候条件等，这些

因素常常关系到不同类型的自然灾害在该城市发生的可能性大小和发生频率的大小。比如，北方地区气候干燥，雨量少，干旱时有发生；西部地区风沙多，土地沙漠化严重；南部沿海地区气候湿润，但常常受台风和热带风暴的袭击；江淮流域雨量多，每年几乎都受到暴雨洪灾的威胁；处于地壳活动频繁的城市，地裂、地震、地陷都有发生的可能性。就我国而言，很多城市都位于地震高危险区内，加上城市发展迅速，大型工程建设规模和数量巨大，各类工程和基础设施的技术风险加大。地震是一旦发生就无法避免的灾害，因此，只能通过前期的预控和充分的准备予以应对，一方面要切实加强建筑和基础设施的抗震设防工作；另一方面必须做好事前准备，从城市规划开始就对减轻地震灾害做出安排，留有足够的疏散和避难空间，提高整个城市的抗震防灾、避震救灾、自救互救水平。

可见，对于一个城市来说，气候条件的好坏和所处地理位置的情况，是城市本身所无法选择，但又必须要去面对的。一个城市只有在发展中保持人与自然协调发展，不断改善环境、保护资源，实行可持续发展，才能防止环境的恶化、减少自然灾害的发生。

突发事件的外部人文环境主要表现为一个城市的治安状况、经济发展水平、社会文化和社会心理等。如果说自然环境表现为一种硬环境，那么人文环境更多的体现为一种软环境。一个稳定的人文环境能够降低突发公共事件的发生和扩散，同样不稳定的环境(社会冲突加剧、社会政治信任度下降、社会治安混乱、经济动荡等)会加速突发事件的传播和扩散。

系统哲学认为，任何要素与要素、系统与系统、系统与环境之间都存在着或多或少的联系，但它们之间关联度是不一样的。我们通过分析美国的 9·11 恐怖袭击、前苏联的切而诺贝利核泄漏、日本地铁的沙林毒气事件、韩国大邱地铁纵火事件、美加大停电事故、印度洋海啸以及我国的 SARS 事件、禽流感……等一系列的公共危机，深刻地感受到，在城市突发事件的外部环境系统中，城市信任系统、城市社会心理系统和城市传播机制与突发事件的互动最为直观。一方面，社会信任系统的失范、社会传播机制的失衡以及社会心理系统的失调都将促使社会风险的积聚、突发事件的增多和社会危害性的增强，从而加速了从社会风险到突发公共事件的转变；另一方面，突发公共事件的发生、蔓延和扩散又进一步破坏了社会系统的稳定以及各子系统之间的平衡，加剧了信任危机，造成传播失真和心理恐慌。因此它们之间相互影响、相互促进，形成一种恶性循环，严重破坏了这整个社会系统的稳定性。下面将具体分析。

（一）突发公共事件与城市社会信任系统的失范

信任在任何社会都非常重要，它是社会秩序得以维护的重要媒介，是一种重要的社会整合和控制机制，是维系社会系统稳定的重要凝聚力量。社会信任系统按不同的社会领域分为政治信任、文化信任、市场信任等；根据不同的群体又可分为大众信任和专家信任等；根据不同区域又表现为乡村人际信任和城市人际信任。社会信任系统如果出现严重失范，会造成整个社会系统的震荡，甚至是崩溃。

所谓社会信任系统的失范是指，社会信任系统中各子系统之间功能失衡。在一个稳定的社会系统中，各个社会信任系统中的子系统之间应当发挥正常的社会功能，并且保持必要的平衡。功能失衡主要表现为两种状态，一种是信任缺失或没有信任，另一种是过分依赖某种信任。其实，不信任或者过分依赖一种信任都是不利于社会稳定的。

首先，信任系统的失范容易滋生社会风险，引发突发公共事件。不论是社会信任缺失，还是过于依赖某种信任，都会导致社会整合和控制的失败，增加社会运行的不确定性，从而滋生社会风险，导致公共危机的发生。下面具体分析。

先谈第一种情况即信任缺失，信任缺失主要表现为信任的丧失和信任危机。以城市为例，在城市中，有两种主要的信任，一种是人际信任，一种是制度信任。这两种信任应当发挥各自的功能，互为影响，相互补充。人际信任产生于相互熟悉的基础上，以特殊的亲情(如血缘关系、亲缘关系、朋友关系、地域关系等)为基础，以道德、人伦等非正式制度作保证(吴锋，赵利屏，2002)。比如最亲密的家人之间的信任，这种信任出自于人的天性，亲人之间是最少猜忌戒备的。制度信任是以制度为基础和保证的信任关系，制度越完善，信任度越强，冒险性也少。制度信任以制度，主要以法律制度为后盾。在传统社会，人际信任占主导地位；在现代社会，制度信任占主导地位，人际信任为补充。现代城市社会是一个高度程序化和制度化的社会，各种非人格化的、超越具体情境的种种程序或制度构成了整个社会的基本框架。城市工业化进程的加速使经济活动的范围不断扩大，人的社会流动性也越来越频繁，人际关系变得更加复杂多变，人与人的交往变得匿名性和易变性。在城市里，人际交往中的信息缺失更多的是依靠制度信任来填补，日益增加的陌生人之间的交往主要依靠法律、规范、中介机构等一系列的信任机制来保障。通过制度信任，人与人可以在相互之间并不了解的基础上进行一系列的工具性的沟通和交往。在城市中，人际信任与制度信任都是必不可少的。人际信任为制度信任的发育提供良好的基础，制度信任为人际信任提供一个稳定的环境。

虽然在不同时期，这两种信任有着主次之分，但都是社会不可缺少的，都应该发挥各自的功能。然而，在当今社会转型期，城市中的这两种信任都没有能够有效地行使功能，主要表现为人际信任的丧失和制度信任的不足。人们常说都市里人情冷漠、亲情淡薄，人与人之间越来越缺乏信任，甚至连夫妻之间也经常设防，社会成了"陌生人社会"，这就是人际信任丧失的表现。制度信任不足，常常表现为对市场规则的不信任、对政府组织的不信任、对社会体制的不信任等。在商场上，市场规则遭受破坏，坑蒙拐骗横行,制假售假泛滥；在政治方面，官员的贪污腐化，权力寻租不断；在制度上，社会保障不力，法律不健全……这一系列制度的不完善都造成了信任危机。这种信任危机不仅扩展到社会系统的不同层面和领域，而且不同层面和领域之间正在形成恶性的互动循环，导致整个社会的信任水准呈快速下降趋势(冯仕政，2004)。目前，严重的信任丧失正在损害我国的经济发展、政治安定和社会进步,对整个社会安全构成严重威胁。

由于社会转型、体制转轨，新的完善的制度信任系统还没有建立，而人际信任却逐步丧失了。这些都无形地增加了社会风险，很有可能导致严重的社会危机。人类社会城市化的进程，使城市社会体系复杂性不断增强，这本身就意味着社会风险的增加。良好的社会信任是一种削减城市复杂性的重要机制，也是一种规避风险的重要手段。而严重的信任缺失，非但不能削减社会复杂性，反而会在现代社会固有的复杂性之外增添更多的复杂性，从而增加社会风险，导致政治、经济、社会领域中的突发事件频繁发生。

第二种情况是过分依赖某种信任。在城市社会中人们只依赖于一种信任也是很危险的，这样会导致信任的失衡，容易产生过分信任和盲目信从。比如，大众信任与专家信任之间就应该保持相对的平衡，过分的依赖任何一个单一的信任系统都是不可取的，它们之间应该相互补充、相互平衡。大众信任也就是人际信任，是依靠熟悉建立起来的信任；而专家信任是依靠专家的知识、信誉和能力而建立起来的信任。我们过分地依靠人际信任是有危险的，现实生活中"宰熟"就是明证。但一味地依靠专家信任也是不可取得，因为专家也不是完人，也有犯错误的时候。连吉登斯也说过，过分地依赖专家系统也是有风险的。而人际信任是对专家信任必要的补充，两者要保持平衡。

以 1987 年伦敦地铁站一次火灾为例(希斯，2000)。1987 年 11 月 8 日，星期三晚上，伦敦皇家十字勋章地铁站电梯着火，火势迅速蔓延，火灾从晚上 6 点钟一直持续到次日凌晨将近 2 点才被宣告结束，共造成 31 人死亡，20 人重伤，还有许多人不同程度的受伤。其实，原本只是一个很小的突发事故，源于地铁电梯的木质材料老化着火，如果能及时制止就不至于会造成公共危机。在 6 点多钟，就有个叫约翰的乘客闻到有橡胶燃烧的味道，并把这一情况告知了地铁站的人员。

但工作人员的最初反应很冷漠，认为地铁的硬件设施是绝对先进和完备的，就连其他的乘客也不相信会有火灾。晚上 7 点多钟，在事发现场，地铁站工作人员的反应仍然是不相信会有火灾发生，并且敷衍了事。只有一位经理级的雇员察看了一下火源，却未能启动灭火系统。当时人们的初期反应(甚至包括地铁乘客)似乎都很低调。一位目击者称："每个人都很冷静，没有任何火灾的迹象，没有警铃，没有人喊着火。"可见，所有的当事人对专家系统完全信任，认为地铁的电梯绝对不会有问题的，从而延误了抢救的时机，造成了重大事件。

再如，近年来，在我国由于环境问题引发的环保纠纷日益增多，许多地方发生了环境群体性事件，在浙江就发生过三起大规模的群体冲突。当地居民透过反映、陈情等制度化手段解决未果，从而降低了对政治系统的信任，而乡村网络的密结与高度的人际信任却强化了集群行为的动员，最终导致了人们集群行为的发生。可见，政治信任的缺失，而人际信任的增强，最终导致了非理性冲突。像法轮功和其他一些邪教组织，内部有着绝对虔诚和高度的信任，但这种信任是异化的信任，在他们眼中没有人际信任，没有制度信任，也没有专家信任，只有对组织的绝对盲从。这种信任很容易导致非理性和过激行为，甚至是恐怖行动。由此可以看出，只依赖于一种信任也是有风险的，随着风险的积聚，便足以引发社会危机。由于城市社会信任系统的失衡，本身就是社会风险增加的重要因素，从而加速了社会风险向突发公共事件和公共危机的转变。

其次，突发公共事件的爆发又加剧了信任系统的不稳定。在危机发生后，常常加剧了信任系统的失范，甚至原本稳定的信任系统也会产生信任失调。比如，在突发公共事件爆发后，由于时间紧迫、信息闭塞，加之没有应对此类危机的经验，政府的第一反应常常极为迟钝，更没有相应的应对机制。这时候的政治信任度就会下降。特别是一些事发的当地政府，出于地方保护主义和声誉的考虑，在处理危机时，有意隐瞒疫情、阻塞信息渠道、愚弄民意，造成了公众对政府的极不信任，政治信任度在危机情境中呈急速下滑趋势。

就拿"非典"来说吧，在非典爆发前，人们对医疗专家还是比较信任的。可是在非典来临时，很多医生都染上了非典，加之医院和政府刻意封锁消息，人们对医生的信任度一下子就下降了。尽管后来许多医学专家提供了一些有关"非典"的知识，虽然是正确的，但还是有许多民众不认可。其实，在突发公共事件爆发时，会由于各种原因使得事件不可能一下子得以解决，尤其是在事件得不到有效的遏制和解决、事态进一步恶化的时候，大众对政府的应急能力丧失信心，从而造成了对专家的不信任、对政府的不信任和对制度的不信任。

可见，在危机到来时，原本稳定的信任体系也会遭到破坏，进一步加剧事件的恶化和事态的蔓延。

（二）突发事件与城市社会传播机制的失衡

在从突发事件到公共危机的演化过程中，社会传播机制同样起着重要的作用。在现代城市社会，传播机制的失衡主要表现为在传播主体、传播渠道、传播对象之间传播链发生断裂(郑州，成福锋，2003)。在这里，政府是传播主体，大众传媒是正常的传播渠道，广大公众是传播对象。社会传播机制的失衡，主要体现在信息传播失真、媒体功能缺失和沟通失灵三个方面。由于政府、媒体、公众三者缺乏良性的互动，让谣言有机可乘，造成社会性恐慌和混乱，加剧了突发公共事件的传播和扩散，影响社会稳定。

1. 传播主体——信息传播失真

由于突发公共事件的发生本身就有突发性和紧迫性，因此，对信息的获取和传播就显得尤为重要。在事件爆发时，信息传播正常流通常常被堵塞，而政府就首当其冲成为突发事件信息的传播主体，是信息源。政府处于信息金字塔塔尖、掌握最完整信息，在突发性事件的信息传播中发挥着巨大的作用。

面对危机时，公众对信息的需求会迅速上升，公众迫切需要准确信息来消除事件的不确定性，政府部门如不及时向社会发布权威信息，非权威信息就会乘虚而入，填补“信息真空”，从而对处理危机造成消极影响。非权威信息危机状态下的集合产物，具有极强的破坏力，主要包括人为制造、虚构、无中生有的谣言，随意夸大的流言、传闻，以及政府或信息管理部门尚未公开发布、真伪难辨的“小道消息”等(华艳红，2004)。这些非权威信息会影响政府信息管理部门及时获得和传播真实信息，延误采取正确措施的时机，给政府的科学决策制造障碍。

我国政府长期以来习惯于以行政干预来解决危机事件，尤其是地方政府，首先考虑的往往是当地的眼前利益，害怕家丑外扬，无视公众的知情权而屏蔽信息，并试图运用权力控制主流媒体对危机事态的发布，企图通过“内部解决”来应对危机。其实，在高度信息化的今天，这种做法早已不合时宜，这样做的结果只会导致政府信息主动权的拱手相让，各种信息随意出炉，对政府本身也会造成危害。譬如，1994 年 3 月 31 日发生的千岛湖事件，直到 4 月 9 日，在外国和港台新闻界已经炒翻了天的情况下，有关部门才允许对内进行报道。4 月 17 日，才允许把“意外原因”的说法改为抢劫纵火杀人案。这种关闭信息源的不理智做法，严重损害了政府的形象，影响了政府的声誉。

在 SARS 期间，我们政府这方面的教训也是显而易见的。在非典疫情前期，政府关闭信息源，使权威信息得不到传播。公众在面对芜杂纷繁的乱象时，承受着不确定性信息的压力。危机当头的公众心理防线往往非常脆弱，其意志力也会被流言摧毁，矛盾容易激化。公众的过度压力最终引发了一拨拨的抢购风潮，社会秩序的稳定遭到破坏，给政府处理危机增加了许多难度，导致危机进一步恶化。

因此，在危情时刻，政府应该向公众发布正确、可靠、权威的信息，并用现代化的传播设备使信息迅速传达到每一个公众面前。只有这样，才能够重塑政府形象，从而防止危机的进一步恶化和蔓延。

2. 传播渠道——大众传媒功能缺失

在突发事件向公共危机的演化过程中，媒体功能的缺失和传媒的不良运作，会引发社会的恐慌，甚至引发其他类型的危机。传播的渠道主要有人际传播、大众媒体传播以及网络传播等，其中，大众传媒是最普遍的一种，也是连接政府和大众的主要传播渠道。然而，大众传媒如果功能错位，就会加速突发事件的蔓延和扩散。

大众传媒是信息传播到受众的主流渠道，一方面公众通过媒体了解事件的真相和进度，另一方面政府利用媒体来平息危机和化解危机。施拉姆认为，大众传媒有两个基本功能，监测环境和联系社会。监测环境指大众传媒要准确、客观地反映现实社会的真实信息，要及时通报一切危险的情况，以确保社会及公众生存的需要。联系社会则是指传媒把社会的各个部分、各个要素整合成一个紧密联系的整体，协调各方合理运作，以应付环境的变化和挑战。再拿“SARS”来说，在SARS 发生时，我国的大众传媒既没有及时客观地报道真实的信息，也没有成为联系危机的应对方——政府和危机受害方——公众的沟通桥梁。SARS 前期的大众传媒几乎一直处于缺席状态，处于中间环节的传播渠道的缺失，是导致传播链条断裂的关键。正是由于大众传媒这一主流传播渠道没有发挥应有的功能，使得其他非正式传播渠道大行其道，误导了公众的信息判断，使之陷入不确定信息的包围之中。

我国的大众传媒长期以来习惯于接受党和政府的领导并与之保持高度的一致，虽然有利于创造良好的舆论环境，但也容易出现“一边倒”的情况，弱化了大众传媒监测、监督社会环境的功能。主要表现为直接转载、发布政府公布的信息多，自己调查、采访得来的信息少；代表媒体自身观点的新闻评论少，出现的大量信息缺乏分析和引导。此外，媒体往往为了抢热点和吸引人眼球，常常会夸大事实和虚拟事件，呈现出非理性的一面。

由于主流媒体介入的相对滞后，给了流言以可乘之机，使得流言这一畸变信息形态堂而皇之地成为舆论。因此，在突发性事件发生后，大众传媒应把人民的利益放在第一位，在不影响整体稳定的条件下，和政府有关部门加强沟通、协同作战，把尽可能多的客观信息及时地传递给受众，并尽可能保持自身的独立性。

3. 传播对象——沟通的失灵、流言四起

由于传播主体的信息发布失真、主要传播渠道的阻塞，导致了政府、媒体与公众之间沟通的失灵，流言谣言便在人际传播中便有了土壤。处于传播链条相对末端的传播对象(公众)，在大众传播的前两个要素缺失的情况下，只能依靠自身传播和人际传播来获得信息。公众往往处于信息传播金字塔的底层，很难掌握全面的信息，尤其在危机发生时，公众由于信息缺乏，无法对事件做出合理的判断，而正常的信息传播链条又断裂了，因此只能从人际传播中寻求零碎的信息。

在不确定的危机环境里，公众被搁置在真实信息的“真空”里，人们往往依靠他人的指导，尝试各种可能性方式来试图避免各种危害的发生，于是各种来自民间的传言都可能被急需补充信息的公众接受。而人际传播的最大缺陷就是信息容易失真，在传播过程中会发生扭曲变形，越来越背离事实本身，从而流言四起，引发社会慌乱。在公共安全危机中，谣言的杀伤力不仅表现在对个体的杀伤力上，甚至对整个社会也会造成伤害。因为谣言能够对社会心理、民众情绪产生极大的干扰，影响人们的理性判断能力，从而制造混乱，影响社会稳定。

由于公众无法从权威信息渠道获取信息，人们只得求助于手机短信等缺乏可控的第四媒体。据调查，非典型肺炎发生时，我国市民有关非典型肺炎的消息 80% 是从手机短信和互联网上获得的。在广州，关于 “致命流感”SARS 的可怕消息最初是通过传呼留言、口头语言、固定电话、手机短信、网络等最原始与最现代的传播手段迅速传播开来的。互联网这种最自由、快捷的传播工具更是起了推波助澜的作用。数十小时内，网上“生物入侵气”、“鼠疫”、“禽流感”、“炭疽”、“无药可救”等各种传言更是五花八门。此事的以讹传讹，导致广州市民的恐慌情绪急剧上升。人们掀起抢购风波，一些不法商贩趁机囤积居奇，一度造成了市场和社会混乱，并波及国内其他城市。此外，2002 年发生于京津地区的艾滋病病人“扎针”事件也是流言推波助澜的结果。

如果谣言是经过大众传媒传播的，其危害性就更不可估量了。1938 年，美国哥伦比亚广播公司播出《火星人攻打地球》，就曾引起严重的社会恐慌，据普林斯顿大学的调查，大约有 170 万美国人相信节目的真实性，并且四处逃难。

可见，在突发事件发生后，由于政府、媒体与公众沟通的失灵，流言会乘虚而入，进一步恶化事态的发展，不利于对事件的控制。正是政府、媒体、公众三者之间缺乏良性的互动和有效的沟通，才造成了三者之间传播链的断裂和传播机制的失衡，最终加速了突发事件演变成公共危机。

（三）突发公共事件与城市社会心理系统的失调

突发事件从潜伏到爆发，会造成社会心理的失调，而社会心理承受能力的失调又加剧了事件的进一步演化与扩散，因此它们之间是相互影响的。大量事实表明，危机事件对公众心理方面的刺激有时是强烈和持久的，这种刺激直接影响危机对公众生活冲击的程度与范围。人们在面对危机事件的刺激时，个体的应激反应由于受到社会公众其他人的影响而出现趋同性，形成群体性或社会性的应激反应，从而可能进一步加剧危机的扩散和破坏程度，使事态变得更加复杂和不可控制。据此我们认为，公众心理上的变化或伤害既是危机造成的结果，同时又可能是使危机进一步加剧从而造成对公众生活和社会秩序更大影响的原因。可见，危机引发了社会心理失调，而公众的心理反常又加速了危机的进一步扩散，形成了恶性循环。

在突发公共事件的生成和演化过程中，社会心理的失调主要表现为：在社会风险积聚时刻，谣言的传播导致社会的焦虑、恐慌，不利于风险的化解；在突发公共事件的爆发与扩散期，社会性骚乱甚至暴乱的心理不利于危机的应急与控制，容易引发群体性的事件，无形扩大了危机的蔓延。从这个意义上说，只有那些引发公众集体性焦虑与恐慌，流言或谣言盛行，甚至导致骚乱或暴动的危机事件，才称得上是真正意义上的公共危机事件。也只有公共危机事件才能引发群体性的社会心理失调。因此，判断某种自然灾害或人为活动是否属于公共危机，公众对事件做出什么样的心理与行为反应将是一个关键性的变量。

在社会心理的层面上，公共危机事态主要给公众带来以下三个方面的影响：

1. 社会性焦虑与恐惧

焦虑是危机发生后市民的普遍心理反应，它是人们对于所处的不确定危机情境而产生的不愉快的情绪反应，是令人焦虑的紧张状态。焦虑会表现出一系列的身心反应，如易激怒、怀疑、担心、不安、虚弱、神经紧绷等，而且一直伴随着一种对未来威胁的预感和混乱的紧张情绪。

恐惧，是公众在面对危机状态时，对现实的或想象的威胁做出的逃避或不合作行为的一种心理反应。恐慌的产生原因是复杂的，通常表现为某种危险引起个体认为无法克服而又试图回避它所产生的消极情绪。当人们认为突发公共事件具有危险性、自己会受到伤害，而自己却又没有能力去克服时，就会产生恐惧。恐惧初始存在于个体中，但会弥散于人群或社区，具有一种心理感染性，易形成“恐惧氛围”。恐惧是比焦虑更严重的心理障碍，而焦虑在特定的危情下会转变成恐惧。

心理学认为，个体焦虑状态是个体心理恐惧的基础，而群体性的高度焦虑必然会导致公众性的心理恐惧的传播和蔓延。

现代城市社会由于各种复杂因素的影响，人们的紧张、焦虑容易聚于心头，作为一种心理能量的发泄，也常常在某种意外的刺激下，以恐惧的形式表现出来。一般来说，引起恐惧的导火索往往是某种耸人听闻的流言或谣言。在特定的危急情景下的这些非权威信息会使得没有思想准备的公众陷入迷惘和惊恐，再加上相互之间的感染和刺激使这种恐惧情绪进一步上升，直至成为群体性的恐慌。在非典时期，人们就曾表现出焦虑和恐惧的心理状态。比如，过分担心自己健康，时常关注体温，稍有波动就怀疑自己患上了“非典”，内心充满怀疑、不安和恐惧。甚至有些人频繁洗手、测量体温每日达三四十次，总担心从外界与别人接触后会感染了病毒(马颖，胡志，2006)。再如，食品危机发生后，恐慌会迅速蔓延开来，很多消费者会产生过度防备的心理，不仅拒绝消费带有安全隐患的食品，而且连带性地拒绝消费其他食品，造成食品市场的跌宕起伏乃至全面萧条(青平，2004)。有些消费者还会采取极端自我保护措施，不愿意配合政府和有关部门为缓解食品安全危机所做的应急行动，对他人在食品安全危机中所遭受的伤害也表现出比较冷漠的态度。

2. 对流言与谣言的盲目信从

流言与谣言是社会大众中相互传播的关于人或事的不确切信息。但是在面对突发公共事件时，公众对有关事件的信息常常不能准确获知或无法获知，只好想方设法通过各种民间渠道去搜集，这时，流言与谣言就有了传播的空间。人们之所以信谣言，主要是人际传播的信息内容真假难辨，且零散而非权威，即谣言大多是模糊的。在接受信息的过程中，人们也容易出现偏向不利的解读。因此，对于谣言，人们一般是宁信其有不信其无。由于个体缺乏判断或以他人的判断为准，于是，大众极容易盲目信从和轻信谣言。在这种情况下，防范谣言的唯一方法，就是政府应该在“第一时间”辟谣，及时、客观地将事实真相公布于众，以科学的、权威的政府声音让没有任何事实根据的谣言消弭。政府对谣言的快速反应对解决问题至关重要。

在“非典”期间，社会上就流传出形形色色的防治“非典”的物品，如碘盐、绿豆、白醋等，结果人们纷纷非理性地抢购和囤积这些物品，其实很多都没有医学根据。当时，甚至还传出“婴儿初生就说话”、“燃放鞭炮袪非典”的流言，竟然有人还信以为真，进一步加剧了群体性的恐慌感。2005 年的哈尔滨供水危机曾经被说成地震，众多市民也处在无形的恐慌中，无法正常地工作、学习和生活，虽然时间短暂，但依然造成了不良影响和损失。

3. 骚乱与暴乱

非理性心理的一种最极端行为表现就是骚乱和暴乱(戴健林，2006)。骚乱与暴乱是很严重的社会心理问题，常常是集群性的心理与暴力行动的结合。一般在面临重大公共危机事态时，时常会发生骚乱和暴乱，如政治危机、民族冲突、战争等。英国学者罗杰·马修斯(Roger Matthews)对暴乱(riot)与骚乱(disturbance)进行了比较。他认为两者之间的相似之处在于，暴乱和骚乱都是集体行动——集体抗议(collective protest)，都是涉及群体的暴力行为。两者之间的差别在于，暴乱的群体会使用武力或者武力威胁来进行对抗，而骚乱则没有这样的行为，骚乱的典型表现是对恶劣情境的集体抗议，比如非法集会、消极怠工、停止劳动等。可见，暴乱比骚乱破坏性更强烈，骚乱通常是爆发群体性事件的主要心理来源，如果骚乱不能有效控制，暴乱、内乱甚至政变都有可能发生。

在危机情境下，骚乱和暴乱的心理状态很可能是由焦虑和恐惧的心理状态转化而来的，并伴随着集体的暴力和破坏行为。因此，骚乱与暴力对社会系统造成的破坏力是巨大的，一方面，骚乱与暴乱源于重大公共危机事件，另一方面，它们又使得公共危机状态更趋于混乱与无序，给社会秩序和人们的生活带来重大危害。中国现在正处于急剧的社会转型时期，分配不均、贫富分化严重、官员腐化、野蛮执法、特权思想严重、医疗费用高、上学费用高、下岗工人待遇太低、失业人员失去生活保障等弊端都是引发骚乱和暴乱的诱因，直接威胁到政权的稳固和社会的稳定发展。以近期发生的骚乱为例，定州事件是由于征地问题引发的，其实本可以避免，但由于地方官员推诿扯皮，只顾自己或者小集团的利益，使得事态进一步恶化，以致引发了骚乱。

此外，对于不同的危机，人们的心理感受也是不一样的。比如，对于车祸和空难这两个不同的突发事件，人们的心理感受是不同的。人们对空难的心理恐惧程度要远大于车祸，虽然遭遇车祸的统计概率要远大于空难。这主要是由于空难的结果是致命的，而车祸造成的损害可能是致命的，也可能不是致命的。人们对于不可预见、知之甚少和自己很难掌控的社会风险与突发事件，心理的恐惧程度较大，这里有个风险的社会放大过程；而对于可以预见的、知之甚多的以及可以自我控制的社会风险、突发事件，其心理感受则相对稳定。由此可见，对于可以预见和容易控制的突发事件，在演化为公共危机的过程中，社会心理对其影响不大；而对于陌生的、难以预见的和难控制的突发事件，在转变为公共危机的过程中，社会心理对其影响较大，心理的失调时常发生，极易形成群体性暴乱，从而加速了危机事态的恶化。

对于同一种危机而言，在其不同的发展阶段，人们的心理感受也是不同的。

在危机发生初期，人们常常会感到震惊、恐慌和不知所措，于是产生了恐慌心理。在危机扩散期，如果事件不能得到有效的控制，恐慌会加剧，骚乱和动乱可能会随之而来。如果危机逐步能得到控制，人们会对危机有更为理性的认识，并试图控制自身的焦虑和情绪紊乱。在危机消退和恢复期，人们会渐渐恢复心理上的平衡，虽然有些负面情绪会持续一段时间，但经历过危机后，人们的心理会更加成熟，通过适当的心理干预，大众会重新恢复自信，当然，这也要视具体的危机情境而定。

综上所述，社会信任系统、社会传播机制、社会心理系统与城市突发公共事件之间是相互影响、相互制约的。突发公共事件引发了信任危机、传播失真和心理恐慌；而社会信任的失范、社会传播的失衡和社会心理的失调，又加剧事件的扩散和蔓延，使社会状态趋于更加混乱与无序，给社会造成了巨大危害。

其实，不仅突发事件与社会心理、社会传播、社会信任之间是互动的，而且社会信任体系、传播机制与社会心理系统之间也是互动的。社会心理是社会信任的基础，社会信任本身就是一种心理信任。社会信任通过传播机制来稳定社会心理，而社会心理通过传播机制进一步巩固了社会信任。可是，在危机来临时，社会信任、社会心理和社会传播之间的良性互动被打破了，三者中的任何一方遭受干扰，都会波及和影响到另外两方，从而变成一种恶性循环，极不利于社会的和谐。因此，社会应急控制的目的就是要它们三者之间保持良性的互动，只有这样才能够减缓从社会风险到公共突发事件的转变，防止公共危机的发生。它们之间的互动关系如图 4-1 所示。

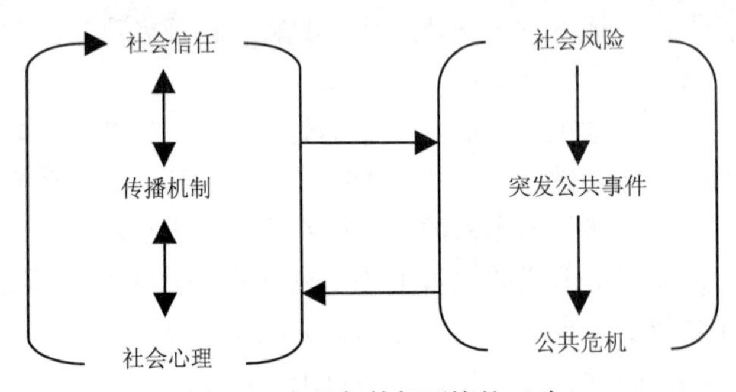

图 4-1　危机与外部环境的互动

二、突发公共事件在环境中的突变与扩散

说到环境就不能不提到突变，因为环境对事物的突变有着很重要的影响。系统论告诉我们，一个事物、现象、事件或者一个系统其发生质变有两种方式，一

种是渐变式，一种是突变式，而系统的突变是在系统内部冲突和外部环境共同作用下产生的。系统的瞬间质变(突变)与环境的变化有着密切的关系。我们在上一章论述突发事件演化的时候，也论述到过两种类型突发事件，一种是突变式，如地震、爆炸；另一种是渐变式，如流行病的传播、环境的污染。我们之所以将突发事件分别放在过程与空间两个维度(分别为第三、四章)中来进行描述，是为了对突发事件有一个更为清晰和全面的剖析，其实这两个维度是同时同步进行的。突发公共事件的发生更多的给人们一种突变性和不确定性的感受，事件的突变和扩散也是在特定的时空关联中产生的。

(一) 突变理论与突发公共事件

突变理论是从突变角度来分析多样化世界的，这对于我们理解突发公事件的演化与扩散有很大的帮助。

法国著名数学家托姆 1972 年发表专著《结构稳定与形态发生》，系统地阐述了突变数学方程和模型，引起了科学界的广泛关注。后来齐曼将这一新的理论定名为“突变论”，把它纳入系统论的范畴。此后，E. C. 塞曼等人提出著名的突变机构，进一步发展了突变论，并把它应用到物理学、生物学、生态学、医学、经济学和社会学等各个方面，产生了很大影响。

突变论是研究不连续现象的一个新兴数学分支，也是一般形态学的一种理论，能为自然界中形态的发生和演化提供数学模型。自牛顿和莱布尼茨时代以来，备受推崇的微积分学，一般只考虑光滑的连续变化的过程，对于非连续现象则不在考虑的范围。而突变论是研究跳跃式转变、不连续过程和突发的质变的过程。突变在哲学上有三个特征：第一，突变是事物的变化；第二，突变是迅速较快的变化；第三，突变是非连续性的变化。随着时代的发展，越来越多的人意识到，自然界和人类社会中有很多现象和过程本来就是不可逆和随机性的，比如水沸冰融、结构塌陷、火山地震、舟覆机坠、囚犯骚乱、军事政变、战争等，都是难以预见的突变现象。因此，仅仅靠描述事物之间相互作用的决定性、可逆性和连续性是不能够揭示人类世界全部真相的。正如普利高津所说：“可逆性、决定性只适用于有限的简单的情况，不可逆性和概率论才是复杂世界的规律。”

突变论的基础是结构稳定性，而结构稳定的丧失，就是突变的开始。雷内托姆指出：系统从一种稳定状态进入不稳定状态，随参数的再变化，又使不稳定状态进入另一种稳定状态，那么，系统状态就在这一刹那间发生了突变。突变论认为，系统所处的状态，可用一组参数描述。当系统处于稳定状态时，标志该系统状态的某个函数就取唯一的值。当参数在某个范围内变化，该函数值有不止一个极值时，系统必然处于不稳定状态。突变论最初曾用来预测狗的行为(勒内·托姆，1989)，这一点很有意思。假设狗在遇到人打时，会出现两种情况，一种发怒，将会疯狂进攻或者咬人；另一种受到惊怕，落荒而逃。但狗究竟会出现哪一种情况似乎很难预料，狗表现出这两种行为的可能性是随机性的。就像一次社会事件可以走向不同的结局，究竟会走哪一种结局，事先无法确定。自然界一场暴风雨过后，也可能带来不同的结果，究竟会出现哪一种后果，这也不得而知。当狗被激怒时，情绪是极不稳定的，它可能恶狠狠地咬人，也可能飞快地逃跑，两种极端行为出现的概率都很高。也许一开始似乎要咬人，但只要再稍加恐吓就会掉头逃跑，而似乎要逃跑的恶狗却会冷不防回头咬你一口。当下一次狗再面对同样的情况时，做出的反应则又可能完全不同。如果我们将狗的行为，如仓皇奔逃或咆哮进攻看成是状态变量，而对引起狗的行为的反应的因素，如击打、恐吓看成是控制变量，那么对狗的行为可以用几何来建立突变模型。通过对狗的反复实验，表明控制量的微小变化均可能导致状态变量的急剧突变。

突变论认为一个突变包含两个最基本的参数，一是控制变量，二是状态变量，可用势函数来描述。“势”可看作是系统具有采取某种趋向的能力，势是由系统各个组成部分的相互关系、相互作用以及系统与外部环境的相对关系决定的。控制变量是系统的外部变量，或叫环境变量，而状态变量又称行为变量，是系统的内部变量。这两种变量相互影响，当前者不变时，后者一般处于稳定状态，当前者变化时，后者也随之变化。势函数表示了系统的任一状态则是状态变量与控制变量的统一。勒内·托姆(1989)经过严格的数学推导发现，只要控制变量不多于四个，那么，在某种等价意义下将会有七种基本突变，即尖角型、折叠型、燕尾型、蝴蝶型、双曲脐点型、椭圆脐点型和抛物脐点型，可以求出其势函数、分支集和平衡曲面的方程，画出直观的数学模型图(表4-1)。当参数多于四个时，其数学模型往往是高维超曲面，需要以超曲面的拓扑性质去求解。

由于突变模型在几何中表现为折叠区、超曲面，因此内容十分抽象，一般难以理解(本人的能力所限)。但这对于我们预测和控制突发公共事件是很有帮助的，突变论的成果使我们对突变进行预测和控制成为可能。

就整个城市社会系统而言，不同领域内的突发公共事件可以看成是社会系统局部和部分突变的结果，而一旦突发公共事件和公共危机发生后，就会脱离原来的社会系统，成为现有社会系统的强烈干扰因素，阻碍社会系统的整体运行。如果对公共危机不加控制，任其发展，甚至会引发整个现有社会系统突变和颠覆。这就好比人体得了病，生了肿瘤一样，如果不能及时治疗控制，会严重困扰着有机体的正常生命活动，威胁人的健康甚至失去生命。所以，为了保持社会系统的

表 4-1　突变函数表

	突变类型	控制维数	反应维数	势函数	反应面方程
尖点类型突变	折叠	1	1	$(1/3)x^3 - ax$	$x^2 - a = 0$
	尖角	2	1	$(1/4)x^3 - ax - (1/2)bx^2$	$x^3 - a - bx = 0$
	燕尾	3	1	$(1/5)x^5 - ax - (1/2)bx^2 - (1/3)cx^3$	$x^4 - a - bx - cx^2 = 0$
	蝴蝶	4	1	$(1/6)x^6 - ax - (1/2)bx^2 - (1/3)cx^3$ $-(1/4)cx^4$	$x^5 - a - bx - cx^2 - dx^3 = 0$
脐点类型突变	双曲脐	3	2	$x^3 + y^3 + ax + bx + cxy$	$3x^2 + a + cy = 0$ $3y^2 + b + cx = 0$
	椭圆脐	3	2	$x^3 - y^3 + ax + by + c\left(x^2 + y^2\right)$	$3x^2 - y^2 + a + 2cx = 0$ $-2xY + b + cx = 0$
	抛物脐	4	2	$x^2y + y^4 + ax + by + cx^2 + dy^2$	$2xy + a + 2cx = 0$ $x^2 + 4y^3 + b + 2dy = 0$

整体稳定，我们对社会系统平时进行常规监测和控制，防止社会系统中出现突变(一般是局部的)，而在公共危机爆发后，还要进行非常规控制，防止危机的蔓延和扩散。

比如，水从液态到气态的变化过程，就是属于典型的尖角型突变。如图 4-2 所示。

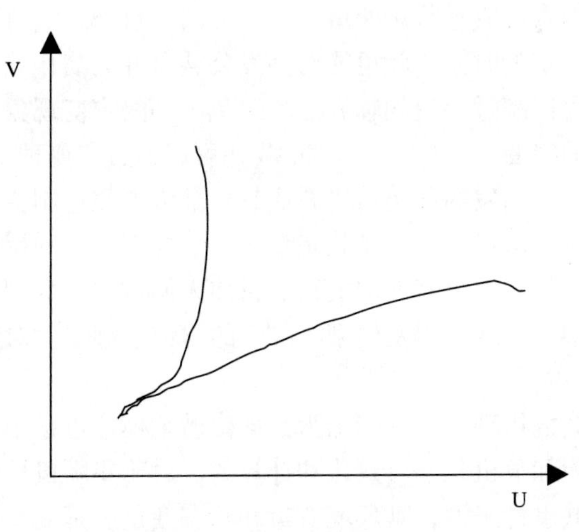

图 4-2　尖角突变类型图

就城市中的突发事件本身来说，突发事件有一个自身演化的过程。事件从潜伏期到爆发期，从小的突发事故到公共危机，从原生灾害到次生衍生灾害，都是从一个质态到另一种质态，其中很多表现为非连续的突变，转变速度很快。比如，“非典”在短时间内一下子就形成了社会危机。突发事件从一种状态快速质变成另一种状态，从一个事件急速引发了多个事件，是事件内部因素和外部环境共同作用的结果。

突发公共事件的内部因素可以归纳为两种，一种是物的因素，一种是人的因素。物的因素是指潜伏在即将发生重大事故的物体本身内在的某些不安全因素，常常是导致重大突发事件的直接原因。如钢瓶、火药等易燃易爆物品的危险因素，年久失修、即将倒塌的房屋的危险因素，某些机器设备存在的安全隐患等，都是引发重大事故的原因，物的因素属于系统内部的因素。人的因素主要是由人的主观性所造成的，包括人的错误判断、错误分析、错误行为以及意愿的变化和管理上的缺陷等，人的因素也属于系统内部的原因。在论述突发公共事件内部构成要素时，曾提到过致灾因子和承灾体，而物的因素和人的因素本身就包含在了致灾因子和受灾体之中，尤其是人，既可能是致灾因子也可能是受灾体；物也一样，既可以是灾害的来源，也可能是灾害的承受体。

环境因素可以看成是突发公共事件的外部因素，在前面也论述过，包括自然环境和人文环境。近年来国内外发生的重大公共危机事件表明，环境对事件的影响非常重要。

如果将内部因素看成是状态变量，将环境因素(自然的、社会的)看成控制变量，在控制变量一定的时候，就可能对突发公共事件的演化状态进行预测和建立数学模型，甚至可以绕过突变的临界点，避免不利的突变现象发生，防止从突发事故向公共危机的突变。在处理危机时，我还可以通过突变理论来建立决策模型。如果我们将突发事件引发的危机情境看成是外部因素和控制变量，那么人们在面对危机时的决策行为就可以看成是状态变量。这样就可以利用模型，试图以最小的代价、最短的时间获得最有效的决策。目前人们运用突变理论建立很多模型，如“社会舆论模型”、“战争爆发模型”、“人的习惯模型”、“对策模型”、“攻击与妥协模型”等。

当然，将公共危机现象全部归结为数学模型来模拟也是不现实的，尤其一些社会性的公共风险和危机是不可量化和计算的。对于集随机性、模糊性、混沌性于一身的突发公共事件来说，其环境变量和状态变量也是复杂性多变的，这正说明了突发事件的难预测性。在控制变量超过 5 时，则突变类型难以确定，趋于无限多个，这也是突变论的局限性。此外，突变只是事物质变的一种形式，突发公共事件常常表现为渐变中的突变和突变中的渐变，需要我们辨证地去分析。虽然突变论本身还存在很多不完善的地方，它在应急管理中的运用应还有待进一步的验证，但它无疑给了我们一种新的研究视角，对于突发公共事件的应急控制研究有很大的帮助。

（二）城市突发公共事件的扩散方式

我们必须清楚的是，突变仅是物质质变的形式之一，除此之外，质变的形式还有渐变。突变是"稳定—非稳定—新的稳定态"的非连续的变化，而渐变是"稳定—新的稳定—新的稳定"连续变化。例如，水经过沸腾而汽化的过程就可以看成是突变，因为水处在沸腾的时候是很不稳定的，它极容易变成汽。而另一些物质，如石蜡、沥青等物质，其液态在冷却过程中是逐渐变成胶状，然后再逐渐坚硬到一个程度，这就可以看成是渐变过程。因此，渐变和突变都是自然界、人类社会中常见的一种现象，它们常常是交替结合在一起的。很多重大的突发公共事件往往都是由自然系统和社会系统内部能量渐变与突变交替作用而形成的。比如，在经济危机的爆发期，由于经历一个非稳定态的中间阶段，因而表现为突变；而在危机复苏期，则往往要经历一个缓慢的回升过程，这又表现为渐变了。在社会改革中，剧烈的突变常常会引起社会的震荡和不稳定，容易激化矛盾，而渐变就可能过渡平稳一些。其实，不论是突变还是渐变也都是相对的，不是绝对的。很多看似突变的现象，在质变前有很长时间可能是不为人知的渐变过程。比如地震之前，地壳与地层之间就有着急剧的内部运动。而一些渐变的现象在质变的那一时刻也是以突变的形式呈现的。所以说，突发事件的质变是在控制因素达到临界值时，由系统内部的不稳定机制所推动而发生的，是突变与渐变的统一。

城市突发事件在其渐变与突变的过程，容易与各种环境因素耦合在一起，在更广泛的城市空间里蔓延与扩散。一旦扩散不能得到控制，就会引发社会连锁反应，次生衍生事件不断、谣言四起，严重危害了社会稳定。所谓城市突发公共事件的扩散(祝江斌，王超，2006b)主要是指，在事件发生后，由于事件本身的不可控性而在更大的地域空间内扩大分散，以及由于本事件而引发了更深程度的突发事件，或者由于透过事件表象而引发除了当事人以外更多人的关注反思，进而改变人们行为方式、价值观念的一个过程和现象，或是事件原有性质发生根本性变化。由于公共性是突发公共事件的基本特性，如果事件不能得到有效控制，那么它在城市公共空间里的扩散是必然的。当然，引起突发事件的扩散原因很多，有自然的、社会的、心理的、制度的、科技的等很多方面。

城市中的突发公共事件的发生形式是多种多样的，除了自然灾害、事故灾难、公共卫生事件、社会安全事件之外，一些新的复合型公共突发事件也时有发生。由于城市致灾因子的多样性，从而决定了突发事件发生形式的多样性和复合性。虽然每个突发事件发生的原因、发生的形式、传播途径存在着很大的差异，但我们仍然可以借助隐喻和类比的思维方式将它们的主要扩散方式概括出来，抽象出一般性的规律。

透过美国的 9·11 事件、美加大停电事件、东京沙林毒气事件、印度洋海啸之难，我国的“非典”、禽流感、南京汤山特大中毒事件、重庆开县井喷事故、衡阳火灾坍塌事故、松花江水污染、太湖水危机、山西洪洞特大矿难事故……我们认为突发事件的主要扩散方式有以下几种：

1. 急剧促发式扩散

突发事件的爆发方式是瞬间的，也就是我们上面提及的突变式突发事件。比如急剧的地震、爆炸。此类突发公共事件的爆发力在瞬间急剧产生，强度较大，其扩散时间也相对较短，但杀伤力很大。有些事件虽然结束得很快，但后期对人们心理的影响是长久的，从这个角度也可以说是一种事后的扩散。如日本广岛原子弹爆炸事件，虽然时间很短，但后期产生的影响深远。这种扩散属于单个事件扩散。

2. 深度蔓延式扩散

突发事件爆发之后，其损害的对象持续扩大，但没有引发其他类型的突发事件。也就是说没有其他致灾因子的介入，只是受灾体的数量随时间在不断增加。火灾是这种扩散方式的典型，随着火势的蔓延，伤亡的人数和财产的损失越来越多，但火灾并没有引发其他的次生事件(因为火灾可能引发煤气爆炸，也有可能引发社会性的动乱等)。

再如，城市中的毒气泄漏事件也属于这种扩散方式，随着气体的扩散，城市中在一定浓度区域内的居民都会受到侵害，只要该事件没有引发其他类型的突发事件，只是中毒的人数发生变化，就属于这类扩散方式。深度蔓延扩散也属于单个事件扩散。

3. 区域位移式扩散

这种扩散方式是从空间角度来分析的，主要是指事件从一个时空扩散到了相隔很远的另一个时空。位移式扩散之所以可以发生主要是借助于传播载体和媒介，这个媒介可能是无机物，比如人、动物、植物，也可能是无机物，如水、空气等。“非典”从一个城市位移到另一个城市，其传播主要是以“非典”病人为传播载体的，而“非典”病毒在人与人之间的传播又是以空气为媒介的。区域位移式扩散可能是单个事件扩散也可能是多个事件扩散。

4. 异质转化式扩散

异质转化式扩散是指原来的城市突发事件(致灾因子)消亡，而引发了新的其他类型的突发事件(致灾因子)。比如自然灾害过后可能引发公共卫生事件，经济危机过后可能引发社会危机，地震之后可能引发海啸。人们常说，水灾过后往往有大疫，洪水之后，疾病流行是很常见的。可见，这两种不同类型危害事件在时间有先后，在因果上有关联。

5. 连锁式扩散

连锁式扩散是指原来的城市重大突发事件还持续发生，但事件进一步演进，同时引发了相关联的其他类型突发事件的发生。其扩散在时空两个纬度上表现出时间上的持续性特征与空间上的传递性特征，并可能产生异质性的连带突发事件，造成更大范围内的社会危害。比如，2003年的“非典”事件所连带产生的社会危机。连锁式扩散是多起事件并发式的扩散方式，根据其扩散的路径可分为单链式扩散、树状式扩散和网状式扩散三种(将在第七章应对不同扩散的控制方式中具体论述)。

6. 回循式扩散

回循式扩散是连锁扩散的一个特例。它是指由某一事件的爆发能够引发若干其他事件，而被引发的事件又对原有事件产生叠加效应，产生明显的共同放大的效应，因此又可以称之为放大式扩散。如前所述的日本“手纸事件”就是一个典型的循环式扩散的案例。社会心理恐慌和流言的传播，使得原生事件与次生事件、次生事件与次生事件之间相互作用和影响越来越强烈，形成回循式的放大叠加效应。

7. 辐射式扩散

辐射式扩散既可以是单个事件扩散，也可能是多个事件扩散。比如，很多放射性有害物质的扩散，核泄漏的扩散；还有一些植物物种的扩散，如水花生的扩散造成水体生态的破坏。如果一个事件从一点发生，便迅速在周围引发多起不同类型的事件，并层层辐射开去，形成一定的辐射空间。这种扩散在空间上是呈现圆面形的，原生、次生、衍生等众多事件与环境耦合在一起，是一种最为复杂的耦合扩散形式，同时也是连锁式扩散最为复杂的一种表现形式，它往往是在前几种扩散都没能得到有效遏制的情况下出现的。

案例：社会心理失调、社会传播失衡引发的公共危机——手纸事件

一、事件背景

日本的“手纸事件”的国际背景可以追溯到1972年春开始的世界性初级产品价格上涨，进而引发国际市场工业原料的价格全面上涨。面对这种压力，日本国内迅速开始囤积和抢购各种原料，使得铁、水泥、树脂、木材、纸张等工业用基础原料供应严重不足。1973第四次中东战争爆发引起石油危机也使日本陷入经济困境之中。日本政府刺激经济的政策引发了国内严重的通货膨胀，生产成本上升，供求关系趋于紧张，企业纷纷开始抢购、囤积原材料。从而使民众心理发生变化，时时担心危机发生。

1. 手纸抢购风潮(民众心理恐慌，手纸偶然被抢购)

1973年11月1日早晨，大阪市郊千里新城的一家超市像往常一样，向居民住户散发了商品打折的广告，其中也包括手纸。于是一些家庭主妇们就在门口排队购买。这原本是一件很平常的事，但是，因为当时社会上已经充满了危机感，一触即发。人们总是担心会发生什么料想不到的麻烦，所以，市民们从商场路过甚至只是从窗口里看到排队的行列时，不由分说，马上就加入到其中。很多人只是一种盲目的从众心理，根本还不明白为什么要排队，排队干什么，就已经在排队了。结果，队越来越长，超市10点钟开门之前，门口已经聚集了200多人，随着人数的增加，空气显得越来越紧张，越排越长的队伍也改变了最初排队的人们的心态。10点钟商场一开门，市民们便潮水般蜂拥地冲向柜台。或许是因为前面排队的几位家庭主妇都选择了购买手纸的缘故吧，紧跟着人们都要买手纸，柜台里的手纸很快被抢购一空。紧接着，商店库存的手纸也被抢购完了。据店方统计，这一天一小时的手纸销售量要相当于平日10天的销售总量。

2. 媒体推波助澜、不良炒作

发生在大阪市郊的抢购手纸事件本属偶然，但是谁也没有想到它却成为一场席卷全国的危机的开端。新闻媒体对这一事件的报道、炒作，引发了全国民众更大的恐慌。不久，抢购手纸的风波蔓延到全国。在日本各地，人们多在为了囤积和抢购手纸而奔忙，手纸的售价上升了50%，有的地方甚至上涨了3~4倍。即使这样，购买的人仍然有增无减，以致发生了抢购者被挤倒挤伤的事件。最终，手纸从日本国内的商店柜台上一度消失。一个地区性质的单一偶然事件终于发展成

为一场全国范围的危机。

3. 流言引发连锁效应

面对这种局面，日本政府才意识到问题的严重性，于是立即与商家一道组织了大量手纸货源紧急上市，由政府出面平息风波。一直到 12 月份，全国范围的手纸大抢购风波才平息下来。

随着手纸的大量上市，日本政府觉得危机已经平息，却万万不料这次手纸抢购引发的还只是冰山一角。由于这次危机加剧了民众的恐慌心理，人人都被涨价的恐慌心理所驱使着，接连不断地在全国掀起了一波又一波的抢购浪潮。抢购的商品从最初的手纸，蔓延到了洗涤剂、砂糖、酱油等多种生活必需品。

可见，一波未平，一波又起。12 月中旬，这种恐慌心理又因为一个偶然的谣言传播引发了抢提存款的骚乱。事情的原委是在爱知县的一个小镇上，当地一个高中女学生在闲谈中说了一句话“信用机构作为一个就业的场所，可是不够理想”。但是在人心惶惶的气氛环境里，这句话不知怎么就被曲解为“那家信用机构危险”。这一传言迅速在镇上蔓延，从 13 日开始，就有一些人急急忙忙地去银行提款，14 日那天，提款人居然超过了 5000 人，提取金额超过 14 亿日元。

面对新的骚乱，日本大藏省和日本银行立刻进行了调查，呼吁人们不要相信谣言，不要盲从。传媒也积极配合政府进行了正面宣传，无奈这些都没有使事态平息。各地抢购商品和提取存款的状况发展到了疯狂的地步，致使 1973 年日本消费品物价上涨率达 11.7%,1974 年消费品物价上涨 24.4%。危机平息后，日本政府对引发手纸抢购潮的原因作了认真调查，结果谁也没有找到能够成立的理由。最终，国民和媒体把矛头指向了企业，认为企业在这场风波中囤积货物，以图谋取利，扮演了不光彩的角色。1974 年 1 月，日本通产省对相关企业作了库存调查，结果也没有发现企业界在危机中有明显的囤积货物的行为。危机平息后，各企业成为媒体和政府监督的重点，如同惊弓之鸟，唯恐背上囤积、惜售的骂名，厂家一有产品就立即批发出去；批发商一进货就立刻批发给零售店，结果使得日本国内市场上各种商品的流通速度比平时快了 3~4 倍，结果又促成了危机后的转机。

二、事件分析

首先，从上面的案例中可以看出，日本手纸事件的发生有着必然的国际、国内背景。国际的金融危机使日本的经济陷入了困境，国内的通货膨胀日益严重，而企业在这场风波中囤积货物以牟取暴利，扮演了不光彩的角色。

其次，经济的困境必然会影响社会心理、社会信任和社会传播机制，造成了社会心理的失调、社会传播的失衡和社会信任的失范。社会心理的失衡使民众处于心理恐慌之中，时刻担心危机的降临。慌乱让流言有机可乘，使购买手纸这样一种本来很平常的事情变得神秘而紧张起来，造成了抢购风潮。社会传播的失衡使得流言四处传播，物价上涨、挤兑风波、社会信任度下降，社会的不稳定加剧。社会信任的失范是民众不相信政府有能力处理危机，于是杯弓蛇影、草木皆兵，一次小小的手纸事件终于酿成一场全国性的危机。

其实，社会流言的传播和社会心理的失调等因素是引发1973年日本“手纸危机”的根本诱因。它是典型的在国内外环境出现动荡不安的前提下，由于社会流言的传播所引发的一次经济动荡和社会动荡。流言危机是社会危机中的一种特殊的表现形式，一些看似非常偶然的小事件，在流言煽动下很可能会酿成一场始料不及的大的危机，这也正印证了我们在上一章所提及的混沌现象和蝴蝶效应。由此可见，流言的对突发事件的影响是巨大的，它能引起民众的恐慌和骚乱，加剧事态恶化，极不利于社会的稳定。

资料来源：

吴江. 2005. 公共危机管理能力. 北京：国家行政学院出版社: 258.

第三部分　城市应急控制系统中的司控系统(主控系统)——政府应急管理系统

在第二、第三、第四章中，本书分别从三个维度——事件结构维度、时间维度、空间与环境维度对应急控制系统中受控对象(突发公共事件)的特征和动态演化进行了剖析,这为司控系统(政府应急管理系统)的合理设计提供了主要的依据。城市应急控制的司控系统或称主控制系统表现为以政府为主导的应急管理组织系统，该系统是属于大系统控制的范畴。由于受控对象(突发公共事件)的复杂性与多变性，决定了司控系统(政府应急管理组织系统)的内部构造和各子系统之间相互作用的机制要比一般的控制和管理系统复杂得多。在下面的第五、第六、第七三章中，本书将分别从组织结构、运行机制、社会环境支持与控制方式三个不同维度对城市应急主控制系统具体展开论述，这正好与前面三章的内容形成一一对应的控制关系，从而 为更有针对性地控制突发公共事件提供了理论依据(图 1)。

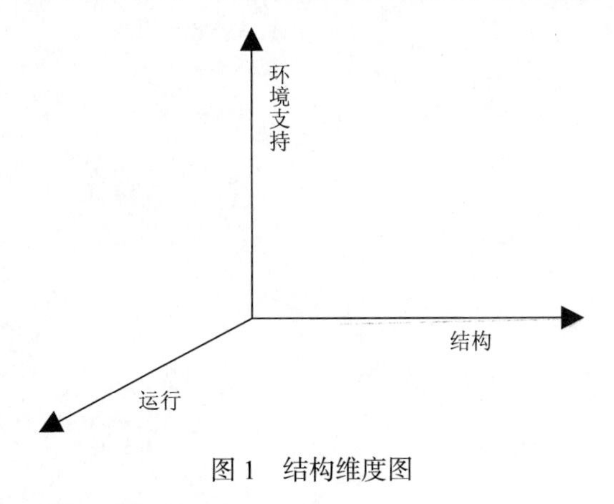

图 1　结构维度图

第五章　城市应急司控系统（政府应急管理系统）的形成与结构

一、城市政府应急控制模式的形成与转换

在第一章中，我们论述过管理与控制的关系。控制有两种，一种是自发的控制，如生物有机体的自我控制方式；另一种是自觉控制，像许多社会组织系统的控制方式。而管理就是一种自觉的控制行为，所以，一切管理都是控制，并且是自觉的控制。在危机发生时，政府将承担着重要的应急职能。政府有着其他组织所不具备的公共资源和公共权力，这就决定了现阶段城市的应急司控系统主要表现为以政府为主导的应急管理组织系统。当然，随着其他社会组织增多和不断完善，城市应急必然需要全社会的共同参与。

（一）传统应急控制模式的形成与缺陷

从人类社会到国家的产生，从古代到近代，从村庄到城市，人们在抵御外敌、自然灾害和社会灾害的过程中，逐步形成了自身的防御体系和应急控制模式。

自从国家和城市产生以来，政府成为整个社会系统的核心管理者和控制中枢。政府所具有的公共权力和社会资源使政府必然成为公共危机控制的主要承担者，城市中的应急模式也体现为以政府为中心的应急管理组织系统。尤其是在面对重大突发公共事件时，政府有着其他任何社会组织都不具有的优势，它可以集中调集资源、制定应急政策、组织应急队伍、共同应对危机。

西方减灾民防的观念出现的较早，托马斯·霍布斯提出的政府有责任保护它的公民的思想成为政府担当防灾主体的主要思想来源。在美国，减灾的应急控制模式一直以来都是侧重于防御性的，同时美国也是最早对灾害立法的国家，美国灾害应急制度的形成过程也反映了西方和整个人类社会应对灾害的制度化历程。追溯西方的防灾减灾的历史，大致可以划分为以下 4 个典型阶段（王绍玉，2005）。

1. 第一阶段：对灾害的应激性反应时期

在这一时期由于生产力低下，科学技术比较落后，人类常常借助想象力来认识灾害和征服灾害。这一阶段的灾害主要以自然灾害为主，由于人们对自然现象缺乏科学理性的认识，所以必然存在着很多不可知论的色彩。比如，古代的日本人就认为地震是被大地压着的鲢鱼翻身引起的；而中国古代的女娲补天、后羿射日、精卫填海等事故，也都反映了人对灾害缺乏科学的认知。

人们对灾害做出的积极反应可能是始于 1666 年英国伦敦发生的一场大火。这场火灾燃烧了整个城市，连续烧了 4 天，烧毁了 132 万间房屋、87 座教堂、44 家公司，市政厅、皇家交易所、海关、政府设施、图书馆、医院等都在大火中烧塌了，该市的 1/3 建筑几乎被摧毁。伦敦大火刺激了人们逐渐采用建筑规范和保险。可以说这是人们发明的最重要的非结构性减灾控制形式，也可以说是灾害应急模式的萌芽，但这一阶段的反应仍然是应激性的。

2. 第二阶段：政府参与阶段

这一时期，政府开始参与了对灾害的控制。1803 年，美国的新罕布什尔州的朴茨茅斯发生了一场大火，受灾社区和州政府损失惨重，但自身又缺乏重建能力。面对灾后恢复的巨大困难，国会通过决策做出了第一个立法，决定用联邦的财力来帮助州和地方政府。美国国会在 1803 年的这一法案被普遍认为是国家灾害立法的第一个法律条文，它给新罕布什尔州遭受大火灾的乡镇提供应急援助，帮助恢复生产，灾后重建。在此后的几十年里，美国国会多次对灾害做出类似的反应，如 1906 年的旧金山地震等。1803~1950 年，在与 100 多起各种灾害的斗争中，各受灾地区都通过特别法令得到了联邦政府的经济援助。

3. 第三阶段：减灾法制化阶段

对灾害的第三个反应阶段始于 1950 年，即人们对灾害的反应有了正式的立法。1950 年 8 月，美国明尼苏达州的众议员哈罗德·哈根向公共工程用房委员会提出他所统计归纳的 128 项法令一览表，这些法令都是自 1803 年以来通过的，每一个都是在一次特定的灾害后制定的。按照哈根的观点，这些法令已经建立了联邦政府对州和地方政府进行灾害支援的先例。于是，1950 年，美国制定了《灾害救助和紧急援助法》，这是灾害应急走向法制化的开始。1950 年制定的《灾害救助和紧急援助法》，是美国第一个应对突发事件有关的法律，为联邦政府在减灾中发挥持续的作用奠定了法律基础。该法规定了重大自然灾害突发时的救济和救助原则，还规定了联邦政府在灾害发生时对州政府和地方政府的支持，适用于除地震以外的其他突发性自然灾害。国会将其范围规定如下：在重大灾害中，在州和地方政府履行其减轻痛苦和破坏的义务中，联邦政府要向他们提供有序的持续的经费，用来维修基本的公用设施、发展州和地方抵御大灾所必要的组织和计划。

4. 第四阶段：综合应急管理阶段

对灾害应急反应的第四个阶段是综合灾害应急管理的形成及灾害综合管理部门的建立。1977 年，一个由美国国防部民防局资助的研究小组，在对美国政府间的防灾体系进行分析后认为："将联邦的责任分散在许许多多的联邦机构中，妨碍了各州对灾害情况的管理，缺少一个综合性的全国紧急机构。"于是，1979 年，卡特总统发布总统令，建立了联邦紧急事务管理局(FEMA)，将分散在整个联邦官僚体制下的有关灾害应急管理的资源和人员集中起来，这标志着综合灾害应急管理的开始。在"9・11"之后，美国又重新整合资源，成立了国土安全部，统领全国的应急管理工作，形成了一体化的综合应急管理体系。

与西方相比，我国的灾害应急模式建设始于 20 世纪 80 年代后期。当时中国地震局的一些专家，在研究构建我国地震工作的科学体系时，提出了破坏性地震应急制度的建设问题。此后经过一段时间的研究探索，相继制定了《破坏性地震应急条例》(1995 年 4 月国务院发布)、《国家破坏性地震应急预案》(1996 年 12 月国务院批准实施)和《中华人民共和国防震减灾法》(1997 年 12 月第八届全国人民代表大会常务委员会第一十九次会议通过，1998 年 3 月 1 日起施行)，标志着我国破坏性地震应急制度及其防震减灾法律制度的建立。在经历了 1976 年震惊世界的唐山大地震、1998 年特大洪水等在内的众多灾害后，我国逐步形成了一整套有中国特色的灾害管理的制度和法律、法规。但是，我们也必须清醒地看到，同发达国家相比，我国的应急制度还很不完善。尤其是在应对 2003 年 SARS 时，暴露出了我国传统应急管理模式上的诸多缺陷。虽然，2007 年 8 月我国借鉴国外的应急法律制度，颁布了《突发事件应对法》，但新法的实行仍需要在实践中进一步加以完善。

我国政府是由中国共产党领导的高度集中、高度组织化的政府。这也决定了我国在传统的应急控制模式上，是以政府为核心的高度集中的控制模式。在长期实践中，我国城市逐步形成了政府统一领导、分类别分部门应对突发事件的传统应急管理模式。当遇到重大突发事件，通常成立由政府分管领导任总指挥的临时性应急机构，负责领导应急处置工作。这种应急模式优点在于，短时间里成立的临时性应急机构有着强大的行政命令和临时动员能力，有着高度的组织性和纪律性。不可否认，这种传统的管理模式在以往抵御城市灾害风险的过程中发挥了重要作用。但随着时代的发展和城市化的进程，此种控制模式的弊端也显露出来。在现代城市社会，由于受控对象(突发公共事件)的复杂性与多变性，使得社会司控系统(政府应急管理组织系统)的控制能力受到了削弱。突发公共事件的连锁性和巨大破坏力，常常使这种临时性应急方式处于失控的状态，从而不能有效控制当代突发事件的扩散。实践表明，我国传统的应急管理控制模式中还存在着以下问题和不足：

1. 控制体系不完善

(1) 缺乏综合的应对危机的控制机构

我国传统的公共危机的控制系统，主要依赖于各级政府的现行行政机构，处理公共危机的基本模式是“救火式”管理。通常是针对某一突发事件，由中央政府或各级政府有关部门临时抽调部分人员组成的非常设机构，对公共危机进行处理，待公共危机平息之后，再撤销该机构。这样的机构有着较强的临时性和不确定性，事前无法对危机进行预测、预警，事后也缺乏必要的评估和分析，不利于危机事件的有效处理。

美国在 1979 年就成立了专门的危机控制机构——联邦紧急事务管理局，并在美国的 10 个地区设立了区域分支机构。而在我国，虽然“非典”之后已经开始启动这方面的工作，但由于缺乏相应的专业人员和运作规则，体系的整合还需要很长一段时间。目前各地方仍然沿用临时指挥部和领导小组来处理紧急情况，处理效果不佳。

(2) 控制部门分割、管理分散、协调不足

我国长期以来实行的是单灾种的应急控制模式，各职能部门分别承担着各自的应急职责。这些机构分属于不同的政府部门，互不隶属，存在部门分割、条块分割、职责不清、管理脱节、协调不力等问题。目前，每个大中城市都有公安、消防、医疗、交通、防洪、防震、供水、供电、供气、城管、环保等 20 多个具有专业应急职能的机构及救援中心，有防洪、防震、防火、交通安全、卫生、海事、公安、安全生产等 7~8 个专业协调委员会或指挥部。但这些部门之间的应急分工协作关系不够明确，存在着控制部门分割、控制职责交叉、低水平重复建设等现象，资源不能够有效整合，不利于综合性危机的处理。例如，在处理食品安全突发事件时，生产流通部门、安全生产监管部门、工商管理部门、药品食品监督部门和地方政府都有各自的应急预案和措施，事先各部门常常缺乏协调，甚至互不知晓，事发后又常常相互扯皮和推卸责任，不能够统一行动、统一调配、相互配合，导致集体的不负责任。在重大危机发生时，虽然临时性指挥机构可在一定程度上弥补一些缺陷，由于各部门之间缺乏经常性的沟通磨合，衔接不够、协调困难、反应迟缓，造成应急效率的严重低下。

(3) 条块职责划分不明确

传统的应急控制模式中，条块职责划分不明晰。中央与地方、上级与下级、政府与主管部门之间的衔接配合不够，协调十分困难。比如，我国防灾救灾一直以来是中央直属部门主导实施的。无论是洪水、地震或其他突发性事故灾害，从防灾减灾工程规划、救灾物资的存储，到灾害发生时的应急救灾和灾后救助救济，最终都是由国家相关部门负责解决，尤其是救灾物资的发放、救灾抢险队伍建设等环节主要由国家相应部门负责实施。这是按部门实施的纵向管理模式。地方政府在整个管理过程中大多处于从属地位，配合国家相关部门执行。而突发公共事件是大多从地方发生的，这样的灾害管理体系严重削弱了地方政府作为灾害行政管理主体的作用，很大程度上影响了防灾救灾的效果。正是由于地方属地化管理的责任和授权不足，导致了地方政府灾害管理责任的缺位。而在日本，长期以来形成了以中央政府为指导、地方政府为主体、各公共事业机关团体为辅的灾害管理体系，控制灾害的综合能力较强。因此，建立职责明确、规范有序的应急管理体系势在必行。

2. 应急法律不健全

法律的实施也是一种社会控制方式。在 2003 年之前，我国应急法制的不健全使得公共危机管理缺少法律保障。西方很多国家都有《紧急状态法》，如美国、俄罗斯等，而我国由于长期在处理危机时习惯于人治和行政命令，造成了我国应急法制建设的进程滞后。同时应急法律制度的不完善，也是造成我国应急管理体系中的责任不明确的主要原因。

在 2003 年 SARS 爆发之前，我国也已经制定了一些法律，如处理重大自然灾害的《气象法》、《防震减灾法》、《防洪法》、《消防法》，控制社会动乱的《戒严法》、《国防法》，以及监督生产部门的《安全生产法》，但这些法律多是针对特定职能部门制定的，缺乏多领域协调的机能，在处理综合性公共危机时，难以发挥其应有的作用。一个灾害或事故的发生，常常波及社会各个层面，涉及许多部门和领域，单一灾种的法律显得力不从心，无法实现综合防灾减灾的目的。就这些部门法律本身而言，也不够完善。有些法律规定了政府的应急责任，却没有授予相应权利，在如何界定地方政府与中央政府、地方政府与中央直属企事业单位之间的管理责任等方面仍然十分模糊。许多法律并没有对危机处理中领导和工作人员的职责、公民的权利和义务等做出法制化的规定，对灾害保险、灾后重建财政补助、灾民减免税等方面的问题也没有明确的说明。正是由于缺少法律依据，职能部门也难以把握自己的责任位置。

3. 信息沟通不充分

信息沟通缺乏也是造成应急控制效率低下的重要原因。在我国的很多城市，都没有一个综合性的信息平台，在信息汇总和综合预测方面能力不足。目前只有几个经济发达的大城市实现了110报警、119火警、120急救、122交通事故报警的号码信息联动，很多城市各信息系统之间相互分割，缺乏互通互连和信息资源共享。在信息报告的标准、程序、时限和责任等方面的规定不明确，缺乏统一的标准和要求，瞒报、缓报、漏报的现象时有发生。造成联动作战效率较低，地方政府协调难度较大。

4. 社会参与不足

我国传统危机控制模式是一元性的应急反应结构，政府及其相关部门对抗击公共危机进行全面的安排，完全是政府一个人唱主角，社会动员力不足。各类社会组织、经济组织、公众以及舆论处于被动员、被安排的地位，这种模式虽然在处理危机时有着很强大的临时号召力，但公众与一些非政府组织参与危机治理的积极性受到削弱，同时这种模式不便于多渠道收集危机方面的信息，不利于前期的预警。西方许多城市，充分发挥了社区、非政府组织和一些志愿者的作用，形成了社会型综合防治危机的管理体系。在我国，许多城市对全社会的应急教育、培训、演练和引导工作多停留在原则口号层面，具体要求和措施不明确，可操作性不强，不能够形成全民防治危机的合力。

5. 综合性风险预控缺乏

与缺乏综合性政府危机管理机构相对应，我国政府缺乏有效的综合预控机制。目前，我国以部门为基础的监测体系和风险评估体系已经初具规模，但综合性的风险评估和趋势预测有所不足，缺乏科学的风险评估指标体系。目前，地震、气象、地理等政府部门都建立了相应的监测系统，对灾害的预测工作已经形成了专业化的体系。但对于社会领域的风险监测机制还很不完善，比如对社会性群体冲突、社会谣言的预警工作还很不到位。由于现代突发事件的连锁性和蝴蝶效应，使得一个灾害会引发多个社会子系统的震荡与混乱，因此，对全社会灾害信息的综合风险监控和评估显得尤为重要。从全局看，目前对灾害风险信息的综合利用、分析评估和趋势预测有所不足，风险评估指标体系也不健全，不利于实现综合减灾和早期预警。

6. 危机控制方法和技术设施落后

政府要实施有效的灾害控制，除了建立一套完善的灾害管理体制外，先进的管理方法和防灾技术是不可缺少的。由于我国政府危机管理起步较晚，目前还没有一套成熟的公共安全管理方法，管理技术也相对落后，以至于各地方政府在灾害发生后无所适从，大多忙于应对，很难实施有效的危机应急措施。许多城市公共安全基础设施薄弱，既没有便捷的情报系统，也没有安全的避难场所，给防灾带来了很大困难。同时，城市与城市、西部与沿海、发达与欠发达地区之间在应急管理技术、物资保障和财政保障方面还存在相当大的差距。

7. 管理人员危机意识淡薄

我国没有建构起防范危机的良性文化，参与危机处置的政府工作人员缺乏对危机的敏锐辨别能力，危机意识淡薄。目前，从事政府危机管理工作的人员大多不具有专业背景而且没有受过正规的、系统的危机管理培训，他们认识不到社会转型时期各类潜在危机爆发的普遍性和危险性，这在很大程度上也不利于政府危机管理工作的有效开展。此外，纯粹追求经济增长的政绩观和奖惩制度，在很大程度上忽视了对政府公务员的危机意识的培养。因此，我国危机管理人员的专业素质有待进一步提高。

（二）从传统应急控制模式向现代应急控制模式的转化

1. 控制方式模式化的结果

传统的应急控制方式是在长期的社会实践中逐渐产生的，并且随着时间的推移，形成了一个相对模式化的控制体系。根据社会控制论，一旦一种控制行为程序化、模式化，就会成为相对稳定的、自我满足的结构。这种模式化的形式带来了两种后果，一种是积极的，它能够以稳定的形式来处理瞬息万变的扰动信息，以“不变应万变”，取得控制的主动权；但另一方面，又会带来一个消极的后果，那就是不能够发现受控对象的新的变化趋势，当然也不能主动去处理。实践证明，面对城市中日益复杂多变的突发公共事件，传统的应急控制模式已经不能够发挥应有的作用，传统的司控系统常常感到无能为力，极容易导致失控的发生。因此，必须要对传统应急方式进行模式转换。

由于传统控制方式的模式化所带来的后果既有消极的，也有积极的，所以就产生了对控制模式三种不同的价值选择(童星，1990)：

第一种是“维模”，即是对那些积极后果占主导地位的控制模式，应当维护它、巩固它；

第二种是“补模”，是对那些后果好坏参半的控制模式，应该采用一系列的补救措施，发挥其积极作用，避免或抑制它的消极影响；

第三种是“换模”，对那些消极后果较为严重的控制模式，要用新的控制方式来替换它。

一般来说，一种控制方式如果不能带来任何积极后果，它是不可能被模式化的。但随着时间的推移，控制模式不能避免会产生消极的影响，此时，必须要经历“补模”阶段。由于没有一种模式是“放之四海而皆准”的，因此，“换模”也是不可避免的。就我国传统的应急控制体系而言，既有其合理的成分，也有很多不完善的地方。所以，从传统控制模式向现代控制模式的转化过程体现了三种价值选择的结合。

2. 发达国家政府应急控制模式的特征

发达国家在政府应急管理方面，有比较成熟的经验，大体上可分为三种模式：美国模式、俄罗斯模式和日本模式。

美国模式的总特征为“行政首长领导、中央协调、地方负责”。美国的公共安全管理体系构筑在整体治理能力的基础上，通过法制化的手段、完备的应急计划和高效的协调机构来应对各种公共安全事件的发生。美国、澳大利亚和英国在应急体制方面具有类似的特征。

俄罗斯模式的总特征为“国家首脑为核心，联席会议为平台，相应部门为主力”。俄罗斯现行的公共安全管理机制是以总统为核心，以联邦安全会议为决策的中枢系统，政府各部门之间分工协作，化解和处理国家发生的各种公共安全事件。

日本模式的总特征为“行政首脑指挥，综合机构协调联络，中央会议制定对策，地方政府具体实施”（尚春明，2005）。日本现今的公共安全管理组织体系也是以法律为依托、以首相为最高指挥官，内阁官房负责整体协调和联络，通过中央防灾会议、安全保障会议、金融危机对策会议等决策机构制定危机对策，由国土厅、气象厅、防卫厅和消防厅等部门根据具体情况进行配合行动。

通过比较分析，这些发达国家应急模式的共同特征归纳如下：

1）相对健全的应急法律制度。主要发达国家都有比较完善的紧急状态法，应急管理行动和措施严格按照法律和制度实施，为公共安全管理提供全方位的制度保障。

2）行政首长担任最高指挥官（中国行政管理学会课题组，2005）。几个发达国家都将其公共安全管理作为政府管理的重要内容，遇到重大紧急事件由行政首长担任最高指挥官和最终决策者，对重大事项进行决策。

3）常设的应急管理处理机构。这些国家，从中央到地方都有常设性的应急管理组织机构，全面负责紧急事件的准备、阻止、回应、重建和舒缓。

4）强大的辅助决策咨询团队。这些国家大都有应急管理委员会或联席会议进行辅助决策。行政首长对于跨部门的综合性决策和指挥，通常依靠应急管理委员会或联席会议，提供决策的辅助和咨询。

5）地方政府是危机处理的主体。在发达国家中，地方政府是公共安全管理的操作机构，实施各种具体的任务。由于公共安全事件涉及的范围广泛，涉及的部门多样化，因此发达国家的公共安全管理大多依靠多方的合作。

6）预防性为主。这些国家都强调全过程的应急管理，突出预防和预警的重要性。在潜伏的风险没有酿成危机之前采取行动，最大限度地减少人和财产的损失。

3. 向现代应急控制模式转变需要遵循的原则

由于我国传统应急控制体制的不健全、机制的不完善，所以必须向现代综合应急模式转变。根据我国现有控制体系的特点，要建立现代的应急控制模式需要遵循以下原则：

1）以人为本，科学高效。把保障人民群众生命财产安全和身体健康作为应急工作的出发点和落脚点，充分发挥人的主观能动性，依靠各级领导、专家和广大人民群众的力量，建立科学、高效的应急工作机制，提高科学指挥能力和应急工作科技水平，不断完善救助手段，切实加强应急救援人员的安全防护，最大限度地减少突发公共事件造成的人员伤亡和危害。

2）预防为主，平战结合。遵循预防为主、常备不懈的方针，把预防突发公共事件作为应急工作的中心环节和主要任务，完善工作机制，运用信息化手段，加强预测、预警、预防工作；把平时突发公共事件预防和应急工作与国防动员工作结合起来，实现平时预防减灾与战时消除灾害后果的有机统一。

3）依法规范，果断处置。一切突发公共事件应急工作都要严格按照有关法律、法规、规章的规定，依法采取措施。要切实履行政府的社会管理、公共服务职能，不断深化行政管理体制改革，建立和完善突发公共事件应急管理体制。一旦发生突发公共事件，要依法果断处置，严防事态进一步扩大，最大限度地降低突发公共事件造成的损失和危害。

4）统一领导，分级负责。认真贯彻分级管理、分级响应、条块结合、属地管理为主的原则，把各级政府的统一指挥和综合协调同各部门分工负责紧密结合起来。根据突发公共事件的严重性、可控性、所需动用的资源、影响范围等因素，由各级政府分级设定和启动应急预案。

5）资源整合，信息共享。按照条块结合、降低行政成本的要求，充分利用各地、各部门和各行各业的现有资源，充分发挥驻军、武警部队、民兵预备役部队的骨干作用和突击队作用，确保救援实效。建立健全应急通信联络系统，使各级、各类应急工作指挥机构、工作机构之间实现网络互联、通信畅通、信息共享。

同时，还要努力做好以下几方面工作：

第一，构建一体化的综合应急管理体制和机制。通过组织整合、资源整合、行动整合，使各种应急管理要素统一指挥、统一行动、相互协作、快速联动。

第二，强化信息统一管理。各国在尊重各部门和地方对信息的专业分权管理的基础上，为了解决重大突发事件信息分散的问题，加强了信息管理系统的建设。

第三，建立紧急状态法律体系。力图以《突发事件应对法》为龙头，以其他部门法和专门条例、规章等为补充，建立一套完整的紧急状态法律体系。

在 SARS、雪灾、水危机、地震等众多突发事件发生后，我国的突发事件立法也被提到议事日程上来了。为防止突发事件的巨大冲击力造成整个国家社会生活与社会秩序的失控，国家需要运用行政紧急权力并实施突发事件应对法，从制度层面上提供保障。2003 年我国启动立法起草工作，在 2007 年 8 月 30 日，十届全国人大常委会第二十九次会议经表决通过《突发事件应对法》，并于 2007 年 11 月 1 日起施行，终于使我们的应急管理工作有法可依。但是，和西方相比我国的应急法律制度颁布的时间还是比较滞后的，而且属于被动式的立法，因此，还需要在实际的应急管理工作中不断加以完善。

第四，加紧制订应急计划和应急预案。加快应急处置计划和预案的制订、实行、演练等工作。

第五，注重提高全社会参与减灾防灾的程度和能力，培养全社会的危机意识等。

二、城市应急司控系统的功能分化

在本书第一章中，我们提到过城市社会系统渐进分化现象。由于城市的发展和城市范围的不断延伸，城市系统日益庞大，出现了渐进分异。随着城市系统的渐进分化，城市社会控制系统也会出现“渐进分化”，其中最显著的就是社会管理控制功能的分解。

在现在社会管理中，司控系统已经逐渐分解为决策指挥系统、监督系统、咨询系统、反馈系统五个系统，各自发挥着不同的控制职能。如图 5-1 所示。

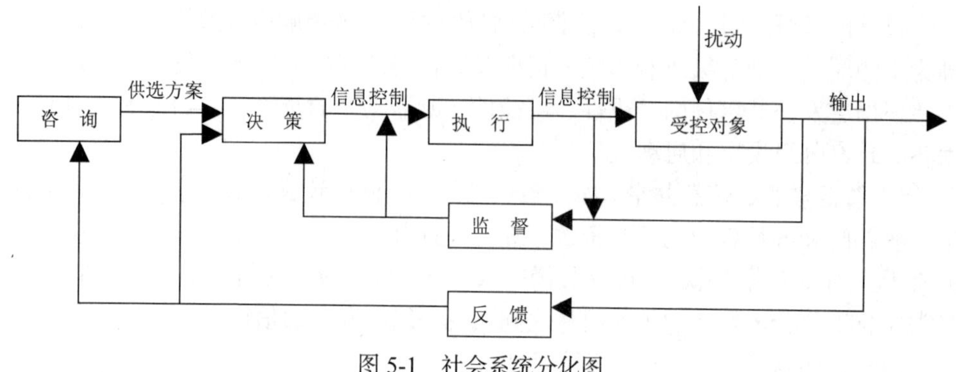

图 5-1 社会系统分化图

伴随着城市控制系统的渐进分化，城市应急系统也是在不断分化的。从传统应急模式向现在应急模式转变的过程，也是城市应急控制系统不断自我分化的过程。

城市应急控制系统作为一种特殊的控制系统，其中的司控系统（主控制系统）是以政府行政部门为主而整合形成的组织系统。被控制对象（城市突发公共事件）的突发性、复杂性、非线性、混沌性等特征，决定了现代应急司控系统的内部结构和功能要比一般的控制系统中的司控系统还要复杂。

城市社会系统无疑是一个大系统，而控制城市公共突发事件的主控制系统——以政府为主导的应急管理系统，也是一个复杂的大系统，需要运用大系统的理论进行管理、协调和优化。一个大系统与一般系统的区别在于以下四个方面：

1）规模庞大。大系统包含的子系统（小系统）、部件、元件甚多。通常，大系统占有的空间大、经历的时间长、涉及的范围广，具有分散性。

2）结构复杂。大系统中各子系统、各部件、元件之间的相互关系复杂。通常，大系统中不仅包含有物，还包含有人，具有“人物”、“人人”、“物物”之间的多种复杂关系，是主动系统。

3）功能综合。通常，大系统的目标是多样的（技术的、经济的、生态的……），因而，大系统的功能必是多方面的（质量控制、风险控制、环境保护、危机控制……）、综合性的。

4）因素众多。大系统是多变量、多输入、多输出、多目标、多参数、多干扰的系统。而且，不仅有“物”的因素，还有“人”的因素，不仅有技术因素，还有经济因素、社会因素等，具有不确定性、不确知性。

因此，现代应急主控制系统作为一个大系统，其内部功能必然也是综合性的。根据系统的基本组成来分，应急控制系统可以分成“实体”系统（包括应急硬件设施、技术平台等）、“概念”系统（包括应急法律、法规、应急文化等）和人（决策者、执行者和救援队伍等）。如果按照子系统的不同功能来划分，又可以分成不同类型的控制模式。这里主要介绍两种模式，一种是典型的应急控制体系，另一种是功能完备的应急管理模式。

（一）典型的应急控制体系（ICS）

ICS 模式是一种典型的应急控制功能系统。它由指挥系统、执行操作系统、信息规划系统、反馈系统和后勤保障系统等组成，分别发挥着决策功能、执行功能、信息处理功能、保障功能等（罗伯特·希斯，2000）（图 5-2）。

其中应急指挥系统居于核心位置，负责统一指挥、统一协调各个应急响应子系统的行动。应急响应系统按照职责划分，履行各自的职能，并互相配合、相互支持，共同应对突发公共事件。

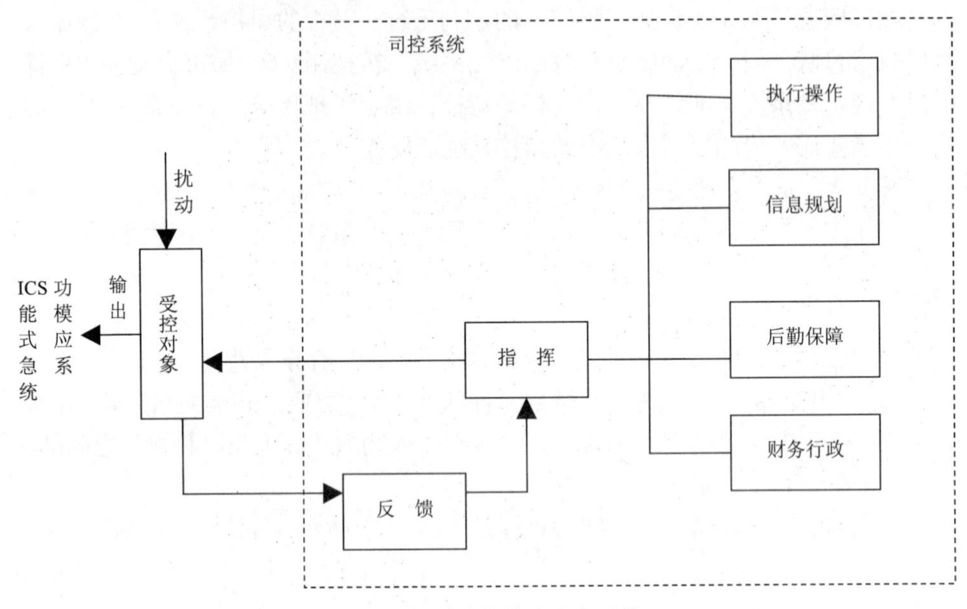

图 5-2 ICS 功能模式应急系统

这种典型的应急控制体系的特点是功能简单灵活，通过强有力的命令和强制的理念来设计和运作，在应对自然灾害时效果明显。这种模式强调统一指导下的多部门反应，比较适合我国中央政府的应急管理组织模式。因为中央政府的应急体制更加注重于整合资源来进行统一的指挥、协调和保障，而且有效的统一指挥结构能够提高办事效率，便于中央指示的执行。与一般的应急主控制系统相比，该系统多了一个专门信息处理系统，可见在对危机的控制中，信息的获得是非常重要的。

但这种模式的不足之处在于将信息情报系统作为附属功能系统，而放在次于指挥系统的第二重要位置。同时，这种模式最大的缺点在于缺乏沟通，尤其是与那些身处危机管理小组之外人的交流，不利于第一时间里处理综合性的突发事件，不太适合地方政府的应急模式。所以，在这种组织体系中加入沟通效果会更好。

（二）功能完备的应急管理模式（CMSS）

CMSS 模式是为大型社团和政府组织应对危机而设计的一种相对功能完备的组织系统。它认为整个危机主控制系统可以由四大功能块组成，分别是决策指挥功能、咨询功能、信息处理功能和操作功能，这 4 个系统之间是处于同样重要的位置，在每个功能系统下面又分成不同的子系统(罗伯特·希斯，2000)(图 5-3)。

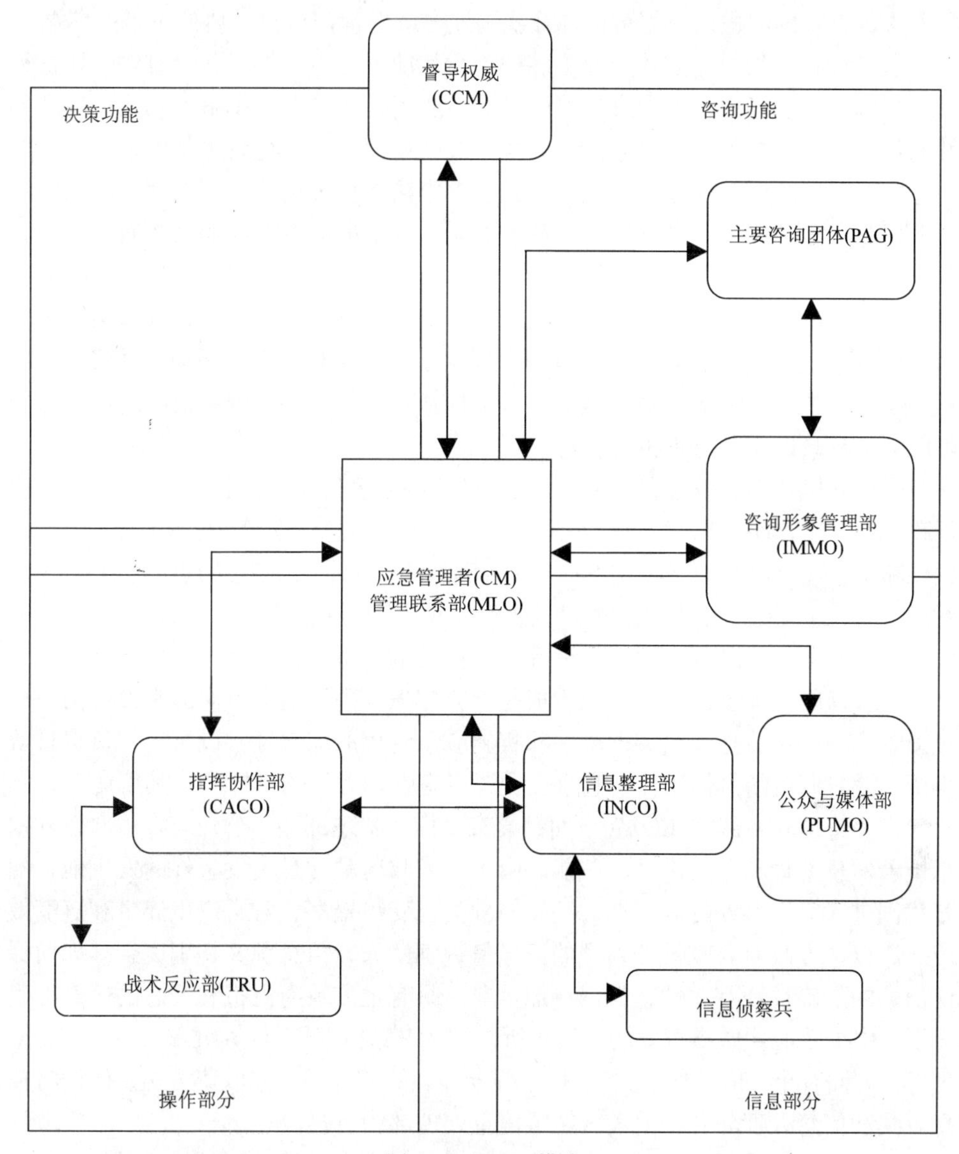

图 5-3 CMSS 模式

从图 5-3 中看出，CMSS 模式分为左右两个系统，咨询与信息系统(右半部)和决策与操作系统(左半部)。应急管理者和管理联系部门处于中心位置，将信息、咨询、决策和执行有机地结合在一起，并在其中加入了沟通管理和形象管理。这种模式的特点是，结构完整，决策集中，采用扁平管理，以减少信息传达时的扭曲。最大的优点在于，重视合作而不是战术的指挥，保持与当事人集团以及外部集团进行有效的沟通，正好可以弥补我国地方政府部门分割、协调不足的弊端。

从实践看，我国地方政府处于多种矛盾和冲突之中，往往需要应对、处置和解决具体的突发事件，而中央政府面对的主要还是政治上、军事上其他一些灾害性的重大危机。对于地方应急体系而言，机构规模庞大，行政体系繁杂，且各部门分割严重，既要分权又要集权。因此，更应该注重现场的指挥处理、信息的沟通上报和应急的联动，发挥属地管理的能力，尽量把突发事件扼杀在萌芽之中。所以，地方应急管理体系的建构，应该在中央的统一领导、指挥通畅的前提下，集决策、协调、沟通、咨询、运营和保障于一体的有弹性的应急管理框架结构。而 CMSS 应急功能模式正好可以有效发挥沟通、协作和各部门联动的优势。

如果将整个 CMSS 系统看成是为政府应急组织设计的，则系统中的组成部分可以分别与政府应急组织机构相对应。

图 5-3 中，“应急管理者”相当于地方政府的应急管理的总指挥，是地方政府的行政首脑，有足够权威进行决策和控制危机形势。“应急管理者”与其他分部门行政领导和应急管理专家（图 5-3 中的“主要咨询团体”）共同组成地方应急管理委员会，对危机事件起总指挥和协调作用。“应急管理者”将根据危机事件的影响范围和程度向“督导权威”（相当于中央或上级行政机关）汇报，并对其负责、受其指导。

“管理联系部（MLO）”可以看成是地方应急管理委员会下面的常设机构——应急管理办公室，是解决突发事件和实施应急管理的综合性常设机构，负责日常协调和战时调度的具体工作，它直接受“应急管理者”的指挥，对其负责。

在“管理联系部（MLO）”下面，设有“信息整理部”、“公众与媒体部”分别承担着信息处理和公共沟通的职能。由于地方政府常常是突发事件的发生地，随着我国进入突发事件的高峰期，突发的种类也变得繁多，常常产生连带和涟漪效应。所以地方政府要收集和处理的信息量特别巨大，信息源又特别庞杂，如何保证信息的准确性和有效性就显得更加重要。只有地方政府上报和汇总的信息准确无误，中央政府才做出有效的决策。所以，“信息整理部”任务沉重，在“信息整理部”下面有个“信息侦察兵”，是一群经过训练的专门信息收集人员，他们将信息收集和信息处理分开，大大减轻了信息处理部的负担。

“公众与媒体部”负责与媒体沟通，以及与突发事件的利益相关者的沟通，相当于政府的新闻办和宣传科。地方政府要通过“咨询形象管理部”，树立政府的自身形象和权威，保持与媒体的合作，建立诚信的沟通机制。

图中的“指挥协作部（CACO）”可以看做是应对突发事件的先期处置机构。我们知道，地方政府面对的不仅是自然灾害，还要处理和面对很多种危机情境，如公共卫生、生产事故、公共安全、群体事件等。面对任何小小的突发事件都不能掉以轻心，因为任何一个微小的事件处理不好，都可能会产生“蝴蝶效应”，引发更大的危机。所以，图中操作部门的先期处置和战术应对(TRU)显得非常重要。目前，我国许多城市都在建立应急联动中心，也正是这个道理。

其实，不管哪种功能模式都有自身的优点和缺点，没有最好只有更适合。CMSS 模式体现了沟通、协作、联动和传递信息的有效性的特点，但 CMSS 模式是从公司危机管理中产生的，在运用于政府和全社会应急管理时都要与各国政府的实际情况相结合，不能完全照搬照抄，需要在实践中不断总结经验。其实，不论是 ICS 模式还是 CMSS，指挥决策功能、综合协调功能、咨询功能、信息处理功能、实际操作功能等都是政府应急控制功能体系必不可少的。

三、城市应急司控系统的结构

不论是理论工作者，还是实际处置危机的人员，都认为应对突发公共事件需要建立一个有一定结构功能的应急组织来协调和控制危机。所谓应急控制的结构框架，是指应急管理体系组成机构之间的职责划分和相互关系。城市应急主控系统功能的综合性，必然决定了其结构的复杂性。突发公共事件的突发性、连锁性以及内部构成要素多样性决定了司控系统控制结构的多样性。面对突发公共事件的多变性和强干扰性，应急主控系统必须要有复杂的控制结构和完备的应对体系。

（一）集中控制结构

如图 5-4 所示，集中控制结构是最普遍的一种控制形态，它是由控制中心的集中控制器对大系统中各子系统进行集中控制，统一制订控制决策，发出控制指令直达被控制对象的一种调节方式。集中控制的特征表现为(涂序彦，1994)：

第一，集中处理。大系统中各子系统运行状态的信息，都被集中传送到控制中心，进行统一的信息处理和观测。

第二，纵向信息传递。在集中控制器与被控制对象之间进行交互的纵向信息流。包括上行的状态观测信息流、下达的控制指令信息流。

第三，全局性控制。由于采用集中观测的信息模式，集中控制器负责大系统的全局状况，在结构上是可控制、可预测的。

第四，设备简易。由于控制集中、观测集中，所以功能集中、权力集中。控制中心能够对大系统的全局运行状态，进行统一集中的观测和控制。不存在分散的多个局部控制器之间难以协调的问题，大系统的控制可靠性较高，而且设计也比较简易，适用于系统规模较小的组织。

第五，维护方便、经济实用。集中控制一般适用于控制中心与被控制对象的现场距离较近的场合，比如，为抗灾而现场设立的指挥中心。

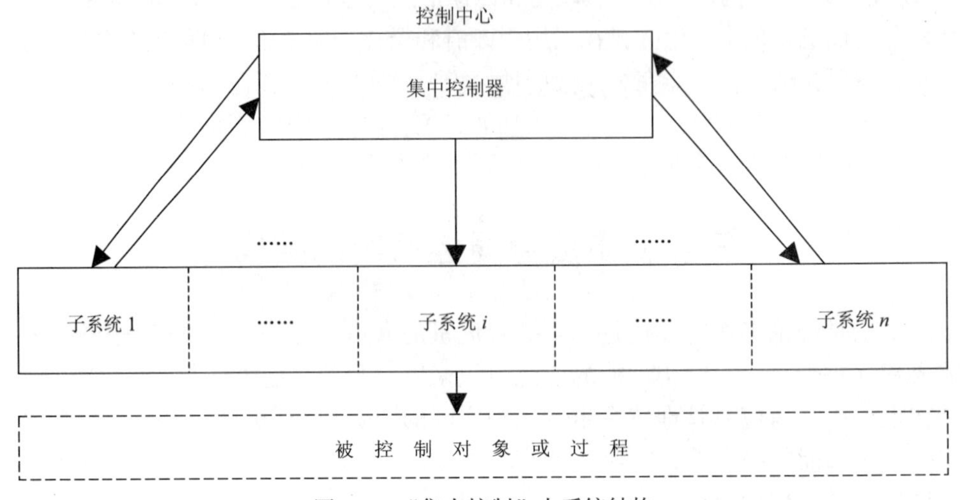

图 5-4 “集中控制”大系统结构

我国传统的应急控制模式大多是以集中控制结构为主的，尤其是临时成立的应急指挥中心，类似于军事控制中心，能够在短时间内集中调集资源、制定应急政策、组织应急队伍、共同应对危机。在前面论述的 CIS 典型应急模式中，也存在着集中控制的方式。集中控制虽然能够把握全局，但是它的缺陷也是显而易见的，由于控制集中、观测集中，所以故障集中、风险集中。若控制中心的集中控制器发生故障，则大系统全局瘫痪，故系统运行的结构具有脆弱性和易损性。比如，一个电力控制系统，往往采用集中控制的形式，由一个总控制器来统一调节。而这样的控制方式很容易发生大规模的电灾，因为一旦总控制器出现问题，整个电力网络系统就会出现中断和瘫痪，后果非常严重。2003 年 8 月北美大停电危机，直接造成了 40 亿~60 亿美元的损失，虽然是由人为失误造成的，但与整个电力系统集中控制模式的弊端也有很大的联系。

（二）分散控制结构

分散控制没有单个集中的控制器或决策者、执行者，整个大系统目标的实现是由一些分散的控制器或决策者、执行者来完成的，如图 5-5 所示。

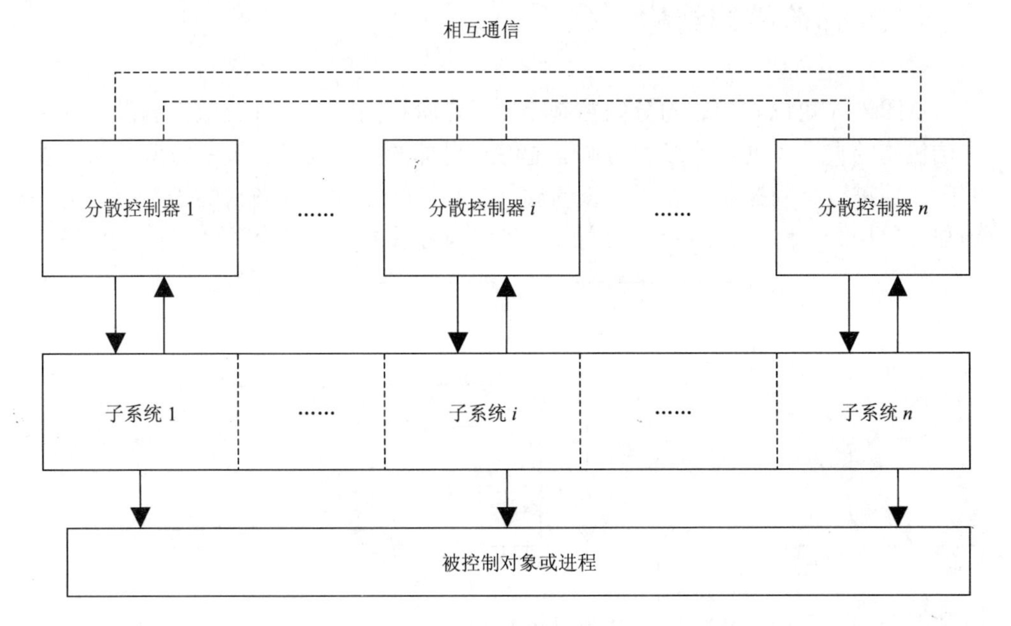

图 5-5　“分散控制”结构

分散控制的优点在于各局部控制子系统之间具有横向信息流，可以相互通信。最典型的例子就是城市交通管理控制。为了防止公共交通突发事件的发生，需要对很多的分散的交通要道和交叉路口实行分散的监控和预测，这样可以在较广范围内扼制突发事件的产生。

一个现代的应急控制模式完全采用集中控制是不可取的。虽然集中控制能够集中权力共同应对危机，但高度集中的模式不利于早期的危机预警。早期的风险信号大都分散在各个社会子系统中，有一个风险积聚的过程。集中的控制模式一般难以察觉这些分散的风险状态，需要分散控制来补充。分散控制的优势在于控制分散、观测分散，所以故障分散、风险分散，分散控制器发生局部故障，不会导致大系统全局瘫痪。由于突发公共事件都是从地方首先爆发，并逐步扩散的，因此，分散控制方式非常有利于提高地方政府应急管理的积极性和主动性，能发挥属地管理和控制的优势。

但完全采取分散控制也是不行的。在分散控制中，每个局部控制器只能对相应的局部子系统进行控制和观测，缺乏一个统一协调的机构，因而全局性效果较差。由于被控制对象的复杂性，决定了应急控制结构的复杂性，现代应急控制系统的结构必然是集中控制与分散控制的结合，实行条块结合，以块为主的行政控制结构。

（三）递阶控制结构

从图 5-6 可以看出，与分散控制相比，递阶控制可以弥补分散控制没有统一协调机构的弊端。处于上级的协调器能够对局部的控制器进行统一协调，从而能够间接地进行全局控制。处于下级的局部控制器能分别对应各自的子系统，进行局部分散控制。因此，递阶控制实现了集中与分散的有效结合(涂序彦，1994)。

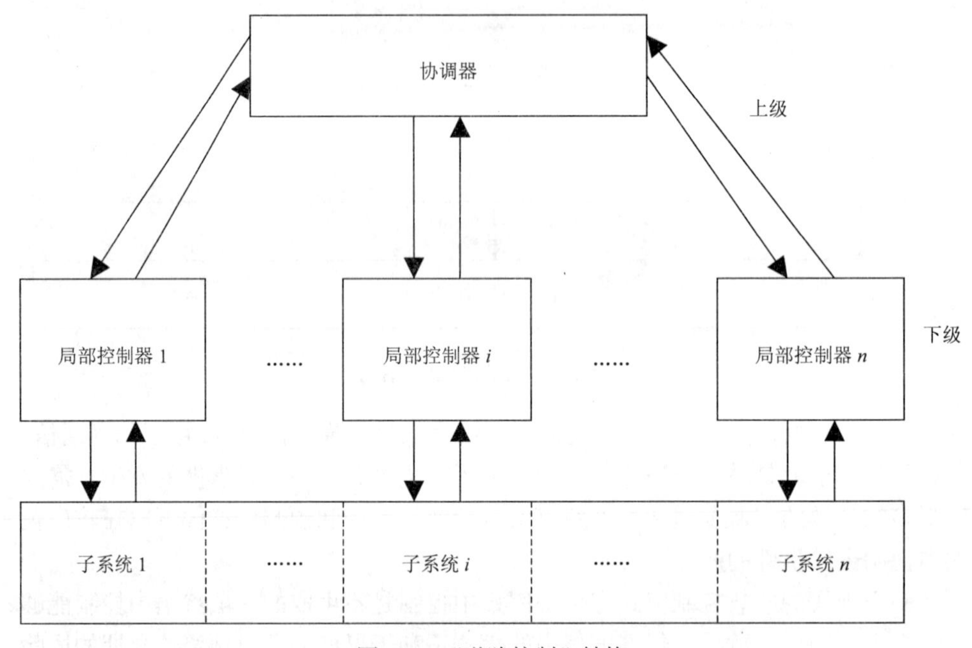

图 5-6 “递阶控制”结构

递阶控制能够分散系统的风险，当局部控制器出现问题时，只会影响相应的局部子系统，当上级协调器发生故障时，虽然协调失灵，但各局部控制器仍可继续运行。除非协调器和所有局部控制器都失灵，不然整个大系统不会完全瘫痪，因此，这种控制结构运行的可靠性较高。

递阶控制结构能够兼有集中控制和分散控制的优点，弥补了各自的缺点。所以，城市中处理突发公共事件的主控系统必然是以递阶控制为基本结构的。对城市中的突发公共事件进行控制，要不断整合各种应急资源，既需要集中也需要协调。目前，我国城市的卫生、消防、安全、防洪等应急响应资源都是面向特定部门的，用途比较单一，缺乏资源的有效整合，不能从整体上协调运作。在处理综合突发公共事件时，各个应急部门应该相互合作，采用递阶控制机构，可以达到指挥统一、协调有序、应急联动(图 5-7)。

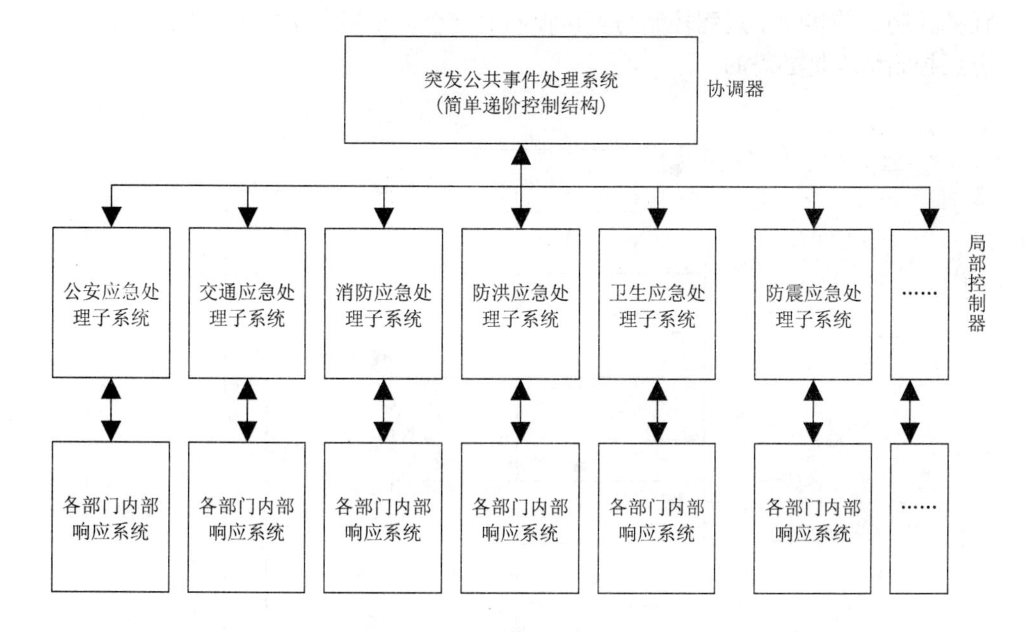

图 5-7 简单递阶控制处理系统

如图 5-7 所示，突发公共事件处理系统作为上级协调器，通过不同手段对各局部控制器进行协调控制(徐浩等，2007)。下级局部控制器分别对相应的子系统进行局部调控。在整个系统中，调控的对象是每个子系统的运行状态。目前，许多城市中都在建设应急联动中心，这里的上级协调器就可以看成是应急联动中心，实行全局的应急协调。

(四) 多层控制结构

多层控制是按照任务分层的一种控制结构，它是递阶控制机构的一种变形。多层结构一般分为四层，分别是直接控制层、最优化层、自适应层和自组织层(图 5-8)。

自组织层处于最高层，它根据系统的总体任务、目标和环境的扰动，进行规划决策、计划协调、组织管理；自适应层根据系统的情况，采用相应的措施做出校正性适应；最优化层通过设置定值和指令，争取系统的最优运转；直接控制层对被控制对象进行直接控制，克服外在干扰，保障系统正常运行。一般而言，较高层的功能较复杂、扰动较慢、决策权较大、允许决策时间较长；较低层的功能较简单、扰动较快、决策权较小、允许决策时间短。多层控制的优点在于可以多任务控制，并实现了远程控制与直接控制的结合。在城市应急控制系统中，采用分层控制结构是必需的。

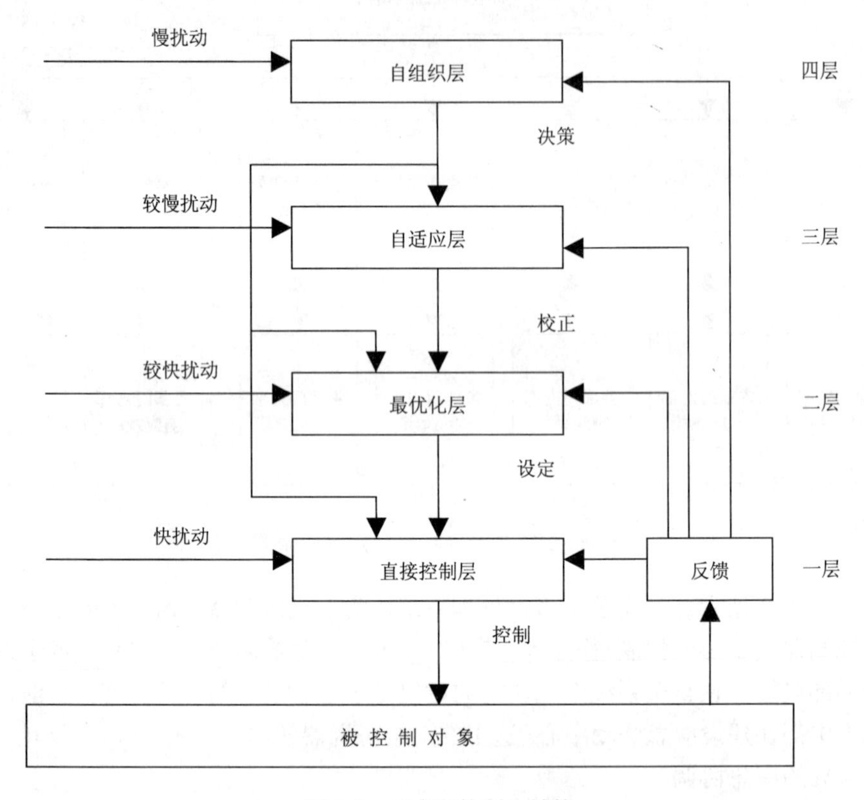

图 5-8　“多层控制”结构

以城市为例，在城市应急控制系统中，自组织层、自适应层、最优化层、直接控制层分别与不同的政府应急子系统相对应，发挥不同的应急职能(图 5-9)。

1）自组织层——应急管理委员以及应急管理办公室。应急管理委员会主要负责全市的突发事件预防和处置工作的方针政策、决策指挥和总体协调，对全市突发公共事件的控制进行总体规划。委员会下设应急管理办公室主要负责应急事务的日常性管理和应急响应行动的具体协调工作。这两个部门都可以看成是自组织层，负责全面应急工作。

2）自适应层——相当于各主管的职能部门。如水利部门负责水旱灾害，气象部门负责气象灾害，环保部门负责环境污染，公安部分负责城市治安，交通部门负责城市交通，卫生部门负责传染疫情等。这些部门都可以看成是自适应层，它们根据自组织层的总体决策采取相应的应急措施。

3）最优化层——相当于现在各个城市政府都在积极建立的应急联动中心。应急联动中心充分调动和协同各方面的控制力量进行资源的整合，以最快的速度和最高的效率达到系统运行的最优，可视为最优化层。目前，我国南宁的应急联动中心建设成效突出，实现了跨部门、跨警区以及不同警种之间的统一指挥协调，求助者只要呼叫 110、119、120、112 中任何一个号码，应急联动中心都能迅速指定相关应急部门紧急出动，提供准确及时的紧急救助。从而使统一应急联合行动成为现实，极大地优化了整个城市的应急控制系统。

4）直接控制层——直接面对突发事件执行层，包括事发地党委组建的直接执行决策的行政人员、事故技术处理专家、抢险抗灾的救援队伍等。他们亲临现场进行指挥和营救工作，属于直接控制层。

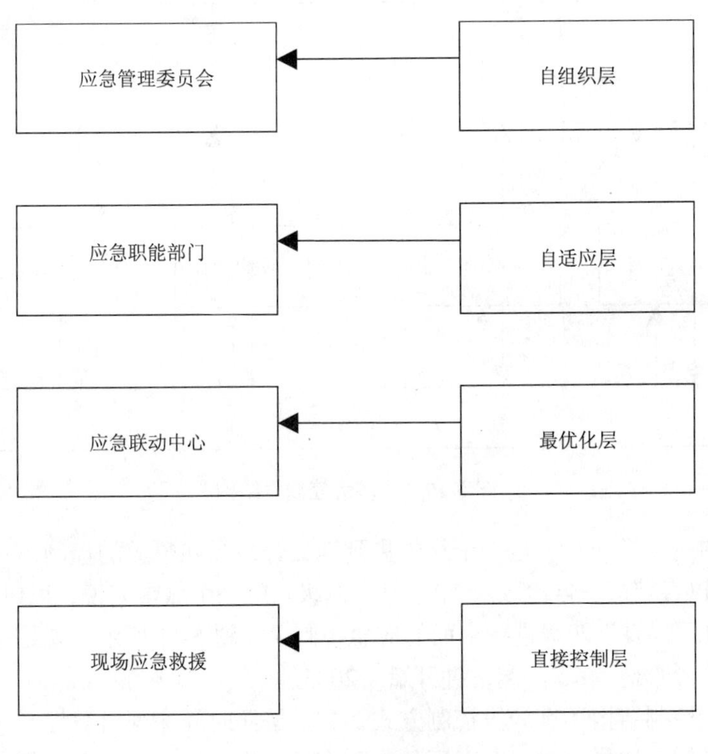

图 5-9　分层职能图

（五）多级控制结构

所谓多级控制结构，是指采用分级的管理机构对受控对象进行控制。如

“总厂、分厂、车间”就是一种三级控制结构。中国整个行政管理系统就是一种五级控制结构，分为“中央、省(直辖市、自治区)、市、县、乡”五个级别。

现代应急控制系统也应该是多级控制结构，并且是在基本递阶控制方案的基础上的变形及扩展，如图 5-10 所示。

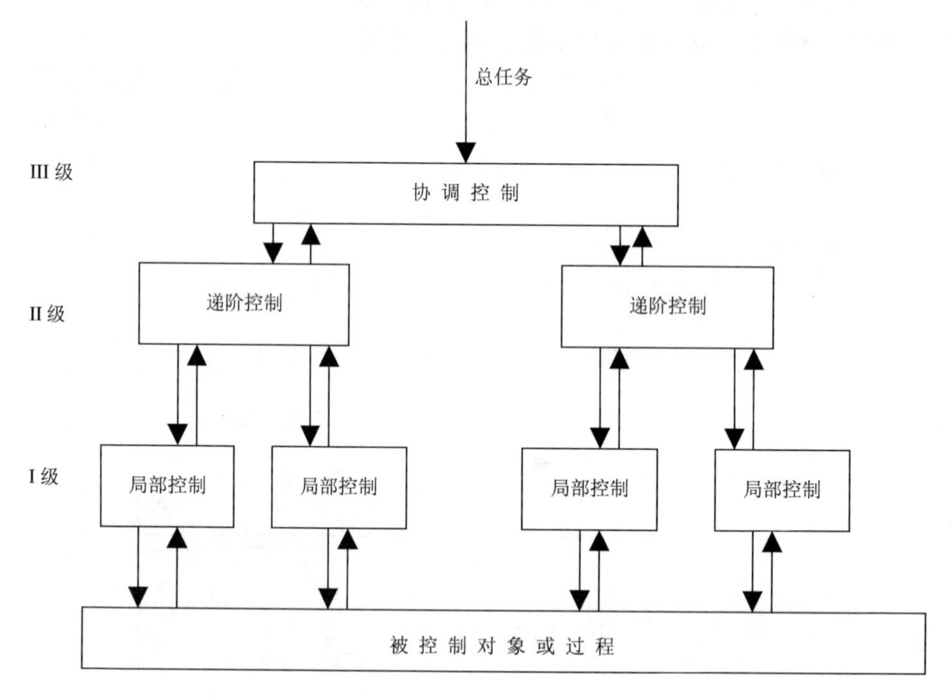

图 5-10 “多级控制”结构

我国的应急管理系统是一个从中央到地方分级纵向覆盖的控制体系，也可分“国家、省(直辖市、自治区)、市、县”四级。就一个城市来说，可以分为“市、区、街道办、局委”四级进行全面的应急控制。如图 5-11 所示，就是一个全国的应急控制分级管理体系(薛澜，钟开斌，2005)。

此外，控制结构还有分段控制方式，它是按照时间序列对被控制对象进行控制的一种结构。比如，对一个工厂的产前准备、生产组织、产后销售三个时间段分别加以管理。对突发事件而言，可以进行事前控制、过程控制和事后控制三个阶段(在应急机制中将具体探讨)。

实际上，以政府为主导的应急主控系统应该是多级、多层、多段的递阶控制的结合。在上述多级、多层、多段控制方案的基础上，还可以进一步组合和集成。

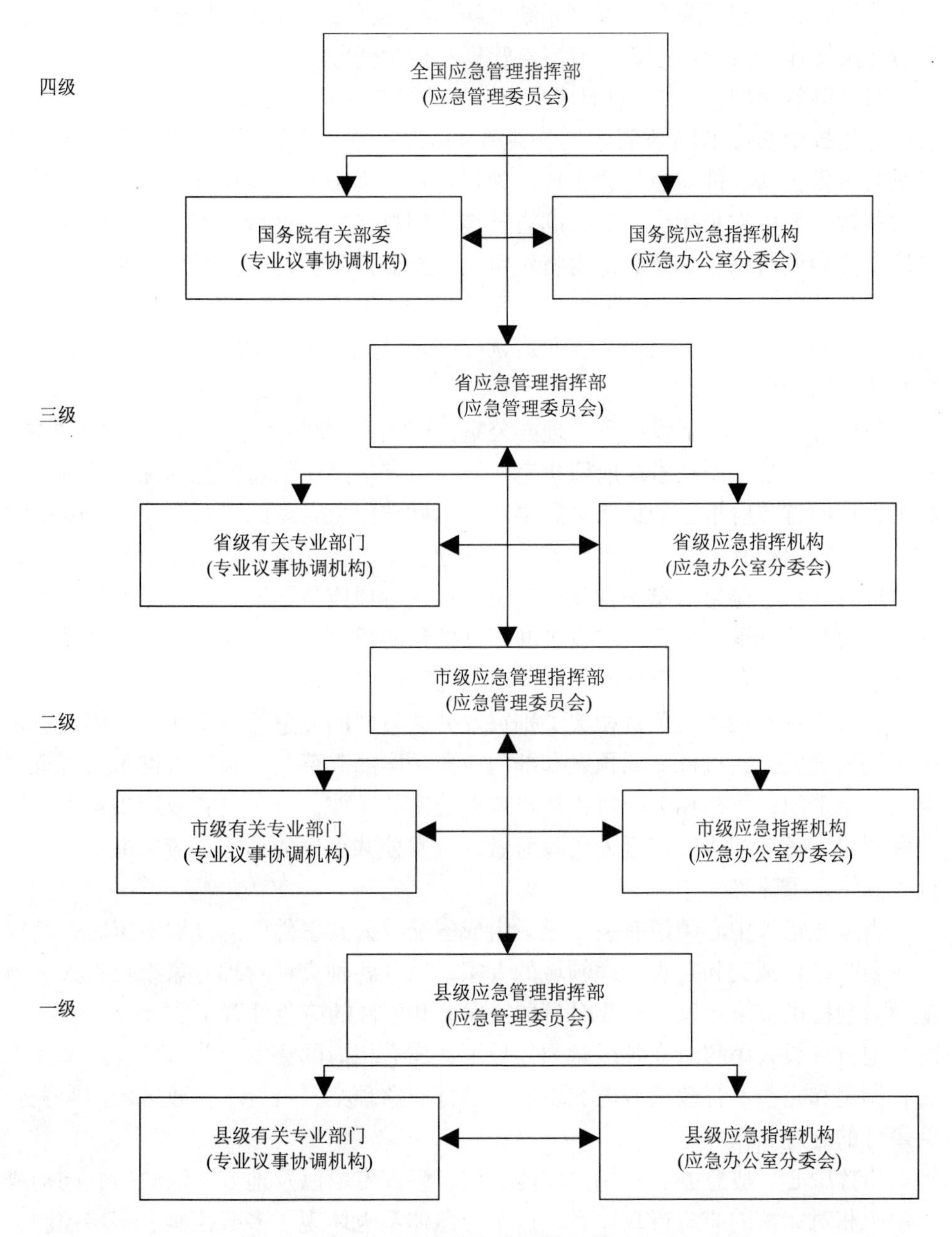

图 5-11　应急控制分级管理体系

利用集中、分散、递阶控制等基本结构，以不同的组合或集成方式，如嵌套式、层次式、网络式、框架式等，构成多种大系统的控制结构方案。突发公共事件本身的复杂性，决定了应急主控制系统的结构必然是多种控制结构的综合体，它们既分工又协作，共同承担着政府应急管理的控制任务。

以江苏省为例，省委省政府成立省突发公共事件应急处置指挥中心（以下简称省应急指挥中心），作为本省突发公共事件应急处置工作的领导指挥机构，统一领导全省突发公共事件应急处置工作。处置特别重大突发公共事件，省应急指挥中心总指挥一般由省长担任，分管副省长担任副总指挥，进行全权处置，或通过省政府常务会议研究、决定和部署特别重大突发公共事件的应急管理工作；处置重大突发公共事件，省应急指挥中心总指挥一般由分管副省长担任，进行全权处置。省政府秘书长、副秘书长协助省政府领导处理有关工作。省应急指挥中心的成员由相关部门的负责同志组成[①]。

省应急指挥中心下设应急管理办公室，作为省应急指挥中心的日常办事机构。省应急管理办公室设在省政府值班室，履行值守应急、信息汇总和综合协调、接收和办理向省政府报送的重要紧急事项，承办省应急管理的专题会议，督促落实省应急指挥中心有关决定事项和省政府领导批示、指示精神；指导全省突发公共事件应急体系、应急信息平台建设；组织审核专项应急预案、指导应急预案体系建设；协调特别重大、重大突发公共事件的预防预警，应急演练，应急处置，调查评估，信息发布，应急保障和宣传培训等工作。

省政府各有关部门负责相关类别突发公共事件的应急管理工作。具体负责相关类别的突发公共事件专项预案和部门应急预案的起草与实施，贯彻落实省政府有关决定事项；承担相关应急指挥机构办公室的工作；及时向省政府报告重要情况和建议，指导和协助市级人民政府做好突发公共事件的预防、应急准备、应急处置和恢复重建等工作。

省应急指挥中心聘请有关专家，组成省突发公共事件应急处置专家库，其成员主要是综合减灾和宏观管理领域的专家，以及各种灾种管理专家组负责人，为应急管理提供决策建议，必要时参加突发公共事件的应急处置工作。

地方各级人民政府在各级党委领导下，成立相应的突发公共事件应急指挥中心，制定和完善本行政区域内突发公共事件应急预案，负责本行政区域内突发公共事件的处置工作。

指挥中心、应急办、各相关职能部门、咨询专家以及地方各级政府共同构成了一个相对完整的应急行政体系，这个应急体系也体现了多级控制、多层控制、多段控制的结合，如图 5-12 所示。

---

① 内部资料，《江苏省突发公共事件总体应急预案》，江苏省应急管理办公室 2005 年印。

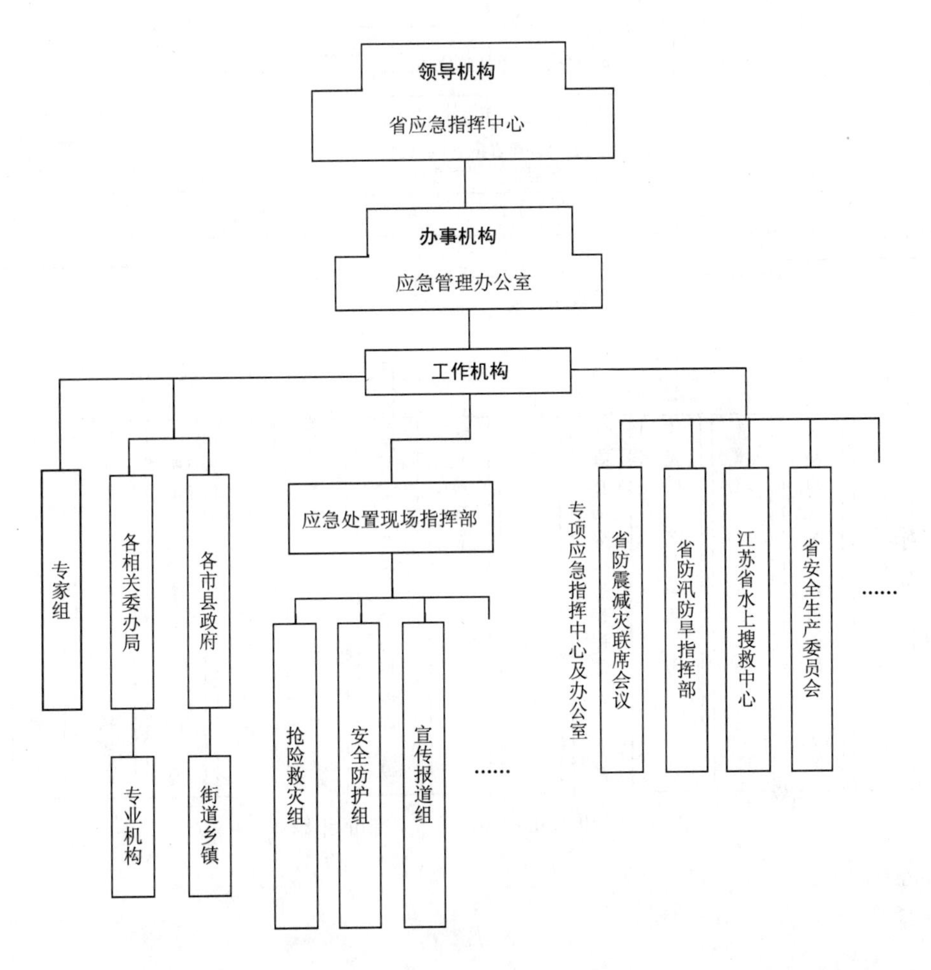

图 5-12　江苏省应急行政体系

任何一种控制结构都不是万能的，一个城市采用什么样的应急控制结构，采用哪几种控制结构的组合方式，既取决于整个国家应急控制体系的状态，也取决于城市的自身特点。同时，随着突发公共事件的改变，应急控制结构也不断与时俱进、不断更新。也就是说没有一种控制结构是一成不变的。

下面是北京市通州区应急控制的组织体系结构(图 5-13)，它也反映了多种控制结构的组合。

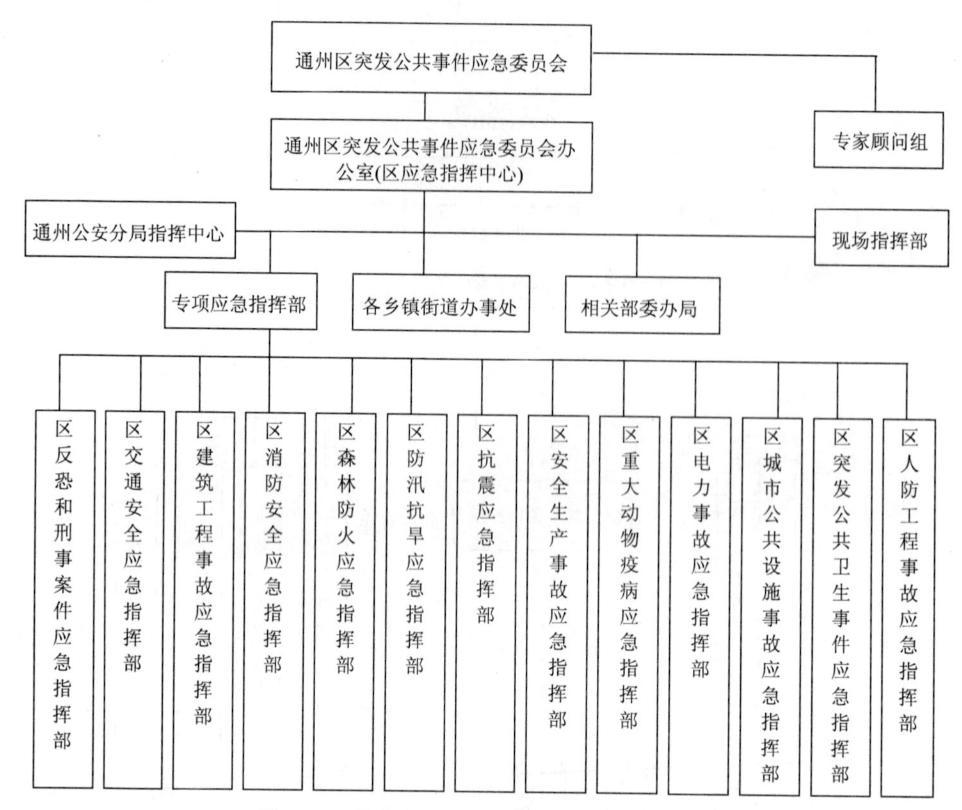

图 5-13　北京市通州区应急控制的组织体系

第六章　城市应急司控系统(政府应急管理系统)的运行机制

主控制(司控)系统的运行机制是从动态的视角来分析系统运作的。广义的应急机制是指为应对突发事件而建立起来的一套应急组织系统和应急运作流程，它可分为应急组织结构和应急行动程序两部分，应急组织结构本身包含了应急控制结构方面的内容。而本章所谈论的应急控制机制指的是应急管理的运行机制，是动态的。所谓运行机制，是指系统结构中各功能要素之间的相互关系和运作方式。那么应急管理的运行机制就是指应急组织系统中，各要素之间彼此依存、有机结合和自动调节所形成的内在关联和运行方式。由于在应急控制系统中，政府应急管理组织系统是司控系统，因此，应急司控系统的运行机制就表现为政府为应对突发事件而建立起来的一套应急运行程序和应急运作流程。本章将从时间过程维度对政府应急主控系统进行分析，从系统论的视角阐述如何对突发公共事件进行全过程的动态控制，从而为完善现阶段我国政府应急管理运行机制建设提供理论指导。

一、应急运行机制与分段控制

(一) 分段分时控制

由于突发公共事件的生成发展有一个动态演化过程，这就决定了扼制突发事件的应急司控系统在运行方式上必然要遵循突发事件的演化规律，进行有组织的动态应急。从社会风险、突发公共事件到公共危机，从无序混沌到自组织临界，从潜伏期、爆发期到高潮期、衰退期，不同演化阶段的突发事件有着不同的特征和特点，因此应急运行机制需要采用分段、分时的控制结构。

在前面一章的控制结构中，曾提到过分段控制结构。所谓分段控制结构是指根据被控制对象的运行特征进行分阶段、分时段的过程控制。分段控制结构是递阶控制结构的一种新的组合方式，它由上级协调器和下级分段分局控制器组成。下级分段分局控制器，根据被控制对象的运行情况，分别对各子过程进行控制，即分段分时局部控制(涂序彦，1994)。上级协调器对相邻的两段之间进行衔接配合的协调控制，实现衔接条件，对整个控制过程进行统一协调，实现了分散与集中的结合，如图 6-1 所示。

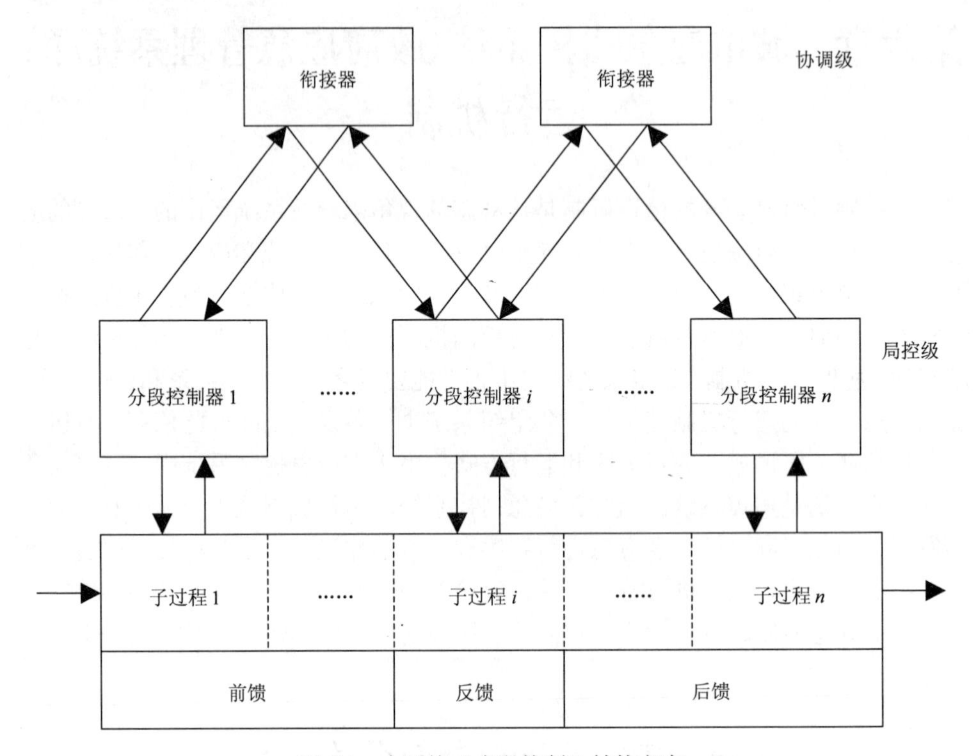

图 6-1　大系统“多段控制”结构方案

在各行各业中，采用分段分时控制方式很多。在航天领域中，根据飞机的运行线路采用起飞、飞行和再入三段分时控制。在经济领域中，人们常对生产、加工、流通、销售等环节进行分段控制。根据突发公共事件的演化特征，我们可以将其分为三个主要阶段：事前、事中和事后。在风险期、潜伏期中的突发事件是属于事前阶段；在爆发期、扩散期、高潮期中的突发事件属于事中阶段；在灾害重建和恢复期的突发公共事件属于事后阶段。在时间序列上，这三个不同阶段分别对应于三个不同的控制过程，即预先控制、现时控制、事后控制。

预先控制是指司控系统为了使未来的实施结果与预期目标相符合，在突发公共事件还没有发生前，而事先所采取的控制活动。它是针对将来可能发生的活动及其结果而进行的事先控制，在一定程度上可以避免或减少事后控制和现时控制所产生的失误成本。现时控制是指司控系统针对当前正在发生的突发公共事件，进行危机指挥、决策和监督的具体操作活动，以保证目标实现的一种控制活动。它着眼于现场执行情况及其即时的结果，通常比过程结束后再改正更加有效，损失也小。事后控制是指司控系统根据目标实施所获得的实际结果，与预期的目标进行比较来进行控制。它往往是在危机事件结束后而采取的控制，因而是面向过去的一种控制形式，容易造成损失，而且一旦发生失误，纠正起来比较困难。这三种控制形式又分别对应于三种反馈形式：前馈、反馈、后馈(图 6-1)。预先控制是一种前馈控制，现时控制是一种过程中的反馈控制，事后控制是一种后馈控制。前馈、反馈、后馈三者共同构成了危机控制中的回馈机制。

（二）应急运行机制与分段控制的结合

应急运行机制是以突发事件的根本属性为认识基础，依据突发事件的发生机理和发展规律而建构起来的应急控制流程。一套完备的应对突发事件的应急运行机制，能保证系统的高效运转和有效运行。其主要表现为，在突发事件发生前，政府应当密切关注社会系统的整体运行状况，对社会风险进行及时检测和预警。面对突发事件时，政府应立即启动突发事件的反应机制和应对系统，并建立处置突发事件的指挥中心，在突发事件协调机构的运作下，确认了突发事件的状态与程度后，适时向公众公布事件真相，向上级政府如实汇报事件发展势态和控制情况。同时，通过运用各种调查方法，查明事件的真实原因，从而制订应对事件的具体方案，组织应对方案的实施，并在事件平息后开展最后评估等一整套的工作。

从系统论的角度而言，应急主控系统的运行机制本身也是一个系统，而且是作为行为系统而存在的。应急运行机制又可分为很多子系统。一般而言，应急运行机制主要包括监测预警机制(子系统)、应急信息联动机制(子系统)、指挥决策机制(子系统)、协调机制(子系统)、分级负责与响应机制(子系统)、公众沟通与动员机制(子系统)、奖惩机制(子系统)、恢复机制(子系统)、评估机制(子系统)、保障机制(子系统)等。

这些运行机制(子系统)之间不是孤立的，而是相互联系、动态沟通的，而且每个机制体现着不同的分段反馈形式，同时对应着事件不同的演化阶段，从而能有效地应对和动态地控制突发公共事件。预警机制对应着突发事件的潜伏期，属于前馈机制；突发事件发生后，指挥决策、应急联动和公共沟通机制便开始进入战时状态；当事态进一步膨胀、恶化时，当地政府要启动分级响应机制和社会动员机制来减少损失，属于反馈过程；当突发事件进入缓解和消退期时，恢复机制要开始启动，进行事后评估、善后处理、惩奖工作等，属于后馈机制。他们之间的对应关系如图 6-2 所示。

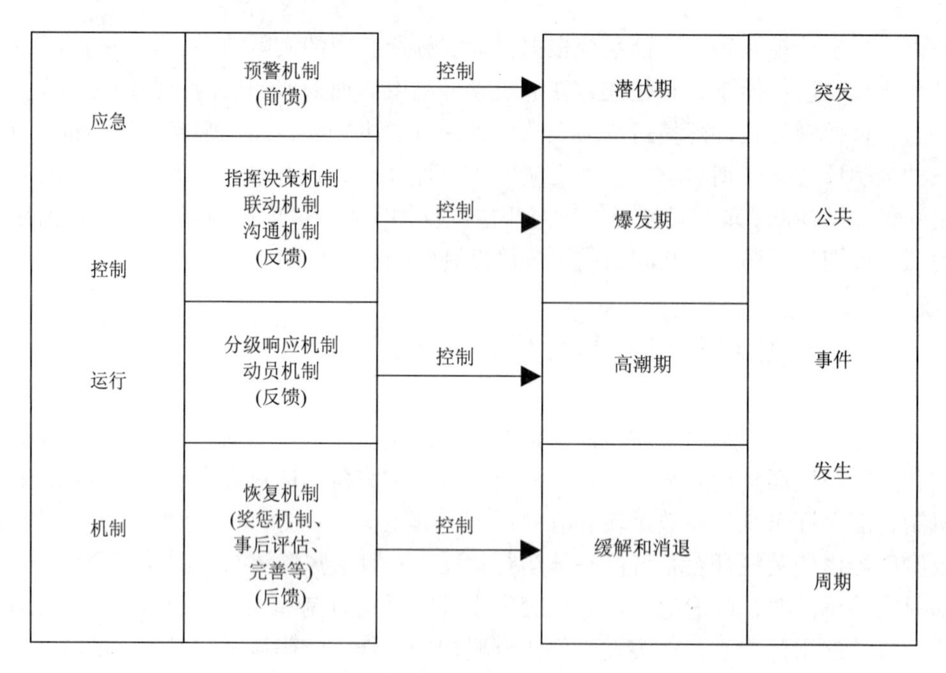

图 6-2　应急机制与演化周期

当然，在应对不同种类的突发公共事件时，各种机制又会整合成不同的类型，如自然灾害事件由自然灾害应急机制应对，公共卫生事件由卫生应急机制应对，安全事故由生产安全应急机制应对等。为了更清晰地了解以上不同应急机制的运行方式，下面将通过三种反馈形式(前馈、反馈、后馈)来具体分析这些应急机制的构成与运作流程。

二、应急前馈控制机制

(一) 前馈控制与城市应急

前面我们提到过反馈系统，它是一种闭环控制系统。反馈系统从本质上来说是一种偏差控制系统，即根据系统运行过程中的偏差大小、强弱来进行控制。在干扰频繁和干扰强度大的情况下，反馈控制常常带有试探性，不能事先确定其操作量的值，常常存在反馈迟延的现象。反馈机制是当司控系统在控制信息和扰动的双重作用下引起自身的状态变化之后，才把这种状态变化的输出值反馈到决策中心。一般情况下，受控系统的状态变化输出值都会或多或少地偏离目标值，而仅靠反馈回路不能及时发现这些偏差，特别是不能预先避免这种偏差。在突发事件爆发时，由于时间紧、信息不充分，受控制系统的状态变化输出值对目标的偏离很大，这类状态变化一旦形成，会对整个社会系统造成震荡，造成司控系统控制力的急剧下降、控制成本的加大和社会损失的增加。在处理突发公共事件的过程中，常常矛盾多、干扰大，控制能力也会显得很薄弱，因此不光要有反馈回路，还必须在之前增设前馈机制。

前馈控制是指尽量获得充足的时间来提取预测信息，使受控对象在发生偏差之前就注意调整纠正偏差的控制方法。前馈机制是一种按照扰动来进行补偿的控制机制(金以慧，郭仲伟，1998)。当干扰不能影响到输出量时(只要这种干扰可以测量出来)，就先把它预先测量出来，并通过一定的前馈回路送到决策中心，使得决策中心在受控对象输出量实际发生变化之前就尽可能地克服和缩小扰动的影响。也就是说，尽可能地在反馈信息发生偏差之前，根据预测的信息，采取相应的措施，防止偏差。前馈控制的优点在于，它能够对系统所不希望出现的变化、干扰和破坏提供一种预期和防范的措施。

在社会生活中，前馈控制的手段处处可见。例如，政府采用收缩银根和压缩基建的方式来防止经济过热和经济泡沫的现象；计划生育其实就是为了防止人口大爆炸所造成的困境而实施的一种前馈控制机制。

其实，在应急控制系统中，前馈控制中的被控制对象并不是突发事件本身，而是把现有的社会系统当成受控对象。它是为了防止现有社会系统中的局部在内外环境的干扰下发生突变而引起突发事件才产生的。因此，从严格意义上来说，前馈机制是整个社会系统的一种危机预警机制，它的控制对象应该是社会风险或者说是潜伏期的突发事件。

城市应急司控系统中的前馈机制是为了有效预测和防止突发事件发生的一种控制机制，前馈机制通过一个控制器，对城市中的社会系统进行预控，预防突发公共事件的产生(图 6-3)。

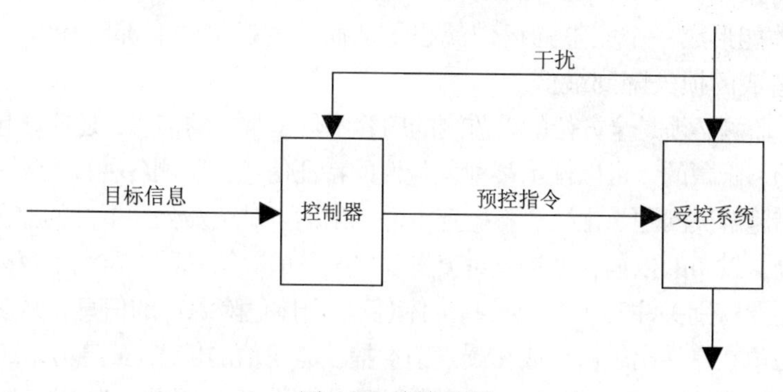

图 6-3　前馈机制

如果我们把图中的应急前馈控制器放大和具体化，那么这个控制器本身也是一个系统，就是我们所说的城市预警系统，或称城市应急预警系统。下面我们将详细分析这个控制器——城市预警系统的构成与运行。

（二）城市预警系统构成及其运行

城市预警机制是通过对城市系统不稳定因素的评估，对潜在的风险、威胁和危害进行预防和警示。当某一伤害事件可能突然发生，或其威胁的可能性增大时，采取超前的预防与控制措施叫做预警。

预警是整个应急控制过程的第一个阶段，目的是有效地预防和避免危机事件的发生。在某种程度上，危机状态的预防比危机的应急显得更加重要。“凡事预则立，不预则废”，预警机制充分体现了政府在应急管理上的“防火”意识，戴维·奥斯本和特德·盖布勒(1996)也认为，政府管理的目的是“使用少量钱预防，而不是花大量钱治疗”。可见，良好的预警机制不仅可以防患于未然，将危机解决在萌芽之中，还可以节约大量的人力、物力和财力。政府平时要经常评估其管辖地区可能会发生的突发事件概率，排查和管理各种风险来源，一旦突发事件来临，就能临阵不乱，减少损失。

1. 预警机制的构成

从预警的内容上看，包括“预”(监测)和“警”(示)两个部分(郭济，2005)。监测是特定的政府部门以先进的信息技术平台，通过预测和仿真等技术收集、整合、处理相关信息，预测某一类事件的发展动态。警(示)是指根据监测结果，通过公共媒体、政府内部信息渠道等，及时对特定的目标人群发布警示信息，使社会和公众对某一伤害事件处于高度警觉状态。监测和警示之间必须相互联系、协调配合，才能形成一个完整的运作流程，从而把危机给政府部门和潜在的受影响群体可能造成的损失降到最低。

首先，监测必须是全方位的，监测的内容不仅是常规的信息，还应该包括非常规的、潜在的、隐藏的、可以预示某种危险性的特征信息，监测各种社会不稳定因素，及时采取措施解决问题，化社会不稳定事件于未然。对突发公共事件的监测，是突发伤害事件预警发布的依据，也是应对突发公共事件的决策基础。监测不仅要分析群体的信息，还要特别关注某一个或某些个体(例如个体危险源)的信息，从多个渠道采集数据，力争在事件出现苗头或在爆发前夕捕获有价值的信息(王声勇，2005)。

在获得监测信息后，必须要对信息进行加工分析，因此，监测必然包含了对原始信息数据的处理。处理的过程包括整理、统计、归纳等，从而得出其中的关联性和有价值的信息。在对信息去粗取精、去伪存真之后，就可以进行信息的科学预测了。在获得这些有用的信息后，通过一个反应灵敏的监测网络，运用现代的预测方法和技术，就可以及时发现突发伤害事件的蛛丝马迹，并对可能发生的突发伤害事件态势进行推测、判断、评估和决策。

其次，警(示)和发布预警是建立在对事件监测基础上的。经过分析、判断、演绎、推理而得出的突发公共事件的监测结果，将会被迅速传递到决策层，最后由政府通过各种渠道向公众发布。充分尊重公众的知情权，公开与公众交流是预警信息发布的核心，政府应当随时将预测情况告知民众，使公民了解事情的真相和事态的发展，避免产生公众心理恐慌。

同时，要不断完善预警的发布机制，何时发布、由谁发布、如何发布都必须明确到人、落实到位。对可能发生的严重突发公共事件、可能引发的次生事件或衍生事件，要制定科学的危机预警分类、分级标准。目前，国际惯用的预警级别分为四种等级，即特别严重(I 级)、严重(II 级)、较重(III 级)和一般(IV 级)，依次用红色、橙色、黄色、蓝色和绿色(绿色表示没有危机)表示，一般都由政府应急管理的相关部门根据风险的危险级别予以确定。

监测、预警、防患于未然是公共安全危机管理的关键所在，也是政府的一项重要职能。就城市而言，城市政府应在公共安全密切相关的重点行业或企业中建立预警信息系统，一旦发现苗头，应立即由应急部门分不同等级发出警报。同时，各部门要以科学、合理的决策意见和防治方案为指导，加强预警研究，形成一整套适合本地区的应对各种危机事件的制度、机制和方案。在西方，美国是高度重视突发公共事件预警分析的国家，美国从各县、市到联邦都建立了一整套相对完善的风险评估体系。在美国的大中城市中都建立了覆盖全市的信息网络，便于及时收集掌握相关信息，实现信息共享。美国的信息收集范围很广、信息分析能力较强，并设有专业的信息分析人员处理各种信息，并做出判断、提出预案与对策参考。各城市中的应急综合协调机构成为城市日常风险分析的常设机构，为政府处置突发事件提供可靠的信息支持，有利于对综合灾情的群防群控和社会稳定。

2. 城市危机预警能力

城市突发公共事件的预警能力取决于政府收集危机信息的能力、处理危机信息的能力和处理危机信息的技术。

首先，政府收集信息的能力表现为以下几个方面。

第一，政府能否有足够多的渠道来广泛收集和危机相关的信息。由于与危机相关的信息常常是以潜伏的形式杂乱无章地分散在民间和地方的，这就需要政府能通过各种途径来收集足够多的危机信息。预警机制不能仅仅依靠政府机关或者某个单位，还应当有学术单位和民间机构参加，以确保信息来源的多元化和客观性。危机信息收集得越多就越利于对危机情境和风险态势的预测和评估。

第二，政府能否及时地收集到这些信息。在应急预警中，最关键要素就是时间的因素。能否及时地收集到信息对早期化解风险和应对危机至关重要。如果失去时间上的有利时机会给政府带来很大的被动，对危机控制极为不利。

第三，政府能否及时收集到准确的信息。有关危机的信息繁杂而庞大，主要包括：有可能引发突发公共事件和次生、衍生灾害的时间环境、气候条件、人口密度、建筑、交通状况；事件一旦发生可能造成的人员伤亡、财产损失、正常生活支持系统的中断，以及对地区经济、物质供应、社会安定的影响程度等。政府能否准确地收集到这些信息是科学决策的前提。如果信息是虚假的、无中生有的，会造成危机决策的重大失误，后果也很严重。

同时，政府收集信息的能力还和以下几个因素有关：

第一，政府部门的危机意识。如果政府部门没有危机意识，那么，它根本就不会去收集与危机有关的信息。

第二，健全完善的信息收集机制。通过一定的政策和制度安排鼓励政府部门及私人部门来收集信息，建构一种覆盖广泛、条块结合、交流畅通的信息收集机制能够极大地提高信息收集的效率，有利于对早期危机事件的积极控制。

其次，城市预警能力还表现为政府处理风险信息的能力和技术。政府只有对信息进行加工、处理、统计、归纳才能从中察觉出危机的征兆、识别出危机的最初状态，从而能够相对准确地估计和衡量危机发生的可能性和严重程度。因此，如何高效地处理和危机相关的信息决定了政府预警能力的高低。

政府部门处理风险信息的能力受制于政府部门的“科研技术能力”和“组织人力资源”。信息的处理对科研技术能力要求比较高，目前有多种预测技术，但如何有效运用这些专业方法是关键所在。例如，应用决策树来分析和选择预案和行动；将专家的智慧汇集形成一个混合集神经网络，对信息进行分析、推理和解释，预测事件发生的可能性；应用临界危害点控制技术对危害临界及其允许范围进行监控、评估和预测危害发展的严重性等。城市系统的脆弱性和复杂性造成了城市风险的隐蔽性和潜伏性，这使预测危机事件的复杂性和技术性大大增强，如何辨识危险源、检测公共安全和防范灾害事故都有赖于预警技术在实际中的具体运用[①]。此外，政府处理危机信息的科研能力离不开配套的组织资源和专业的技术人员，

① 参阅公共安全科技问题研究专题组内部稿：国家中长期科学和技术发展规划战略研究专题报告之九——《公共安全科技问题研究专题报告》。

必须配备专门的组织人力资源用于处理风险的预测和评估。

3. 预警系统的运行

预警机制是一个开放性的系统，它借助现代先进信息技术，有效地考虑到各种潜在的不稳定因素及其相互关联性等复杂问题与状况，及时、准确、全面地捕捉各类风险征兆，并对各类信息进行多角度、多层面的判断和预测。我国学者雷鸣和阎耀军(2003)等认为城市中的预警系统必须是监测、预警和预控三者的结合，它应包括六个子系统：①指标管理系统；②信息管理系统；③数据库管理系统；④专家分析系统；⑤警情演示系统；⑥预控对策系统。

指标系统是经过专家严密论证选择出来的反映城市公共安全运行状况的一套指标体系，它可以对城市运行状况和发展趋势做出监测。信息管理系统由专业的人员负责对系统进行收集和加工处理。数据库系统通过计算机模块来完成数据的录入、分类、汇总、储存和更新。专家分析系统充分利用了专家的主管能力，通过信息沟通和反馈，达到人—机智能一体化互动。警情演示系统根据数据库的计算结果和专家系统的分析结果以警报的方式输出预警信号。预控系统与专家分析系统相连，提供应急性思路和建议，如图 6-4 所示。

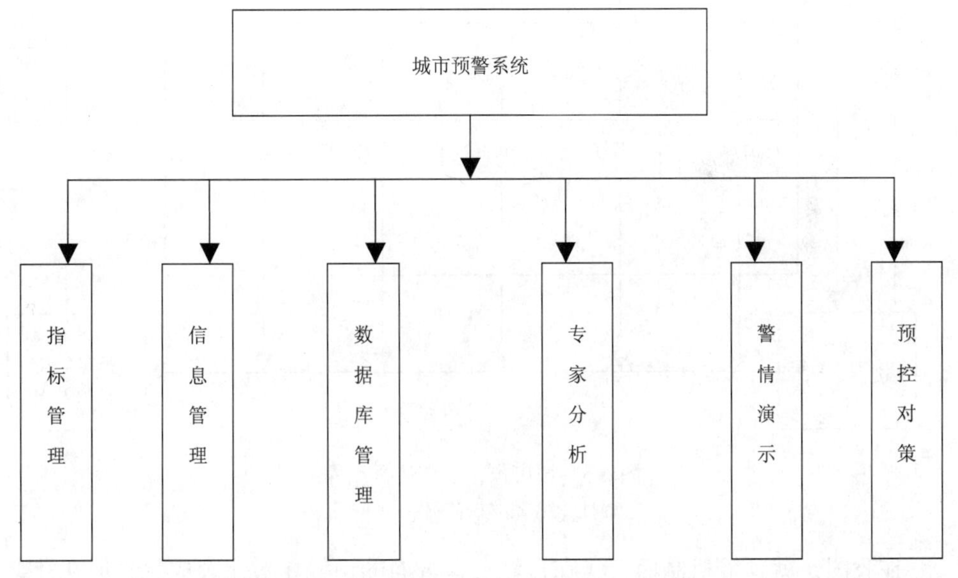

图 6-4　城市预警系统体系

城市预警机制的运行流程是政府特定部门以先进的信息技术为平台，将预测、警示和预控有机地结合在一起，实现动态运行。整个预警系统以信息采集为起点，以专家分析和数据处理为重点，以提供社会警报和预控对策为终点，如图 6-5 所示。

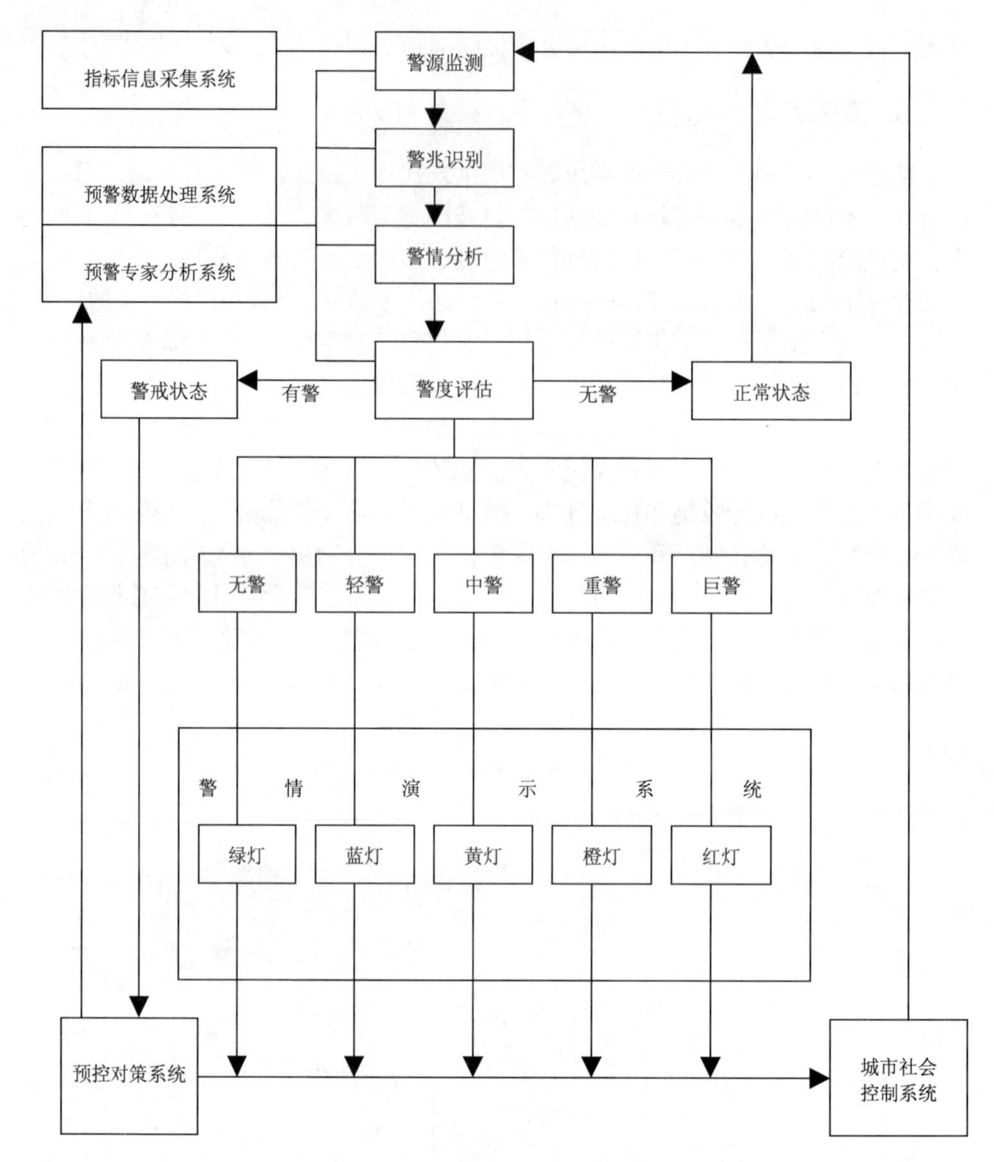

图 6-5　城市预警系统运行流程

资料来源：雷鸣，阎耀军，2003

在我国，就预警机制而言，在自然灾害方面的预警相对比较成熟，但在社会领域方面的预警还比较滞后。以部门为基础的监测体系和风险评估体系已经初具规模，而综合性的风险评估和趋势预测有所不足，缺乏科学的风险评估指标体系。目前，地震、气象、地理等政府部门都建立了相应的监测系统，对灾害的预测工作已经形成了比较系统专业化的体系。但社会领域的风险监测机制还很不完善，比如，对社会性群体冲突、社会谣言的预警工作还很不到位，同时对连锁性、并发性、综合性灾害的预警显得比较薄弱。

从全局看，目前对灾害风险信息的综合利用、分析评估和趋势预测有所不足，风险评估指标体系也不健全，不利于实现综合减灾和早期预警。

4. 社会风险的预警与突发公共事件的应急

要控制综合性的风险和危机就需要建立一套从社会风险到公共危机全过程的应急管理机制，而不仅仅是等危机爆发了才开始着手应急，因此，对风险的预警必须与此后的应急工作结合起来，预警本身就应该是应急管理的一部分。突发公共事件的连锁性与复杂性决定了风险与危机管理必然需要吸收多门学科的研究成果。在我国，学科之间的断裂也是造成预警与应急不能有效结合的一个重要原因。下面就以社会学和公共管理学为例具体分析。

社会学往往采用预警的方式对社会风险进行预测，而公共管理学常常运用应急的手段对公共突发事件进行管理。其实不论是预警还是应急都是为了化解风险、控制危机，广义上的应急管理本身就应该包含对风险的预警。由于学科之间的差异，对风险的预警与突发事件的应急没有能够有效地统一起来。

在对社会风险的预警中，社会学常常使用的三个概念是警情、警源和警兆，并通过一定的指标来量化它们。而在公共危机管理中经常出现的是突发事件、危机情境等概念。其实这些概念之间也是有联系的，有些只是使用术语不一样而已。

警情是指一种特定的社会状态，是社会超出了自身的安全阈限而表现出的一种警戒状态。警情的大小用警度表示。

所谓警源，是指产生警情的根源，是“火种”。比如“民众政治集会增多”这一警情的出现可能是由干部“贪污渎职”这一警源所导致的(宋林飞，1995)。

警兆是指警源演变成警情的外部形态表现。从警源这一“火种”到产生警情这一过程，包含着警情的孕育、发展、扩大、爆发(张春曙，1995)。警情在出现之前必有一定的先兆，即警兆。警兆可以是警源的扩散，也可以是警源扩散过程中产生的其他相关现象。可见，先有警源、警兆，后才有警情的出现，只有查找了警源、分析了警兆才能预测警情和控制警度。

同样，为了便于统一，我们也可套用三个概念到公共危机中，即危机源、危机征兆、危情。

危机源可以定义为危机爆发的根源，在公共管理中往往以“突发事件”作为危机的根源，很少会用“危机源”这种说法。

危机征兆是指危机爆发前的外部表现和征兆。在危机管理常常用“危机情境”来说明危机征兆。

危情则表示危机的爆发的状态、程度和规模。

在社会预警中，警情可以表现为某种社会现象，如通货膨胀、失业等，也可能以突发事件的形式表现出来，如社会暴乱、群体性事件。一旦警情以突发事件的方式表现出来时，也就成了危机发生的根源，即危机源。危机源不能及时发现和有效遏制，就可能引发公共危机。可见，“警情”、“突发事件”和“危机根源”之间是相互关联的，警情中包含了突发事件，而突发事件本身就是危机来源。

从警源到危情的转化过程如图 6-6 所示。

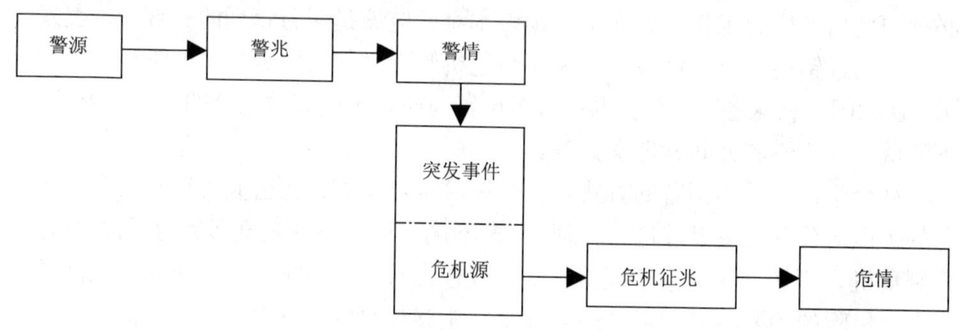

图 6-6　警源到危情转化图

从警源、警兆到警情，再从警情(突发事件)到危机征兆，直至危情的爆发，这一过程其实就是从社会风险向公共危机转化的过程。从中我们还可以看出，危机爆发规模的大小除了和危机征兆有关，还与警情的大小成正相关，警情严重则危情往往也会严重。但警情与危情也是有一定区别的，警情表示社会处于警示状态，随着警情的加重又可能出现危机，而危情则表明社会已经处于危机状态，只是在危机的程度上有所不同。

从警源、警兆到警情过程是风险聚集的过程，我们通过预警可以有效地防范危机的发生，需要不断完善应急前馈机制。一旦事件真的发生，就需要立即启动应急应对机制，也就是下面所要论述的反馈机制。

从社会风险向公共危机的演化过程来看，我国没能将对风险的预警与应急预案有机结合起来。目前一些社会预警指标体系难以投入实践，除了指数质量原因外，还在于没有进行相应的应急预案响应机制，或者现有的应急预案缺乏对风险传递过程的了解。我国的一些大中城市出台了一些突发事件的应急预案，这些预案多数只关注事件发生后如何应急，对于判断什么时候和在什么情况下可能发生事件、如何估计发生的范围与强度、如何预防和怎样减轻损失与影响等方面则很少涉及。

从突发事件到公共危机，是风险转变为危机的过程，需要政府和社会各种力量的广泛参与来化解危机。而化解危机最有效的方式就是在危机爆发前，将潜在的社会风险化解掉。这就要求公共危机管理和应急控制要从社会风险的积聚开始，风险聚集到何种程度，有可能造成多大的公共危机，那么就应该制定什么情形的预警和预案，对风险的预测与预案要结合和对应起来，从而便于实际的操作。从理论上讲，每一种预警情境都对应一套应急预案，这就需要对现有应急处理的流程、资源、组织、人力等因素进行调研，设计出不同的应急方案并进行编码，并在社会预警指标数据库与应急预案数据库之间建立对应的索引关系。这样，一旦预警系统发出信号，预案数据库就会给出最优化的选择。

根据前面几章所论述的突发公共事件的演化过程和演化环境，可以列出下面的一个简图来表示从风险到危机的转化过程中预警与应急的关系(图 6-7)。

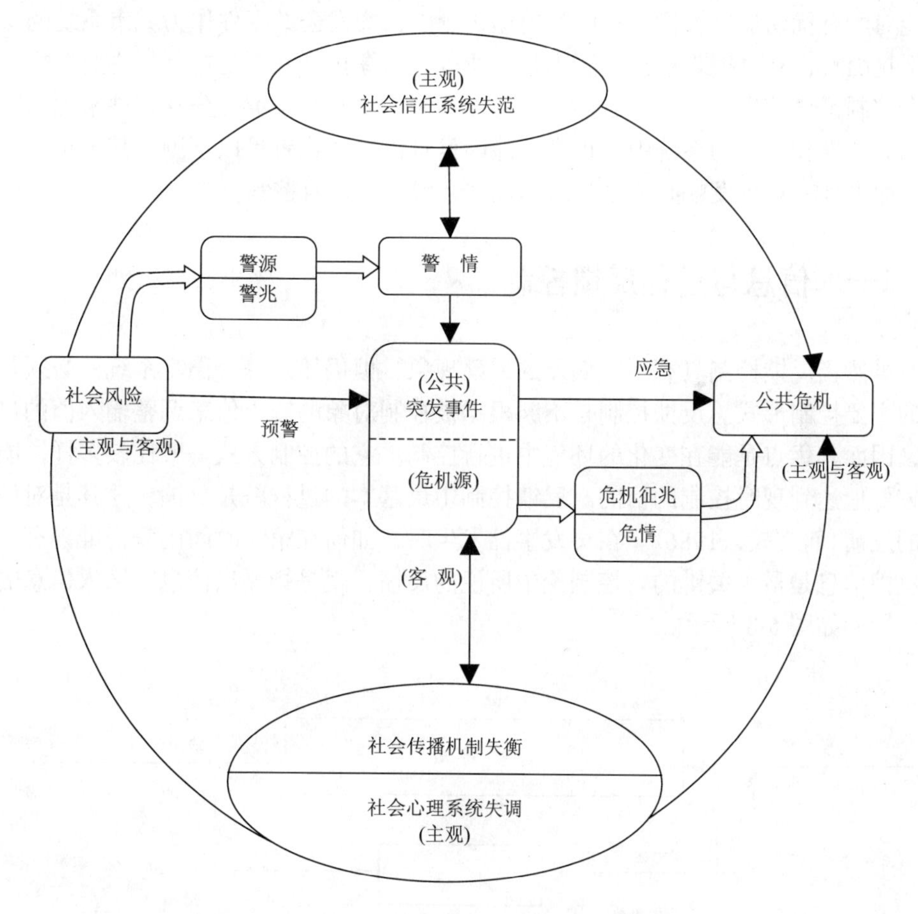

图 6-7 社会风险与公共危机转化图

三、应急反馈控制机制

前馈控制机制虽然有很突出的特点，但它也有不足之处。首先是静态准确性问题。前馈机制要准确预测环境干扰信息，要达到静态完全补偿，就要有准确的数学模型、高度精准的测量仪表、相当高的预测、决策知识、技术手段和计算装置，这在实际系统中是难以满足的。预测的准确性是前馈控制中存在的一个大问题，正如混沌理论的代表人洛伦兹所认为的“对天气是不可准确预测的”，由于突发公共事件的模糊性、非线性等特征，加之技术和人们认识的局限性，决定了前馈预警机制很难准确预测很多潜在的风险。

其次，能否预测得到也是一个问题。前馈机制得以运行的前提是干扰可以被测量出来，实际上，系统的扰动因素很多，有些甚至是无法提前测量的，因而不可能对所有扰动加以补偿。在应急前馈机制中，突发公共事件作为城市系统的一种干扰因素，有时很难被预先测出来，所以，前馈机制并不是控制的主要形式，一个控制系统的最基本的控制形式是反馈控制。尤其对于突发公共事件来说，在充满偶然性和危机的系统中，很多风险因素难以察觉或者难以预测，甚至预测不到，而事件一旦爆发就必须立刻启动反馈装置进行现时控制。

（一）信息与过程反馈控制

虽然，反馈控制具有纠正偏差的迟延现象，但仍然是一个稳定系统所必须具备的主要控制形式。反馈控制是不断根据被控制对象的输出值来调整输入值的过程，因而其优点是能在变化的环境中进行控制。它的控制方式一般比较多样，能够较好地达到现时控制的目的。反馈控制中最基本的过程就是反馈，尤其是对信息的反馈(何文蛟，1986)。在突发事件发生时，如何在第一时间内获得准确有效的反馈信息是最为关键的。控制论中所说的反馈，就是指输出信息对输入信息的反作用，如图 6-8 所示。

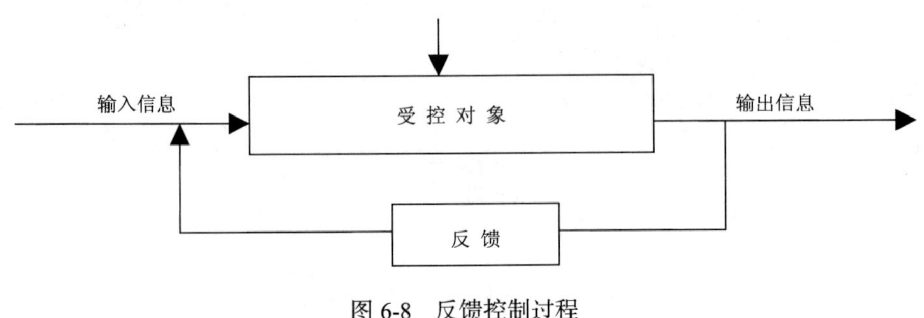

图 6-8　反馈控制过程

反馈控制系统采用的是一种闭环控制，它的结构往往比较复杂，多了一个反馈装置，控制过程的程序也很多。主要表现为：司控系统给被控制对象输入一个控制信号或控制力(目标值)，然后被控制对象再返回一个输出值或信息，司控系统再根据这个输出值与目标值之间的差距，调整控制力或控制信号，使系统逐步趋向稳定，也就是根据反馈信息进行控制的过程。在实际过程中，由于各种环境的干扰以及系统内部的扰动都会对系统状态发生影响，因此偏差总是会存在的。这种偏差在被控制对象的输出端表现出来，并被传递到比较器，导出偏差信息，再经过执行机构的调整重新输入控制信息(图 6-9)。

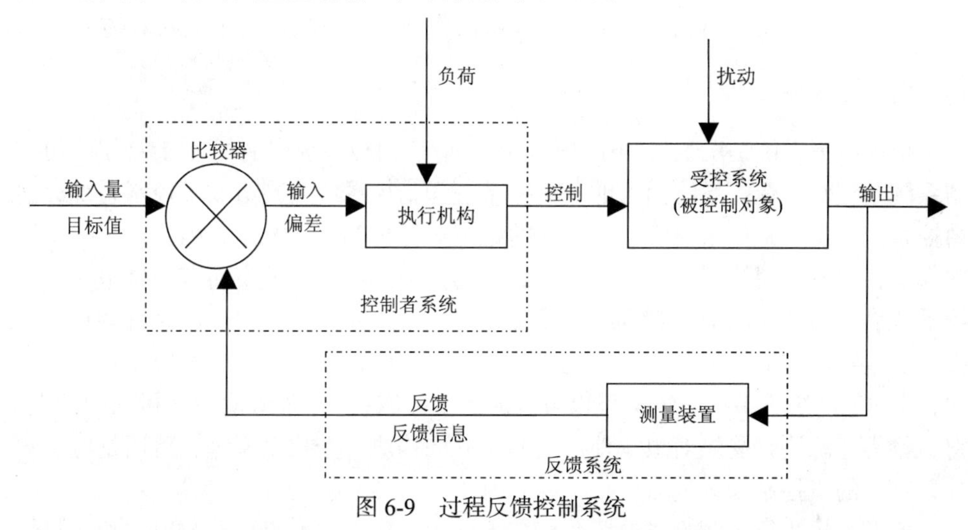

图 6-9　过程反馈控制系统

如图 6-9 所示，通过比较器形成反馈回路，可以达到对输入信号的相对准确的复现，比较适合于现场控制。

（二）应急反馈机制的程序和运作流程

应对突发事件的反馈机制实际上主要也是信息的反馈过程，对事发地的事态有多少了解，对危机的情境有多大把握都是至关重要的。在应急过程中，指挥决策中心要根据危机的发展趋势和可能造成的后果及时地调整部属。在实际反馈过程中有两种效果，一种是正反馈，一种是负反馈。所谓负反馈是指输出信息与输入的目标值的差距越来越小，政府要根据危机中的反馈信息流来调整应急计划，因此当然希望负反馈越多越好。正反馈是指经过一系列的输入之后，系统的输出值与目标值的偏差越来越大。在以稳定态为目标的应急控制系统中，是不愿意看到有正反馈的，因为一旦出现正反馈就很可能导致失控，不利于对突发公共事件的即时处理。所以，在应急控制系统中，负反馈多，则控制效果好，突发事件造成的危害也就小；正反馈多则难以控制，事态容易恶化。

1. 应急反馈机制的构成

对突发公共事件的反馈控制属于事中控制，由于反馈控制是闭环控制，有反馈回路，因而运行程序会相对复杂。在应急反馈机制中，主要包括指挥决策机制、应急联动机制、公共沟通机制、分级响应机制和动员机制等子系统。这些子系统都是过程控制必不可少的程序，通过现场的处理决策和应急措施，实现统一领导、统一方案、统一发布信息、分工负责和协同作战的运行机制，下面将具体分析。

（1）指挥决策机制

指挥决策系统是反馈机制中的核心，是应急司控系统中的“司控系统”。司控制系统是相对于受控系统而言的，司控系统和受控系统共同组成了控制系统；而司控系统本身也是一个系统，其内部的稳定运行也离不开控制，因此，司控系统内部也存在着由司控系统和受控对象组成的控制系统。就城市而言，城市应急司控系统表现为政府的应急管理组织系统。在城市大系统中，政府应急管理系统与突发公共事件构成了一个控制系统，维护城市系统的稳定。在政府应急管理系统中，其内部的决策指挥系统又可以被看成是主控制系统，而政府应急机构中的人、财、物等资源则是受控对象，他们之间又共同构成一个控制系统，可谓是应急司控系统中的“控制系统”。

所谓指挥决策机制是指在紧急状态下，为了应对突发事件，政府的相关组织和个人进行实际指挥决策的运作方式和规则设计。它是一种危机态下的指挥决策行为，主要体现为紧迫性、协调统一性、责任明确性。由于事件时间、事态急，所以指挥决策常常是快速的，并随着事件信息的逐渐明朗而不断修正决策行为，有时甚至采用个人决断或首长负责制。预警需要信息，决策同样需要信息，信息的获取在危机决策中非常重要。指挥决策的快速有效性离不开现场反馈信息的完整、准确和快捷，正如维纳在《控制论》中所说的，控制的核心就是对信息流的控制，决策离不开信息。

应急指挥决策属于公共决策的范畴，但它是在紧急状态下的决策，属于非常规决策。它要求决策者在相当有限的时间里和在相当有限资源的约束下做出重大决策和快速反应。因此决策具有突发性、紧迫性和后果难以预料性等特点。应急决策机制可分为不同的子系统，如快速决策机制、科学决策机制、协调决策机制、责任决策机制等，这些子系统相互配合、协同运作，共同构成了应急决策指挥机制的运作过程，如图 6-10 所示。

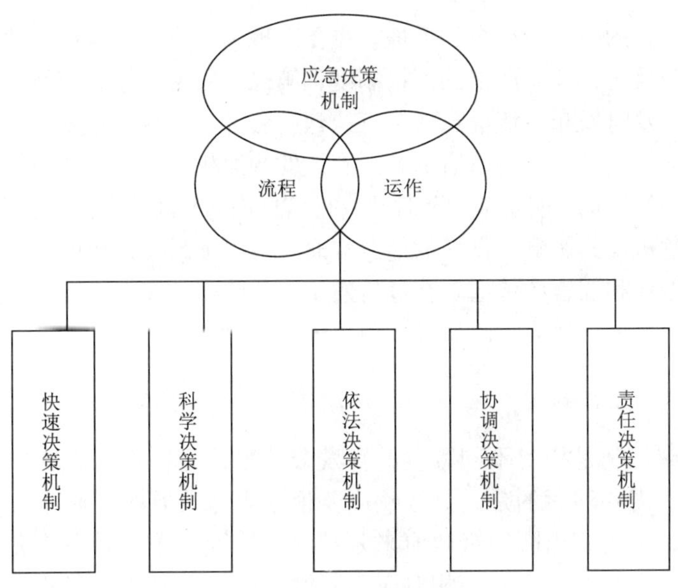

图 6-10　应急决策机制

资料来源：郭济，2005

我国现有的应急决策机制的突出问题主要在于：多内部决策，少公共沟通机制；多经验决策，少科学分析机制；多随意处置，少规范应对机制；多部门决策，少协调行动机制；多权力行使，少责任追究机制(彭宗超，钟开斌，2005)。为此，中国的应急决策机制需要在未来不断改进和完善。

(2) 应急联动机制

应急联动机制规定了各应急主管部门和协助部门的应急职责、任务和程序，体现了统一指挥、分工协作、资源共享的运行方式。信息应急联动系统融合有线通信、无线通信、数据库、全球定位、计算机辅助调度、信息技术网络等多种现代化的信息传输手段为一体，能保证统一指挥、资源共享、快速反应和联合行动。在地方，应急联动机制是由当地政府所在地的应急联动中心来实现的。许多地方都成立了应急联动中心，将 110 匪警、119 火警、122 交通事故报警、120 急救电话等纳入统一调度系统，实现了统一接警、集中处警、跨部门的信息共享和应急联动。

(3) 公共沟通机制

公共沟通机制是指在突发事件发生时，事发地党委和政府必须认真处理好与媒体及事件利益相关人的沟通，向人们提供真实可靠的公共信息，保障公民的知情权，避免流言的传播和社会的恐慌。主要表现为：第一，各地方政府要健全信息收集、发布渠道，建立严格的汇报制度；第二，完善各级政府及其部门的新闻发言人制度，及时发布主流信息；第三，建立公开、顺畅、权威的沟通渠道，提高政府工作的透明度，完善政府形象。有效的沟通机制在政府危机管理过程中发挥着十分重要的作用。明智地、及时地进行信息沟通，即使不能防止危机的发生，也可以控制危机及其影响。良好的信息沟通，可以加强反危机的协调工作，可以防止信息的误传和谣言的传播。在危机发生时，政府与民众的及时沟通还可以起到稳定民心、警示、教育、监督等多种作用。

（4）分级响应机制

分级响应机制是指对不同程度的突发公共事件实行不同级别的认定并采取相应的对策。需要注意的是，分级响应要根据当地政府的应对能力和突发事件的危害程度，来决定由哪一级政府来领导协调处置工作。因为，突发公共事件的危害级别不是绝对的，它是相对于不同城市的应急能力而言的。在美国，通常非大型灾难性突发事件，通常都由地方政府为主来处理，这充分体现了属地管理的原则。

（5）动员机制

动员机制是指各级党委和政府应充分动员一切社会力量来参与突发事件的处置。尤其是事发地政府，要调动一切力量，发挥社会组织、团体、企业、个人的地方优势来应对突发事件。

2. 应急反馈机制的运作流程

根据突发事件的发生机理，政府首先要启动的是前馈预警机制，对发生突发事件的可能性进行预测和防范。如果预警机制不能有效控制事件的发生，那么政府需要立即启动反馈机制，进行现实控制。以上的指挥决策机制、应急联动机制、公共沟通机制、分级相应机制等相互协作、密切配合形成一套运作流程，在时间序列上主要表现为三个部分：先期处置机制、分级相应机制、灾害处理机制。在突发公共事件发生后，首先应该即刻启动突发事件先期处置机制，组织专业救援队伍全力控制现场事态。在事态没能得到扼制、进一步蔓延时，当地政府要根据分级响应的原则，及时上报、分级管理。一旦先期处置不能控制，出现特大和特殊灾害事故时，就要启动灾害事故处置机制，成立高度统一的指挥决策中心，动员全社会力量，全力应对灾情。

(1) 先期处置机制的运行

先期处置机制是当地党委、政府授权地方的应急联动中心，派出专业的救援队伍对刚发生的突发事故实施先期的处置。地方应急联动中心在地方应急机构的领导下，实施统一接警、集中处警、信息共享和部门联动。应急联动中心实行全天候运作、24 小时值班、跨部门、跨警种协作(火警、交警、消防等)。先期处置机构示意图如图 6-11 如示。

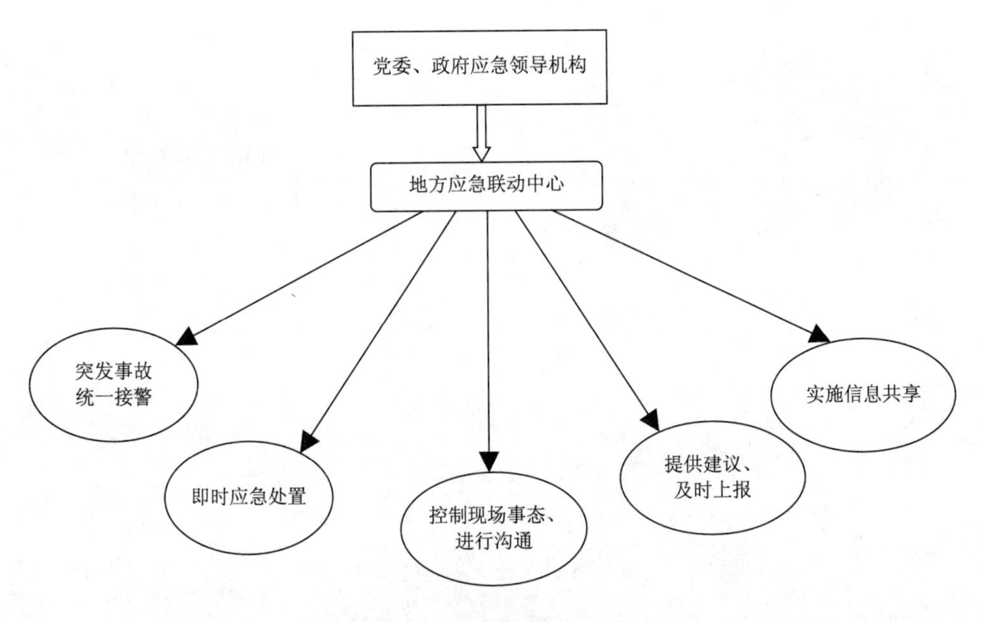

图 6-11　先期处置机构示意图

(2) 分级响应机制的运行

分级响应机制的地方性特点是，建立以应对能力为主要依据的分级响应机制，根据事发地政府是否有足够的应付能力，来确定应急响应行动的级别和程序。如果地方政府有能力应对已经发生的突发公共事件，就应当由其负责组织应急处置工作，中央部门可予以技术、资金、物资等方面的援助，强化属地管理责任。当地方级政府感到无力对付或危机规模跨区域时，再升级到由中央政府负责组织应对。对于已经发生或经监测、预测认为可能发生的跨部门、跨地区的重大突发事件，直接由中央政府负责组织应对，形成以应对危机能力为主要依据的分级响应机制，如图 6-12 所示。

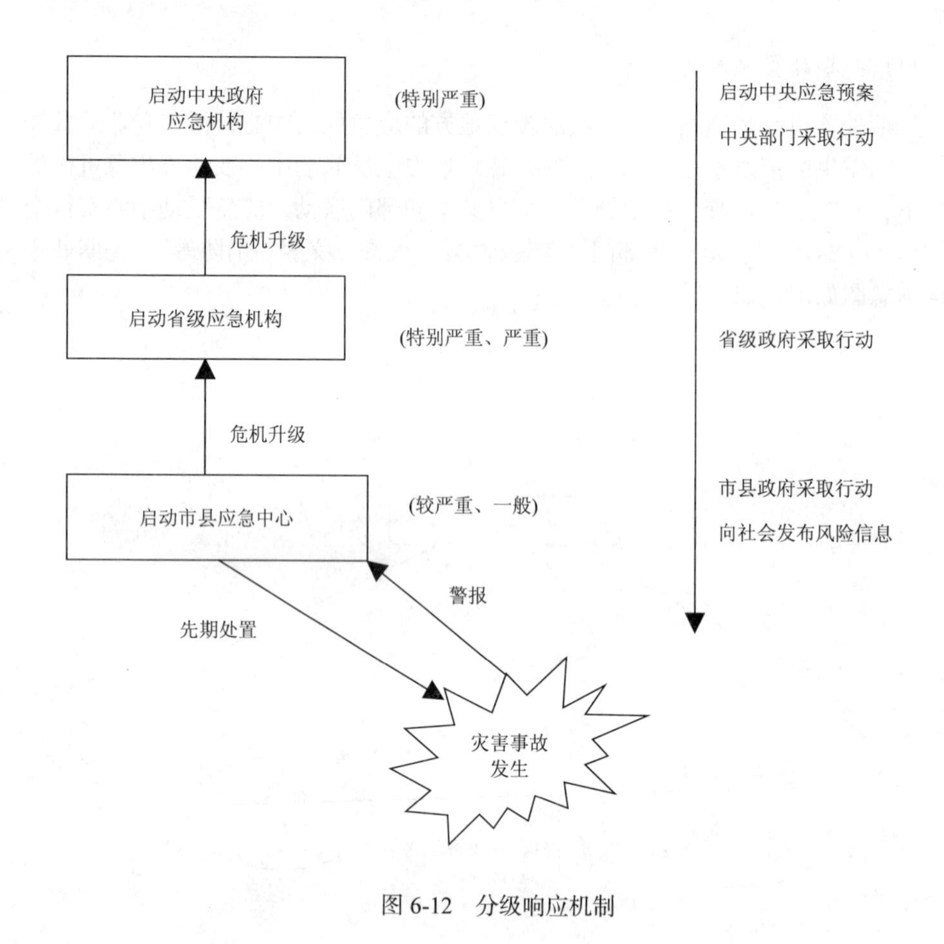

图 6-12　分级响应机制

(3) 灾害事故处置机制的运作流程

在先期处理机制仍不能控制的紧急状态下，很有可能会出现跨区域、大面积的严重灾害，这时的突发事件已经升级为严峻的灾害事故，需要启动灾害事故紧急处置机制。灾害机制启动后，当地党委政府的主要领导直接指挥部署工作，必要时担任总指挥、到现场亲自指挥，并及时向上级和中央政府汇报灾情信息。同时，各相关部门要积极展开援救行动，上级主管单位和邻近地区的政府也要提供必要的支持，充分调动一切的社会力量应对灾情，形成跨地区应急救灾网络体系(滕五晓，2005)，如图 6-13 所示。

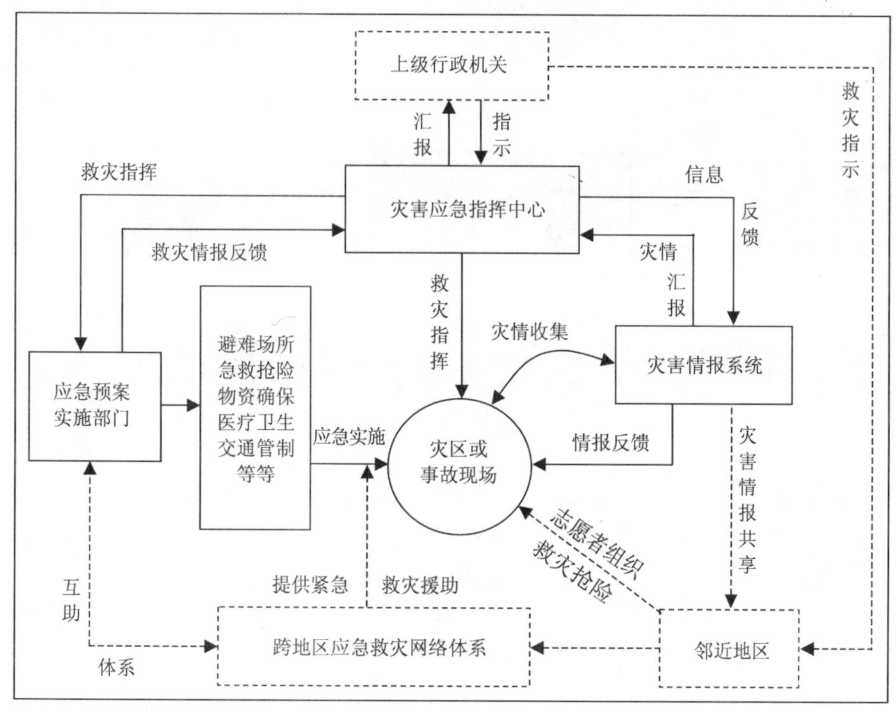

图 6-13　地方政府灾害处置网络流程

以上海市为例，上海市的应急机制在 2003 年的“非典”期间，起到了很好的应急效果，全市通过组织、资源和信息的整合，建立灾害事故紧急处置的指挥体系、保障体系和防范体系。

在机制运行上，上海市实行三级管理和分级响应。在突发事件发生后，迅速组织所在单位和社区进行先期应急和自救互救，并根据事件性质和威胁程度，将有关信息报告市应急联动中心、区县政府、上级主管领导和责任单位，必要时成立现场指挥部进行统一指挥处置，或者市应急联动中心接到报警后及时组织应急处置；该市的应急联动中心设在公安局，主要负责对全市范围内突发事件实施先期应急处置，接受全市突发事件报警，实施统一指挥、分级处理(沈荣华，2006)。一旦发生先期处置仍无法控制事态时，或者可能出现跨区域严重危害事态时，立刻启动全市灾害事故紧急处置机制，成立全市紧急处置指挥部，统一组织指挥全市应急处置工作。上海市的灾害事故处置机制的流程如图 6-14 所示。

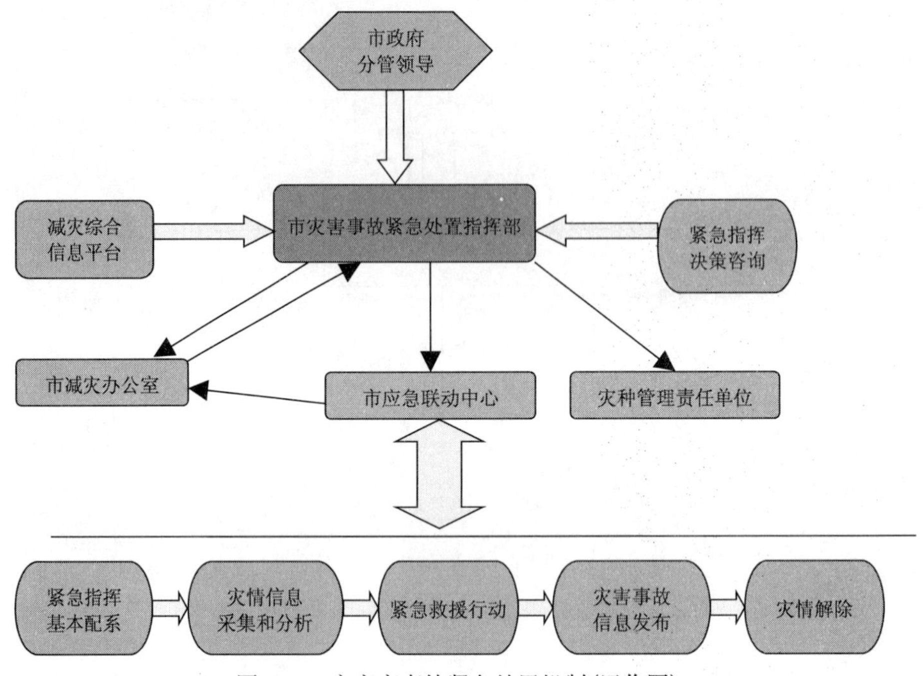

图 6-14　市灾害事故紧急处置机制(运作图)

如图 6-14 所示[①]，在先期应急处置仍不能控制事态时，由上海市减灾领导小组或市委、市政府直接决定启动市灾害事故紧急处置指挥部，统一组织指挥全市灾害事故紧急处置工作。市灾害事故紧急处置指挥部启动后，市政府分管领导(特殊状况下，市政府主要领导或市委主要领导)直接领导指挥部工作，并在必要时担任总指挥。这样的运行机制充分体现了平战结合、属地管理的原则。

需要注意的是，危机的事中处理阶段并不是应急控制的最后一步。也许危机已经过去、决策已经做出、解决事件的措施已经实施，但仍需进行危机的善后处理和后期调控，这正是下一节所要论述的应急后馈机制。

四、应急后馈机制和调控

后馈控制是司控系统根据目标实施所获得的实际结果，与预期的目标进行比较来进行控制。应急后馈控制是在危机事件结束后而采取的控制行为，因而是面向过去的一种控制形式。虽然事后控制并不能对即时处理危机有帮助，但通过对危机后的反思和后期的调控，可以修复危机给社会组织带来的破坏，防止危机的

① 内部资料，《上海市灾害事故紧急处置总体预案》，上海应急管理办公室 2004 年编制。

再次回流和新的危机的出现。因此，后馈机制也是整个危机过程控制必不可少的一个环节。

（一）应急后馈控制机制的组成

建立完善的应急后馈机制，对危机进行事后的反思是非常重要的。应急后馈机制主要是指对突发公共事件的事后处理和恢复机制，主要包括事后的评估工作、善后处理、对受害者的补偿及相关责任人的奖惩等。

突发公共事件不仅给人民群众的生产和生活造成损失，也使人们对政府的管理能力产生怀疑，危机的结束并不代表危机控制的结束。当危机平息之后，政府还应该做好危机后处理工作，恢复公众对政府的信心，重新提升政府的形象。在应急恢复阶段，必须要考虑如何有条理地从应急管理转向日常管理。目前就城市而言，如果对一场重大灾害事件后的恢复没有计划，那么实际损失可能比灾害事件本身造成的损失还要大。灾难恢复工作的重点包括：①如何管理灾害事件后的恢复工作；②如何使灾害之后的社区恢复原状；③如何提供所需的帮助保证城市恢复正常秩序；④特别是要考虑把反馈阶段中一些应急措施提升为具有长期预防作用的制度化行为。因此，城市应急后馈机制主要包括以下几个子系统。

1. 事后评估机制

在突发公共事件得到控制和逐步消退以后，为了把损失降低到最小，严防事态再燃或引发次生伤害，需要对突发公共事件处置工作进行全面的评估和总结。为了尽快恢复正常的生活秩序，对已经发生的灾害事故进行科学评估是必需的。各城市政府主管部门应当会同事发地单位和部门，对突发公共事件的起因、性质、影响、责任、经验教训和恢复重建等问题进行系统的调查评估，并向市政府做出报告。区县政府、相关职能部门在对受灾情况、重建能力以及可利用资源进行评估后，要认真制订灾后重建和恢复生产、生活的计划，并迅速采取各种有效的措施，明确救助程序，规范调控管理，组织恢复生产。

2. 责任追究制度

建立严明的奖励和责任追究制度是防止悲剧重演、提高政府应急管理绩效的一种现实有效的方法。突发公共事件发生后，要对危机事件展开独立调查、进行惩奖和问责处理，对参加突发公共事件应急处置工作并作出突出贡献的集体和个人给予表彰和奖励；对不作为、谎报漏报、延误时机、组织不力等失职渎职行为，依法依规追究责任，不仅要追究直接责任人的过错，而且要追究救援各个环节中有关单位和人员的责任。“非典”时期虽然启动了政治问责制，但并没有领导责任法制化，仅仅罢免一个领导人的职务是不够的，必须使“问责制”法制化(英纪宏，2005)，将领导责任制纳入法制的轨道。

此外，突发公共事件大都发生在地方。因此，要构建有效的激励机制，既要鼓励地方政府积极处置、发挥属地管理的职能，同时也要防止和克服地方保护主义和虚假治理的现象。

3. 学习更新机制

突发公共危机事件结束后，要认真学习和总结经验、建构学习型组织。政府应急管理机构要不断提高和更新观念，改进政策，完善各种制度、措施来应对多变的社会风险。通过加强危机后的学习，组织可以不断适应外在复杂的危机情境，痛定思痛，变危机为转机，变坏事为好事，从而进一步减少危机的发生，提高突发公共事件的处置水平。

4. 心理干预与恢复

突发公共事件发生后，不仅个体心理，而且群体心理、社会心理和价值观方面都受到不同程度的影响，因此，政府必须要进行“心理救灾”。首先，政府要借用各种心理治疗的手段，帮助当事人处理迫在眉睫的心理问题，恢复心理平衡。接着，政府要通过合理的渠道、方式排遣大众性的焦虑，消除社会性恐慌，防止群体性心理危机的发生。

5. 善后处置

事件发生后，各级政府、应急管理工作机构和有关职能部门要积极稳妥、深入细致地做好善后处置工作。对突发公共事件中的伤亡人员、应急处置工作人员，以及紧急调集、征用有关单位及个人的物资，要按照规定给予补助或补偿，并提供保险及司法援助。城市政府主管部门必须按照规定及时调拨救助资金和物资。保险监管机构督促有关保险机构及时做好有关单位和个人损失的理赔工作，不断完善保障机制、灾害保险制度。

罗伯特·希斯博士在他的《危机管理》一书中提出了危机管理的第五个R(Resilience)，即危机恢复力(罗伯特·希斯，2000)。他认为，危机的恢复要有详尽的恢复计划和完备的恢复流程，恢复过程要有连续性和整合性。可见，事后的恢复机制也是一项系统工程，需要不断去完善。

（二）事后控制机制的效果

虽然事后控制，并不能对现时的危机有任何遏制作用，但通过对危机的后期调控，可以修复危机给组织带来的破坏，重新树立公众对政府的信心、恢复政府的信誉。同时，通过应急后馈机制还可以预防危机的再次回流和新危机的出现，为新一轮的危机预警做好准备。就不同城市来说，其危机的恢复力是不同的，不同的恢复力和调控力会产生不同的效果。有学者认为，根据事后控制力的大小，大致可产生三种不同的控制效果(陈先红等，2004)。第一种是调控效果明显——危机消失并不再回流；第二种是未调控效果——危机消失后迅速回流；第三种是介于两者之间的效果——危机消失后逐渐回流。这三种效果可以用三个简单的模型表示(图 6-15~图 6-17)。

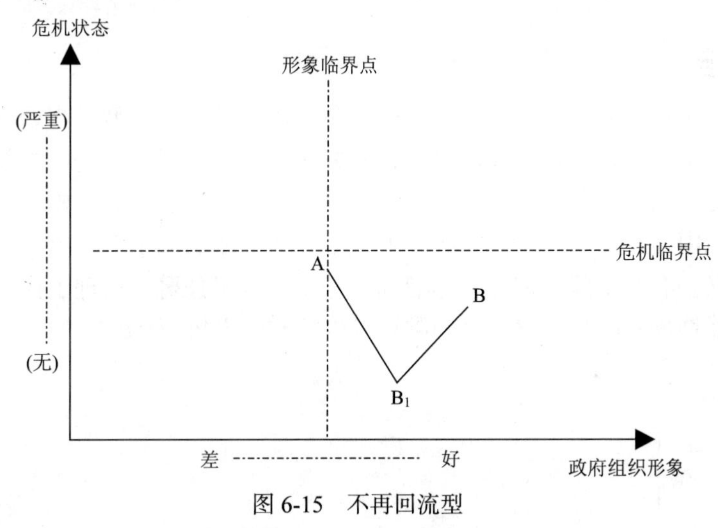

图 6-15　不再回流型

第一种：危机消失不再回流型

如图 6-15 所示，假设在突发公共事件结束后，政府的组织形象和危机的状态都处于临界点，就是组织所处的 A 的位置。此时，如果后期的恢复机制有力，调控及时且调控措施完备，那么，组织的形象就会逐渐重新树立，从 A 到 B_1 再提升到 B 点。由于 B 点又是低于危机临界点的，所以危机不会回流，组织会远离危机。这种情况是后期调控有力、控制效果较佳的模型。

相反，如果危机结束后，没有采取调控措施或者没有及时调控，或恢复机制很不完善，那么危机可能会迅速回流(突破危机临界点到达 B)和重新燃起，甚至可能引发新的危机，这时候，政府的组织形象也会逐步下降(图 6-16)。

第二种：未调控效果(死灰复燃型)

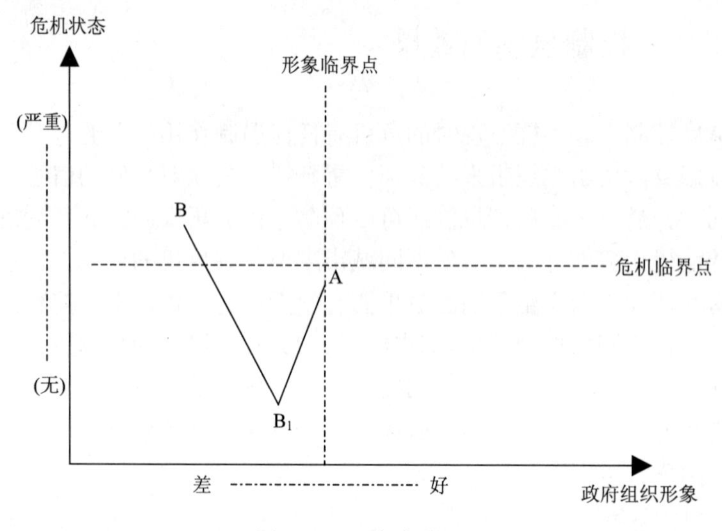

图 6-16　死灰复燃型

第三种调控效果介于前面两者之间，属于危机缓慢回流型。当处于临界状态“A”点，随着后期调控工作的进行，其组织形象可以得到恢复或重新树立，同时组织也能远离危机状态。但是，由于危机具有“未知性”和“模糊性”以及体制本身的原因，此类危机还会再次产生，经由 B_1、B_2 慢慢到达“B”点，这时政府的形象又会有所下降，需要开始启动新一轮的危机预警和处理工作。比如，一些具有周期性爆发的自然灾害、间歇性发生的矿难事故等(图 6-17)。

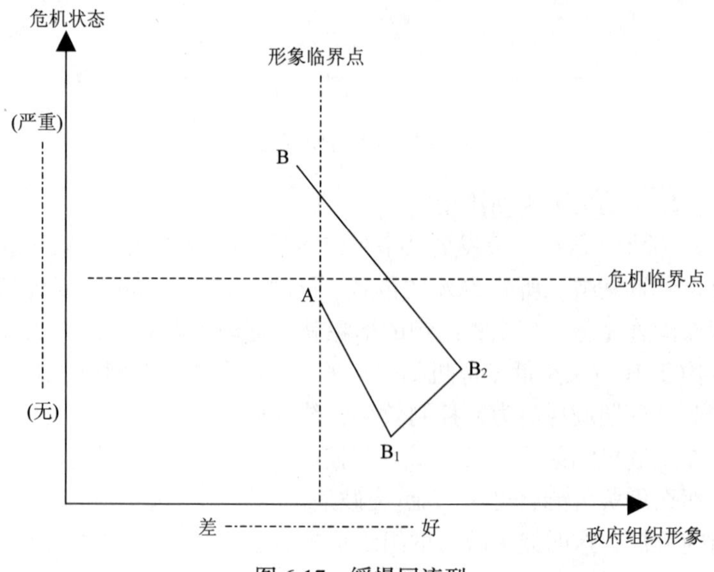

图 6-17　缓慢回流型

综上所述，把前馈、反馈和后馈机制结合在一起就可以形成“前馈—反馈—调控”一体化的控制机制。在实际应用中，应急前馈、反馈和后馈机制三者之间在时间上相互关联、不可分割，它们都是政府危机过程控制必不可少的环节，共同构成了整个危机过程的复合控制机制。这样既发挥了前馈控制作用及时的优点，又保持了反馈控制能克服多个扰动和对偏差值进行反馈检查的长处，还能够通过事后监控防止危机回流，并为下一阶段的预警工作做准备，如图 6-18 所示。

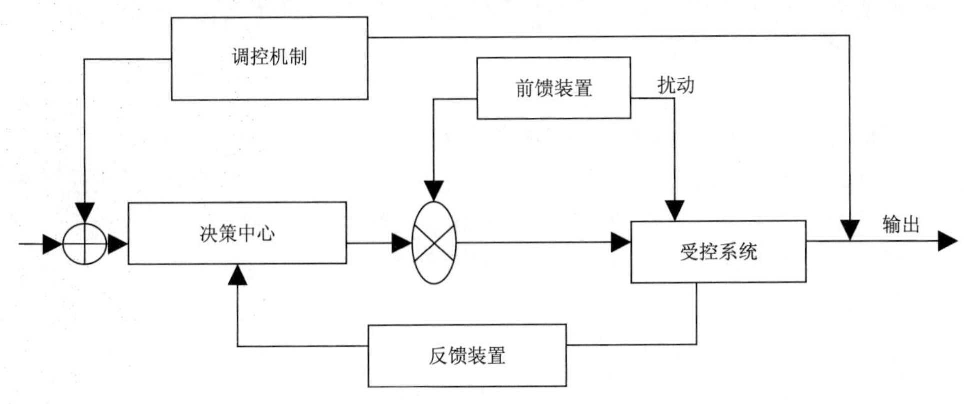

图 6-18　前馈、反馈、调控复合控制系统

案例：飓风“卡特里娜”对我国应急机制建设的启示

一、事件过程

2005 年 8 月 25 日，飓风“卡特里娜”在美国佛罗里达州登陆，27 日开始向密西西比州和路易斯安那州沿海地带进发，并逐渐升级为 5 级飓风，登陆时强度降低为 4 级，至 8 月 31 日影响逐步减弱并消失，共历时 7 天。飓风途经的 4 个州经济损失惨重，灾民数量众多。

受灾最严重的新奥尔良市是路易斯安那州最大的城市，人口约 50 万。由于地处海平面以下，完全靠沿岸堤防抵御潮水入侵，确保城市安全。但原有的堤防防潮能力不足，只能抵御 3 级飓风引起的风暴潮。此次登陆时强度 4 级的飓风，引发新奥尔良沿岸严重风暴潮，风暴高潮位和伴随而来的风暴浪导致溃堤，这是造成新奥尔良巨灾的根本原因。8 月 30 日由于庞恰特雷恩湖(海水)护堤发生断裂，新奥尔良市中心水位迅猛上涨，80%的城区被淹没，几乎成为一座“空城”。

飓风造成的主要灾难后果有：

1) 死亡人数和灾民数量众多。路易斯安那州卫生部门的官员在10月4日发表声明，路易斯安那州死亡人数 972 人，密西西比州死亡人数 221 人，亚拉巴马州和佛罗里达州的死亡人数共 16 人。4 个州死亡人数共 1209 人。而据联合国儿童基金会发言人佩索纳兹估计，飓风灾害使大约 120 万人成为灾民，其中有 30 万~40 万儿童。

2）经济损失严重。“卡特里娜”飓风影响历时 7 天，对途经 4 个州的城市建筑、基础设施及能源造成了高达 344 亿美元的经济损失(约 49 亿美元/天)。

3）能源遭袭损失严重。美国内政部长诺顿 10 月 4 日说，“卡特里娜”和“丽塔”两场飓风在美国墨西哥湾沿海地区共摧毁了 109 座石油平台和 5 套钻探设备，还损坏了另外 50 座平台和 19 套钻探设备，损坏设备的价值以及进行维修的费用估计达数十亿美元。大约 90%的原油生产能力、72%的天然气生产能力受到影响。

4）断电缺水严重。8 月 31 日，“卡特里娜”造成受灾 4 个州大约 230 万户家庭断电，近 500 万人的生活受到影响。供电中断不仅影响正常生活，还导致供水、排水系统不能正常运作，火灾无法及时扑灭，正常的商业活动无法进行等系列影响。受灾最严重的新奥尔良市，供水系统 100%被破坏。据美国有关部门介绍，灾后的美南部地区面临两大难题，即断电和缺水。恢复供电至少需要几周时间，部分地区恢复供水则可能需要数年时间。

二、事件分析

(一) 损失原因分析

究竟是什么让新奥尔良遭到如此厄运？如果概括地讲，就是新奥尔良在发展时没有为自然留下适当空间，它在城市扩建和发展上没有遵循自然规律，这是它一旦遭遇突发事件便无回旋之地的根本原因。具体讲，损失重大的原因有：

1. 城市规划破坏了环境，加重了灾难的程度

新奥尔良三面环水，市内低于海平面，其安全完全依赖环绕城市约 560 公里的防洪堤。但新奥尔良的发展缺乏防灾规划，新奥尔良在城市建设上破坏了大片海边滩涂，使城市在海啸和洪水面前缺乏必要的缓冲。新奥尔良在兴建新城市和占有新土地时，首先迫不及待地焚毁树林、移平山坡，并且不论地形如何，都按照万变不离其宗的做法在该地区开辟笔直的街道和十字交叉路口，甚至以破坏原有自然景观为手段，来开发建设新居住区。为了促进旅游业和商业，新奥尔良市在建设中排干了大部分湿地，不但破坏了环境也加重了灾害。

2. 忽视专家预言

乔治·华盛顿大学危机、灾难和风险关系研究学者克莱尔·鲁宾 2005 年 9 月 2 日说：“大规模飓风袭击新奥尔良的情景早就被预料、预报和模拟演习过。”这些成果包

括路易斯安那州立大学在内的40多家美国科研机构，都于2004年7月做出过预告，但政府并没有加以重视。

3. 飓风的能量确实过大

美联社曾报道，此次飓风从成因、规模到演变速度都与以往飓风有所不同。如“卡特里娜”在海上蓄势已久，一度达到5级飓风的风速，为40年所罕见，而当年“查理”飓风只有16公里宽，影响面小，可“卡特里娜”却宽达320多公里，它几乎覆盖了从新奥尔良以西到佛罗里达州彭萨科拉的广大区域，席卷了美国4个州之多。此外，新奥尔良市的17号大堤决口更加剧了该市洪水的危害性。在建设中，往往将倡导城市美观及形象放在第一位，殊不知忽视了最不该忽视的安全防洪准则。

（二）美国应急机制的不足之处

灾难发生后，灾区出现的无政府状态和混乱局面使美国政府的应急能力遭到了全世界的谴责，美国政府的应急救援工作确实存在问题。在飓风爆发之初，政府并没有迅速启动应急机制，对飓风的危害性认识不足，以致延误了把危害降至最低的时机，这也使布什总统和政府面临赈灾不利的指责。布什总统也于日前亲口承认，他和美国政府应该对“卡特里娜”飓风赈灾不利承担责任。2006年2月23日，白宫发表调查报告《“卡特里娜”飓风的联邦反应：教训》认为，缺乏计划、组织和领导不力以及灾难应急人员经验不足等是导致“卡特里娜”飓风救援失误的主要原因。具体而言有以下几个方面：

1）应急反应迟钝。飓风25日登陆，29日袭击新奥尔良，而美国总统布什31日(此时飓风已消失)才结束休假，返回首都华盛顿指挥和协调救灾工作。9月2日，美国政府才开始向灾区派驻部队，以加强灾区救援力量；2日中午(遭袭后5.5天)，望眼欲穿的新奥尔良灾民才等到了姗姗来迟的救援物资和陆军支援部队。种种现象表明，美国政府应急反应迟钝，联邦应急机制启动滞后。

2）疏散组织不力。在飓风来临前，美国政府及时发出警报，提前进行了大规模的人口撤离，然而还有不少市民没有及时疏散。同时，大规模疏散引起交通堵塞，汽油供应困难。

在疏散方面暴露出一些问题：

1）政府难以提供充足的交通工具，以自发疏散为主。新奥尔良有近20%的居民之所以无法撤离，是因为没有交通工具或支付不起租车的费用，而政府又没有立即提供出充足的交通保障。有私人汽车的基本撤离，而没有私人汽车的穷人和黑人、没有疏散能力的医院病人和养老院老人以及外地游客则大部分未能离城。数十名病人和养老院里的老人被大水淹死。

2）侥幸心理严重。年初的一次新奥尔良市民意调查显示，仅有近三分之一的人愿意在3级以上飓风警报时疏散。因此，在8月29日5级飓风“卡特里娜”登陆时，大部分市民依旧抱着侥幸心理躲在家中而不是及时疏散，不少人不愿离开家园，就近躲在当地大型建筑中，这并不安全。

3）拒绝社会求助，尽显官僚作风。官僚主义使得地方救援部门、联邦紧急措施署将一些民间自发提供的医疗、食品援助拒之门外。如密西西比地区一家高水平流动医院100名外科医师和护理人员，驱车30个小时，在9月4日赶到新奥尔良。然而，灾区救援部门不能给他们登记，他们无法立即加入救援行列，只能等在灾区外。而就在此前一天，密西西比灾民避难所刚刚爆发一次疫情。又如，美国沃尔玛超市曾表示要赠送灾区3卡车水，但联邦紧急措施署却拒绝了这一请求，理由是“我们不需要”。

4）治安混乱无序。受灾最严重的新奥尔良市在飓风过后基本陷入无政府状态，抢劫成风，强奸频发，枪击不断，纵火四起，爆炸连连……治安混乱、人心涣散。而在这种情况下，城市警察力量瓦解，警力严重不足，所以救灾只能更多地依靠国民警卫队。然而，在飓风来袭48小时后才驾驶40辆坦克赶到新奥尔良市的国民警卫队却倒头大睡或坐在一旁打牌。

5）灾民安置困难。飓风来临时，容纳2.5万多灾民的新奥尔良市超级巨型体育馆内的恐怖状况不亚于室外的狂风怒吼，其顶棚被部分揭去，留下两个窟窿，雨水从天而降。体育馆还断电缺水，难以满足灾民的基本生活条件，更为甚者，馆内到处是大小便，臭气熏天。飓风过后，灾民无家可归，无亲可投，扶老携幼，露宿街头，处境极为凄惨，救济工作任务骤然繁重。许多人努力工作帮助灾民，但结果却不可接受。

（三）飓风对我国城市应急机制建设的启示

美国这次历史上罕见的飓风使美国政府有些措手不及，也暴露出美国政府危机管理的一些不足之处，但我们依然可以从其后来的快速应急机制中看出其完备的危机管理系统的优势。当布什总统和政府意识到飓风的严重性时，美国危机管理体制的优势就发挥出来了。在短时间内，迅速集中了全国的人力、物力、财力，在一周内把滞留在灾区的民众转移到了安全地，也提供了充足的后勤保障。从“卡特里娜”飓风暴露出的一系列问题中，我们看到美国政府的应急机制也未能经受住考验。中国城市应该从“卡特里娜”飓风中得到警示，要努力做到以下几个方面：

1. 提高灾情预报预警能力

不可否认，美国对“卡特里娜”飓风的路径和强度的预测是相当准确的，因而能够发布较为及时、准确的预警，对减轻灾害损失起到了重要作用。所以预警能力的提高是我国城市应急机制建设的当务之急。

2. 完善我国城市防洪减灾应急预案

我国660座城市中有530座城市有防洪任务，因此我们要制订完善的应急计划，以期达到时效性最强、程序最简、消耗最低、效果最好、最大限度地减轻灾害影响的目的。

3. 制定正确的防洪对策，维持防洪工程的稳定投入

我们应重新审视城市的防洪对策，针对不同城市的不同情况采取不同措施。一般情况下，处于河道上游、中游的城市多采用以蓄为主的防洪措施；而处于河道下游的城市，河道坡度较平缓，泥沙淤积，多采用以排为主的防洪措施。山区城市，一方面采取以蓄为主的防洪措施，另一方面还应根据具体情况在城区外围修建防洪沟、防御山洪。此外，维持防洪的稳定投入是必需的。从美国近30年来的防洪投入来看，虽然个别年份有所减少，但总趋势是在稳步增加的。美国由于过于关注伊拉克战争，而部分削减了对防洪工程的投入，适逢发生超强飓风造成堤防失事而受到指责，说明防洪问题一刻也不能掉以轻心。

4. 严格执行强制疏散计划

新奥尔良市政府虽然发布了强制疏散命令，但仍有十几万人没有在飓风登陆之前离开，造成一部分人死亡和救助困难，引起了很大的社会和政治影响。这里既有防灾预案考虑不周的问题(没有考虑到新奥尔良市穷人较多、私人交通工具较少等问题)，也有强制疏散计划执行不力的问题。在我国，如遇到特大洪灾，由于疏散人口多、低收入人群比例大、交通条件较差等不利因素，强制疏散是必需的。

5. 逐步建立洪水保险机制

“卡特里娜”飓风虽然造成了巨大的损失，但由于美国救灾补偿制度完善，救灾资金到位快，且实行了国家洪水保险计划，对受灾人的救济补偿和灾后生活、生产的恢复起到了保障作用。我国应当从理论研究、制度建设、试点推广等环节入手，积极探索建立适合我国国情的洪水保险机制，健全和完善我国社会化减灾与灾后补偿制度。

资料来源：

1. 邵馨莲，徐鑫. 2005. “卡特里娜”袭美数万居民撤离. 扬子晚报, 8.

2. 先振，钟和，达公. 2005. “悍妇”撒野，美国数州成“地狱”. 扬子晚报, 8.

3. 郑晶晶，徐迎，金丰年. 2007. “卡特里娜”飓风对防灾预案的启示. 自然灾害学报, 2.

4. 大宝，潘云召，春风. 2007. “悍妇”过后救灾乱糟糟. 扬子晚报, 9.

第七章　城市应急司控系统(政府应急管理系统)的社会环境支持与控制方式

政府应急管理系统作为城市应急司控系统，其控制能力的发挥离不开外部社会系统的支持，仅仅依靠政府来控制复杂多变的突发公共事件是不够的，必须形成全社会的危机控制网络。由于突发危机事件在演化的过程中常常与环境相互耦合，并形成多样的扩散形式，因此，只依靠政府应急组织来控制其蔓延和扩散，往往不能达到综合治理危机的效果。政府需要社会、公共组织和私人组织的广泛支持和参与，并通过特殊的应急控制方式来共同应对多样的危机扩散方式。

一、城市政府应急的社会支持系统

说到控制，似乎总是有强制的意味，城市应急控制往往是政府做出的具有强制性的非常规控制行为，它强调政府的责任和政府的反应能力，但从危机的复合治理来说，它所考验的却是整个城市社会的整体应对能力。在城市社会系统中，政府因其地位、职责和手段之所在，必然要扮演主控角色，起主导作用。政府可以凭借庞大的行政体系和强力的控制手段，动用人、财、物和信息等行政资源应对危机事件。但仅仅依靠政府单方的控制力和政府几个应急部门的力量，是远远不够的。要达到综合防范和治理危机的效果，必须有社会力量的参与和社会支持系统的配合。在城市中，政府应急的社会支持系统主要有：传媒、商业机构、非营利组织、社区和公民等，这些力量共同参与可以与政府实现优势互补，它们之间相互配合、协作共同构成了城市应急控制的社会应对网络。

如图 7-1 所示，建立全社会的危机应对网络是非常必要的。突发公共事件在生成演化过程中与环境相互影响、相互耦合，极易形成恶性循环，而政府作为一个主导性社会组织，在应急管理中必然也需要获得周围其他社会组织的支持，并通过与它们相互合作、良性互动来共同应对危机。下面将具体分析。

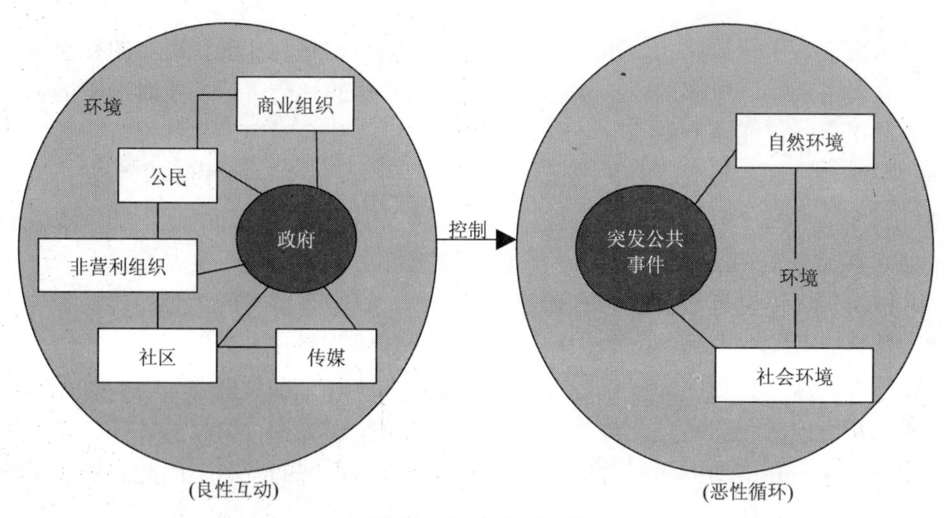

图 7-1　社会应对网络

（一）传媒的沟通支持

我们在论述第四章的时候，提及了在城市突发事件的外部环境系统中，城市信任系统、城市社会心理系统和城市传播机制与突发事件的互动最为直观。突发事件的蔓延常常造成城市传播机制的失衡，而防止传播机制失衡的最有效方法就是政府与媒体的合作。在灾难面前，政府和媒体的通力合作、联手作战，可以疏通信息、避免谣言，同时也可以教育公众如何应对灾难、消解危机。

1. 传媒在处理危机事件中的作用

首先，传媒是沟通公众和政府的桥梁。传媒在处理突发公共事件中的沟通作用是不容忽视的，政府将突发事件的发展势态在第一时间内告知大众，其主要途径就是传媒，而公众对于风险与危机的认知在很大程度上也来源于传媒，因此，媒体承担着“上情下传、下情上达”的职能，成为政府和公众信息交流的桥梁(秦启文，2004)。一方面，媒体接受政府管理，媒体对公众的宣传、教育总是直接或间接地反映了政府部门的立场和主张；另一方面，媒体又有别于政府，有着自身的优势，凭借着现代的媒体手段，媒体可以在短时间获得一手资料。在危机发生时，媒体可以通过现场的调查，帮助政府部门迅速、快捷地收集有关突发事件的信息、了解事件发展的动态，对控制事件起到很大的辅助作用。

其次，传媒有告知公众真相的义务。媒体也有别于商业组织，它不是完全以营利为目的，而告知公众真相正是媒体的职责所在。在危机发生时，公众对信息的获得常常处于缺失状态，很容易造成社会恐慌，因此，在现代民主的社会里，向大众提供真实、可靠的公共信息是媒体责无旁贷的社会责任。及时准确的灾害性新闻报道不仅能够有效消除公众恐慌，还可以让公众对灾害事件保持警惕，增强防卫能力。许多与危机有关的信息常常关系到本国公民的健康和生命安全，特别是对涉及重大公益的灾难性信息，就更应该及时准确地告知公众。如果媒体刻意隐瞒事实真相或者扭曲事实，流言便可有机可乘，极容易产生失控。

再次，媒体也有监督政府的义务。一方面，媒体有自身的优势，能够引导公众，从容应对危机；另一方面，媒体还可以有效地监督政府，保证政府的信息公开、透明，保障公众的知情权。尤其是一些地方政府，在危机发生后，首先考虑的往往是当地的眼前利益，常常“捂盖子”刻意隐瞒真相，怕家丑外扬，无视公众的知情权，并试图运用权力控制主流媒体对危机事态的发布。因此，媒体必须保持自身的独立性，把公众利益和社会利益放在第一位，履行监督的职责。

此外，媒体也有教育和培养大众危机意识的义务。媒体作为公共传播机构，对公众危机的意识培养有着义不容辞的责任。在和平的年代，电视媒体通常热衷于娱乐的综艺节目，而对危机的宣传相对较少，这无形中淡化了公众的危机意识。媒体如果能有意识地宣传危机方面的知识和信息，并穿插在一个公众喜闻乐见的节目中，寓教于乐，就可以潜移默化地来培养和提高大众的危机意识。

2. 建立健全诚信权威的新闻媒体沟通机制

政府在应急管理中要获得媒体的支持，就必须建立完善的媒体沟通机制。首先，就媒体而言，在危机来临时，必须遵循以下原则：

第一，时间原则(胡宁生，1999)。在突发事件发生后，媒体要以最快的速度获得第一手的资料，争取时间上的主动权。紧迫性和信息缺乏是突发事件的根本特征，面对危机，媒体必须快速地做出应急反应，要力求在最短的时间里发布最新信息。在危机处理中，时间就是生命。取得了时间上的主动，就可以及时地了解和控制事态的进一步发展、稳定社会秩序、避免由于信息的真空而产生的社会性恐慌。

第二，权威性原则。媒体在发布突发公共事件信息时，必须言行一致，确立自身的权威性和可信度。一方面，通过媒体来发布可靠的权威信息，可以保持社会心理的稳定；另一方面，可以利用媒体过滤不利信息，使舆论向有利于危机处理的方面发展。现如今，有许多媒体为了引起大众的眼球或者为了抢独家头条新闻来提高自身的知名度，常常会发表一些刺激危机事件局势的新闻消息，这样不但不利于危机的解决，反而激化了事态，误导了公众，加剧了社会恐慌。还有一些媒体在危机报道中，言行不一致，一前一后发布的危机信息大相径庭，这样会加剧公众的不信任，无任何权威性可言。因此，媒体要规范自身的行为，发挥舆论导向的功能，树立信息沟通的权威性。

第三，真实性原则。媒体必须尊重事实，实事求是地报道突发事件的发展进程。这里的真实性是要求媒体客观地报道突发事件，而不是先入为主地添加个人的情感判断，更不是掺杂水分，甚至扭曲事实真相。有一些媒体，对事件没有经过任何的现场调查和核实，也没有相关部门的权威信息来源，仅凭一些小道消息，听到什么就报道什么，凭空论断，造成了恶劣的社会影响。因此，媒体应当认真调查、核实和过滤每一个消息，做到“不炒作、不渲染、客观、真实”地发布消息，使事件朝着有利于社会稳定的方向发展。

其次，就政府而言，必须与媒体通力合作，抓好以下三个方面建设：

第一，要健全信息收集、发布渠道，建立严格的汇报制度。一方面，政府可以通过媒体来获得一些突发事件的第一手资料；另一方面，政府也要规范媒体的行为，进行信息的汇总、筛选和过滤，防止新闻机构的不全面、不正确的消息误导公众，加剧群体性恐慌。同时，要设立专门发布渠道和明确的汇报制度，及时地上报信息。

第二，要完善各级政府及其部门的新闻发言人制度，及时发布主流信息。对于到达事故现场的新闻记者的稿件要经调查主管部门的审核后方可由政府正式发布。当政府和媒体报道的信息存在出入时，要严格核实，及早澄清事实真相，稳定社会秩序。在各级政府中都要建立与危机相关的新闻发布机制，并与媒体合作发布最权威的信息。

第三，要建立公开、顺畅、权威的沟通渠道，提高政府工作的公信力和透明度，满足公众的知情权。在危急状态下，政府能否迅捷有效地做出反应，负责任地应对和处置突发性事件，有效率地实施危机管理，保障公民生命和财产安全，让公民免受恐惧和危害，是政府公信力的基本内容。在危机处理中，政府需要通过媒体来引导公众，消除社会恐慌，并通过与媒体的合作来防止传播机制的失衡，从而提高自身在公众中的信任度。我国在 SARS 危机后期，政府通过与媒体的交流，建立起长效的公关协调机制，提升了政府公信力，塑造了良好形象。

（二）企业、非营利组织的支持

1. 企业与突发公共事件

在现代社会，尤其在城市，突发公共事件已经渗透到社会的每一个角落，企业也同样不例外，没有一个企业能够永远与危机事件绝缘，企业的危机常常会引发整个社会的公共危机。因此，防范企业突发事件也是控制公共危机发生的一种方式。

首先，许多公共危机的发生源于企业内部的突发事故。企业每时每刻都会面对危机，企业由于管理不善、经营不善、技术和产品质量问题和安全措施不到位等原因都可能随时引发突发事故，事故进一步扩大，就会波及整个经济领域、政治领域、社会领域，从而演变成公共危机。在我国，很多企业日常监督不到位、管理不科学，存在着很多安全生产的隐患又不能及时排查，成为突发事故的多发地带。就拿我国的安全事故来说吧，近年来，我国矿难事故、化学物品泄漏事故、生产事故屡屡发生，居高不下，而这些事故大都来自于企业，给国家和社会造成了重大损失。

其次，在公共危机发生来临时，企业要与政府通力合作、并肩作战。一方面，政府要学习企业的危机管理方式。企业自身的特点决定了企业组织比政府更灵活，尤其是私人企业，可以随机应变地采取应急措施。企业在面对危机时，为了维护自身的企业形象更容易与媒体保持良性的合作关系，这一点也很值得政府部门学习。另一方面，政府也要规范企业的行为。由于企业是以营利为根本目的的社会组织，政府在应急管理中要获得企业的支持，必须要规范企业的行为，培养企业的公众意识和社会责任感。主要包括以下几个方面：

第一，政府要帮助企业逐步树立奉献社会、承担责任的公共意识。企业虽然是一个自主经营、自负盈亏的组织，但在危机降临时，企业仍然有着不可推卸的社会责任。政府要帮助企业在日常生活中树立以公众为中心的意识，强化社会责任意识，这对企业预防突发事件有着很重要的意义。企业的社会责任感反映了企业的社会价值取向，一个主动承担责任，乐于服务社会的企业必然有着良好的企业形象，并能够在全社会形成示范的力量，激发更多的人共同应对危机。在突发事件处理过程中，如果企业利益与社会利益发生冲突，企业要舍弃自身小利益服从社会大利益。

第二，要完善企业的安全应急机制。每个企业都有自身的特点，每个行业也都有自身的行业特征。各企业要根据企业的经营范围和行业规则有针对性地找准本行业安全应急的重点，尤其要在“事前预防”中就能发挥作用。当前许多重大生产安全事故的发生，与其企业组织(如大公司和大企业等)的事前预警机制不完善、对检查督促的“警示”不够，有着直接的关系。

第三，政府要督促企业排查安全隐患，树立风险意识。在企业中，要开展危机教育，排除安全事故隐患，一旦出现危机征兆，要立即从源头上切断。目前，我国很多企业不重视危机管理和危机意识的培养，缺乏应对重大突发性事件的培训实践，防备意识较差。因此各企业要不断完善组织的危机管理制度，培育组织的风险观念。

2. 非政府组织在处理危机中的作用

在城市中，非政府组织是重要的社会力量，它是以非营利为目的的自治组织。比如行业协会(轻工协会、律师协会、商会居民委员会、村民委员会)、学术团体(如行政管理学会、灾害防御协会、地理学会)、慈善组织(红十字会、慈善总会、福利基金会)和志愿者组织(民间环境保护组织、青年志愿者组织、社区志愿服务组织等)以及其他社会公益性组织等。非政府组织的特点是反应较快、机构较小、灵活性强。因此，在应对突发公共事件时，非政府组织反应比较迅速，可以在一些政府主体和商业机构无法发挥作用的领域大有作为，如募集社会资金进行救灾和灾后重建、进行灾后社会心理的恢复、超越民族国家的分割、调动相应的国际资源，同时回避社会制度、意识形态的纷争等。总的说来，非政府组织在应急过程中有如下的优势：

首先，非政府组织可以补充政府专业应急力量的不足。由于突发事件具有非线性、紧迫性、模糊性等特点，常常难以预测事件发生的时间、地点。尤其是在发生大规模灾害时，往往会出现政府专业应急人员不够的情况，这时就需要非政府组织积极参与，就地协助政府开展救灾工作，来补充专业应急力量的不足。

其次，非政府组织机构灵活，比较适合于收集相关信息、进行现场引导、人员疏散、心理抚慰和宣传解释等工作(沈荣华，2005)。一直以来，我国政府错位、越位现象突出，许多事情都被政府包揽，政府的公共服务职能明显薄弱。在西方，如美国，政府是有限政府，不像我国职能部门这么庞大。很多地方政府的权限很小，政府的力量不足以应对大规模的自然灾害，而非政府组织在救灾中起到了关键的作用。美国的非政府组织在应急救援中是不可忽视的力量。每当联邦政府采取重大应急救灾行动时，美国联邦紧急事务管理局的首选合作对象就是非政府组织——美国红十字会。在灾害援救过程中，紧急事务管理局会向受灾地区的红十字会了解灾情，红十字会一方面会同紧急事务管理局的成员在全国的联合办公室进行沟通，另一方面红十字会也会与当地的政府和州政府紧密配合，共享信息。可见，红十字会在抗灾中发挥了很重要的作用。

在全美，有 700 多个红十字会站点，这些站点平时都会有日常的灾害训练和准备工作，一旦灾害发生后，他们会及时进行援救服务。美国的红十字会主要关注于个人及家庭受灾后的基本需求。当个人或家庭遇到灾害威胁时，红十字会帮助提供食物、卫生服务、避难所和心理健康服务等。此外，红十字会还会帮助个人和家庭恢复日常生活的独立能力，这包括提供日用品、新衣服、租金、紧急房屋修葺、交通、家居项目和药品。红十字会还为参与救灾的工人提供食物，并与受灾人群的家庭保持联系。美国的红十字会的心理健康服务中心是由经过专门培训的有资质的职业人员组成。在应对受灾人群的恐慌和骚动情节时，他们会同当地的心理机构合作，对受灾人群提供短期和长期的心理救助和恢复。

再次，非政府组织可以减少应急资源闲置和政府成本。非政府组织不是以赢利为目的的，它们大都是志愿性、公益性组织，平时并不需要财政供养，只要加以资源整合、培训演练，就可以成为一支成本不高、平战结合的辅助性应急力量。非政府组织动员资源的能力也比较特殊，灾害发生后，他们一方面可以在第一时间赶到现场进行救助，另一方面还可以立刻组织捐款、捐物和动员志愿者，做出及时回应。而政府由于官僚机构庞大，在事件发生后需要层层上报、层层决策，然后才能采取行动，这往往会延误救灾的最佳时机。在西方，一些社会福利性组织发挥着重要的救灾、赈灾作用。社会福利组织在应对突发事件时，其工作重点在于灾后的恢复建设，他们采取募捐、慈善、救助等福利措施，并制订完善的福利赈灾计划，帮助灾区人们尽快恢复生产。

此外，非政府组织还是进行防灾宣传教育的重要社会渠道。非政府组织比政府更有优势和条件对大众进行危机的教育和宣传，从而提高整个社会的应急能力。

目前，我国非政府组织参与应急管理还存在着诸多的问题，在应急过程中发挥的作用也有限。我国一直以来都是政府先行，对非政府组织不够重视，非政府组织与政府之间缺乏制度化的联系，所以很多的志愿者组织、民间慈善组织发育滞后，应急能力不强。我国的非政府组织在应急功能建设和定位方面还缺乏必要的紧急救助培训，自救互救能力有待于进一步提高。因此，我国政府应该逐步培育和发展非政府组织，使之成为应急救援中的一支重要力量，要努力做到以下几个方面：

第一，落实将非政府组织纳入社会动员机制，整合社会资源。政府应当充分发动非政府组织的力量参与应急事务的处置，可以通过政策引导、经费资助、规范指导等多种途径使非政府组织的应急力量得到发展壮大，成为政府应急力量的重要补充。

第二，明确非政府组织在应急过程中的责任。政府可以通过有关应急管理法规、计划和预案明确非政府组织的责任，以及非政府组织参与应急管理的途径和方式，使非政府组织成为应急体系建设的组成部分。

第三，加大对非政府组织的应急培训力度。政府应当在业务指导、救灾经费、应急装备和培训演习等方面为非政府组织参与应急管理提供必要的帮助，不断提高非政府组织的应急技能。

（三）社区、公民的参与

社区是城市系统的基本组成单位，担当着社会整合的重要功能，是维护城市和谐的重要途径。我国城市的社会结构已经由过去的“单位制”转变为“社区制”，这就意味着由社区组织来承接以往“单位”负责的安全保障职能。在城市中，公民是生活在社区里的，社区可以通过各种途径、采取多种形式，积极动员各种社会力量，如志愿者组织等，参与到危机处理工作中来。南京大学社会学系有关学者的调查表明，当国家和社会遇到困难与危机时，85.3%的社区民众比较愿意或愿意站出来为政府分忧解难，做一些力所能及的事情。社区和公民的参与，对城市应急管理有很重要的意义，其主要作用如下：

首先，社区和公民的参与有利于突发事件的早期预防。社区在防范社会安全风险上发挥重要作用，它可以通过社区矫正及早地发现问题并及时地矫正个体行为。社区平时通过一定的方式和手段，收集社区的基本资料，对社区居民的认识水平和心理承受力、社区中存在危险因素和安全等情况有着更为清晰的了解，可以事先做到“底子清、情况明”。目前社区矫正能在相当大的程度上预防偷盗、抢劫、社会报复等风险，对于失范的个体具有重要的重塑作用。

其次，社区和公民的参与可以降低政府应急管理的成本。社区自愿地参与应急管理，并自动地采取某些方案来解决危机，这样可以大大降低政府的应急成本。灾害事故发生后，时间是最宝贵的，为了防止事态扩大，尽量减轻损失，时间越早越快越好。在实践中，政府专业应急人员到达事发现场，再快也需要一段时间，在这一段时间内，由社区组织、志愿者组织或公民就近开展救助，可以起到事半功倍的作用，降低了政府的应急成本。此外，公民和社区的参与还有助于降低政府收集信息的成本，在获得社区合作的情况下，政府的应急管理政策也更加容易实施。

再次，社区和公民的参与便于开展自救和互助。在突发公共事件处置中，社区可以充分发挥公民的自我服务、自我规制和自我救助的作用，实现政府和社会的功能优势补充。在国外，许多非政府组织、志愿组织、企事业团体大都是依托社区来开展工作的，他们较为熟悉所在区域内灾害事故情况，可以开展现场的自救和互救。同时，社区也有义务帮助公民了解社会风险与公共危机管理的制度、运行机制，开展应急管理的相关培训，培育社区公民的风险意识。此外，社区在弱势群体的救助、社会福利的促进上也大有可为。

发生在2008年春运期间的一场雪灾，暴露了我国应急管理方面诸多的问题，其中社会参与不足也是很重要的一个原因。许多遭受暴雪袭击的城市，并没有能够充分动员起社区中的民众来参与除雪，很多公众也没有这方面的危机意识，给城市交通造成了很大的压力。在美国，有专门的社区危机反应团队（赵成根，2006），进行社区互助和救助。社区危机反应团队将自发的未经训练的自愿的市民组织起来，收集灾害信息以协助专业救援人员配置救灾资源，为所在区域内的遇难者提供第一时间的救助。对于一些受过系统训练的有关市民，可以在专业团队的指挥下有组织地进行营救工作。在美国的社区中还有街区守护者和街区辅助警察。街区守护者是一些受过观察能力训练的居民，他们能够随时洞察街区的情况，充当警察的耳目。街区守护者的身份是严格保密的，他们大都是老年人或者残疾人，一般由犯罪控制中心来负责提供培训，可以有效预防城市犯罪。辅助警察由自愿协助当地治安部门工作的志愿者组成。他们由警察局录用、训练、装备，并在他们所属的社区中着装巡逻。

因此，我国城市的应急管理应当重点放在社区，形成一个政府与社区、公民之间以及公民与公民之间积极配合、互动合作、相互依赖的突发公共事件处置格局，提高全社会应对危机的能力。可以尝试做到以下几个方面：

第一，强化社区风险防范意识，明确社区内不同组织、单位和公民参与社区应急管理的责任和义务。

第二，在政府与社区、公民之间建立合作互助的应急联动机制。有能力的社区可以设立应急管理综合协调机构，这个机构应当由政府、社区自治组织、社区内企事业单位和小区居民的代表共同组成。

第三，对于社区内常发和多发的突发事故应当尽快制订应急预案，并指定专门人员（专职或志愿者）具体负责落实。

第四，对社区应急管理人员进行专业培训，定期的有组织有针对性地开展社区应急演练工作。

二、应急控制中的一般控制方式

在社会控制中，有很多基本的控制方式和控制手段。这些方法和手段对于应急控制也是同样适用的，只不过应急的基本控制方式是紧急状态下实施的，比一般控制方式要复杂和多变，往往需要多种基本控制方式的组合与并用。

（一）应急控制方式的种类

1. 简单控制与复杂控制

根据应急控制方式的复杂程度上来划分，有简单控制与复杂控制两种应急控制是对突发公共事件的控制，突发公共事件的复杂性与突发性，必然决定了应急控制是一种复杂控制。在复杂控制中，根据司控制系统的组织结构，可分为集中控制、分散控制、递阶控制等。正如前面所论述的，集中控制是由集中的控制器发出的控制；分散控制是由若干分散的控制器来完成控制任务；递阶控制既有分散的局部控制器，也有集中的总体协调器，实现了集中与分散的有效结合。应急控制往往是分散、集中、递阶控制等多种控制的有机结合。

2. 随机控制、经验控制和计划控制

根据应急控制活动的程序来划分，有随机控制、经验控制和计划控制。

随机控制也称试探性控制，是根据突发公共事件的系统变化随时做出相应措施的控制。由于许多危机事件本身就具有突发性、非线性等特征，人们一时还很难对其有很清晰的了解，所以只能根据事态的发展情况进行试探性的控制。随机控制方式是比较原始的控制方式，也是其他一切控制方式的基础。尤其对于一些新型的突发公共事件，人们对解决问题的途径还缺乏了解，在这种情形下，只能采用随机控制方式。随机控制需要解决三个方面的问题：第一，要尽量能确定危机事件可能性空间大小，只有知道了危害事件可能影响的范围才能进行控制；第二，把握控制速度，随机控制一般目的性不强，因此，要掌握好一定控制速度，争取更多的控制时间；第三，要注意控制有效性，随机控制是试探性的，甚至是漫无边际地随机搜索危机信息，因此要提高控制的准确性和控制效果。

经验控制一般是在随机控制的基础上产生的，它是把随机控制所得到的经验记录下来，用于指导下一次应急控制，因此，也称做记忆控制。在以往应急控制过程中，人们都会或多或少积累一些控制此类突发事件的经验，这些经验经过大脑的记忆和梳理，再被记录下来用于下一次的处理同类危机事件的参考。比如，编制突发公共事件的案例库，就是采用经验控制的方式。在经验控制中，要将成功的经验和失败的教训都记录下来，作为正反两方面的参考，同时，不能一味照搬过去和异地的成功应急经验，要根据具体情景适度调整控制，不断提高控制的有效性。

计划控制是按照预先制定好的程序进行的控制方式，在应急控制中，计划控制主要表现为应急预案控制。对于不同的突发事件启动不同类型和级别的应急预案，并根据实际情况不断调整预案进行。预案控制需要注意的问题是，应急预案必须要具有可行性和可操作性，同时预案还要定期进行维护和管理。

3. 条件控制、过程控制和目标控制

根据突发公共事件与控制的关系来划分，有条件控制、过程控制、目标控制。

条件控制主要是指扼制不利条件，创造有利条件来控制突发公共事件的蔓延。

过程控制是根据突发事件的发生、发展、演化的进程进行的控制行为。过程控

制我们在第六章中已经论述过了，全过程的突发公共事件控制又可分为前馈控制、反馈控制和后馈控制，应急过程控制是“前馈—反馈—调控”一体化的控制机制。

目标控制是指确立一定的预期目标，并根据这一目标进行控制，将突发公共事件的损害降到最低。

4. 定性控制与定量控制

根据应急决策所运用的方法来划分，有定性控制、定量控制。

定性控制：对突发公共事件的内部诸要素和参量在质的方面的属性进行分析，并采取相应应急对策的控制方式。这种控制往往借助事件—过程研究方法，将突发公共事件的起因、进程和结果进行情景恢复和过程重现，并找出此类事件的发生规律和机理，为应急决策提供定性的指导。

定量控制：定量控制通常都是采用数学的方法对突发公共事件的内在要素变量和外在环境变量进行分析，并试图建立突发公共事件的数学模型，为应急决策提供帮助。例如，第四章中提及的突变模型就是定量控制的一种方式，通过突变理论，建立公共事件的决策模型，为应急决策提供量化的指导。

5. 共轭控制

共轭控制是比较常见，也比较独特的一种，它是指对两个相似的控制系统或受控对象，采用相同或相似的控制方式。共轭控制的前提是两个系统必须是相似或相近的，在实际控制过程中是经验转移和推理的过程（常绍舜，1998）。比如，宇航员上天前对太空环境的模拟试验、风洞模拟、模拟法庭等，都可以看成是共轭控制的方法。在应急控制中，共轭控制体现为日常的应急演练。通过应急演练可以模拟危机发生的情景和危机发生的场景，并将在演练中的感受和经验转移到实际的危机事件处理中，对于提高应急管理的绩效有很大的帮助。在共轭控制中需要注意的是，实际的危机情境可能比模拟的情况要复杂得多，因此，要对演练进行最糟糕的设计。目前，由于受诸多条件限制，我国的应急演练种类还很有限，危机情景的逼真效果还不强，需要不断完善。

此外，根据控制主体与被控制对象的相关性，可分为直接控制和间接控制，从控制目标的主观选择上看，有最优控制、最满意控制等。

（二）应急控制的手段与基本方法

1. 基本的控制手段

从狭义上来说，应急控制是对突发公共事件的控制，从广义上来说，应急控制也是对整个社会系统的控制。因此，应急控制本来就是一种社会控制，应急控制的手段本身也是社会控制手段，应急控制手段主要有法律法规、行政命令和道德舆论(童星，1996)。

(1) 法律手段

通过颁布和出台应急(紧急状态)法律、法规、预案(准法律效应)来规定应急的程序、明确应急的责任、规范应急的行为。应急法律是应急管理体制建构、机制运行的最根本保障。

应急法律的完善程度体现了一个国家应急管理能力法制化的程度。应急法律建设主要包括三个方面，即守法、执法、立法。守法是指政府在应急管理过程中应当遵循什么样的国家应急法律制度；执法是指政府在处理突发事件时，有没有按照相关的法律法规和严格法律程序来进行；立法是指政府在对应突发事件时，结合实际情况，根据国家的宪法、专门法和行政法规而制定的相配套的应急法律法规，它是国家应急法律体系的组成部分，具有很强的实践意义。应急法律规范的法律形式体系如图 7-2 所示。

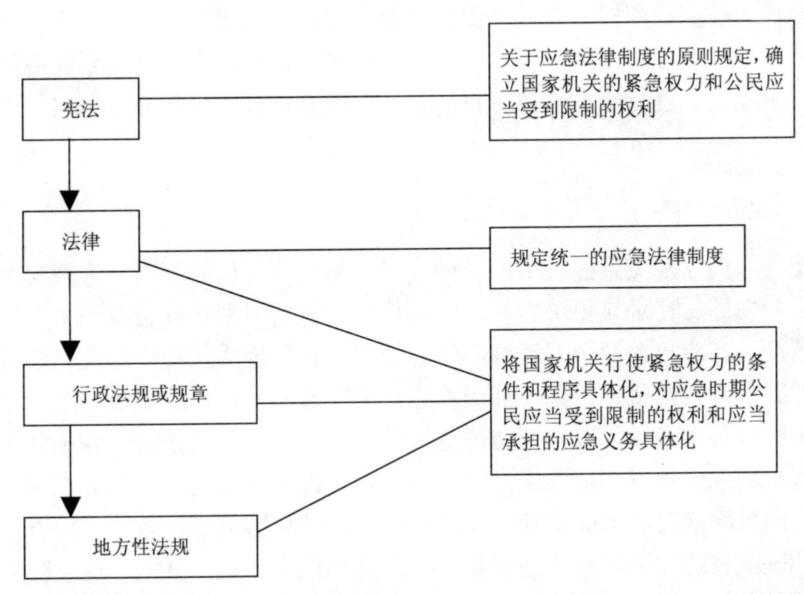

图 7-2　应急法律规范的法律形式体系

虽然我国已经颁布和实施了《突发事件应对法》，但是，此法与宪法、行政法规、地方性法规还需要进一步地加以衔接和磨合，具体的一些细节还有待在实际的应急管理工作中加以明确和完善。

(2) 行政手段

行政手段在以往传统的应急控制中是最常见的，它依靠国家各级行政机关及其领导的权威，运用行政命令、指示、政治制裁、军事管制等强制性措施，并通过各行政层级贯彻执行应急措施。在自然灾害、社会变故、动乱爆发之际，用应急行政手段、采用令行禁止的方式，可以迅速排除阻力，有效解决问题。行政手段所特有的这个优点，是其他任何方法所不及的，尤其是在面对重大突发公共事件时，政府的行政命令有着其他任何社会组织都不具有的优势，它可以集中调集资源、制定应急政策、组织应急队伍、共同应对危机。

在应急过程中，行政手段是必不可少的。在我国传统的应急模式中，每当遇到重大突发事件，通常通过行政命令成立由政府分管领导任总指挥的临时性应急机构，负责领导应急处置工作。虽然这种临时机构是存在弊端的，但它仍旧体现行政手段强大的动员能力和高度的组织性与纪律性。因此，行政命令是应急控制中的常用手段。

行政命令与应急法律一样，都是具有强制性和权威性的，但行政命令主要体现了领导者的威信和职权，有其灵活性，而法律则体现了整个国家意志，具有稳定性和更高的权威性。因此，行政命令也不能滥用，在应急法律体系完备的情况下，行政手段也要遵行应急法律。目前，我国应急过程中行政命令仍然是主要控制手段。

(3) 道德与习俗

道德与习俗也是应急控制中的一种手段。与法律、行政不同，道德与习俗是不具有强制性的，它是靠传统力量、内心信念、风俗习惯、社会舆论来贯彻实施的应急行动。在应急控制中，道德习俗的力量主要体现为一种应急文化和危机意识。虽然我国在古代就流传着“存而不忘亡、安而不忘危、治而不忘乱”，“居安思危、思则有备、有备无患”等防范危机的思想，但从目前来看，我国整个社会的风险观念和危机意识尚未形成。就城市而言，许多市民的社会警觉性差，对危机和潜在的风险缺乏清醒的认知，一般市民严重缺乏防灾、自救、减损方面的基础知识和基本技能，很多人还存在着麻痹大意和侥幸心理。其实，应急控制的最高层次就是危机文化建构的问题，要提升全社会的应急能力，必须要加强全社会的安全文化建设。

2. 基本的控制方法

城市应急控制对城市突发公共事件的控制，突发公共事件本身的模糊性和司控系统（政府应急组织系统）的复杂性，决定了其基本控制方法主要有：黑箱控制法、大系统控制法以及功能模拟法。

（1）黑箱控制法

黑箱是指人们一时无需或无法直接观测其内部结构，只能从外部的输入和输出去认识的现实对象或系统。黑箱是相对于人这个认识主体而言的，被考察的对象能否作为黑箱来对待，不仅取决于对象客体本身的性质，还取决于认识的主体。如果对一个确定的考察对象一无所知，或者说系统内部结构不能直接观测，那么它就是黑箱；如果既不是一无所知，又不是无所不知，或者说部分可直接观测，那么称为灰箱；如果认识达到了无所不知，或者说可直接观测，那么它就是白箱。突发公共事件的突变性、模糊性、混沌性、非线性等特点，决定了很多危机事件对于我们来说仍然是个充满未知数的“黑箱”。虽然有些灾害事件，我们可以预测到，但要想达到准确无误仍然是很难的，充其量也只是停留在“灰箱”的认知上面。

对于许多发生机理尚未清晰认知的突发公共事件，可以采用黑箱控制的方法。黑箱方法不会去考虑认识对象的内部构造，因为黑箱控制法的前提是认识对象内部是不可知的，它只是根据输出和输入来考察黑箱（陈栋，2000）。比如，经济学中的“投入—产出”生产函数模型就是采用黑箱控制法建立的。在应急控制中，对于突发公共事件这样一个复杂事物，采用黑箱控制不失为一个有效的实践手段。

（2）大系统控制法

在应急控制系统中，受控对象是一个复杂且多变的系统，司控系统是一个复杂且庞大的组织管理系统，司控系统（政府应急组织系统）中又包含很多的子系统和子子系统，可以说是一个巨系统。因此，对于这样一个规模庞大、结构复杂、功能综合的系统必须要采用大系统控制方法。

对于这样的一个大系统控制要采用多级、多层的递阶控制结构，将集中与分散结合起来。根据突发事件的演化采取分段分时控制机制，根据政府应急组织系统的结构层级，划分出具有不同应急功能的控制层，并通过协调器与局部控制器将所有资源整合起来，提高整体联动的效率。

此外，还要注意控制方式的灵活性和多样化。大系统规模庞大，往往缺乏灵活性。因此，要增强系统随机应变的能力，对于不同的突发事件要采用不同的控制方式，并要保持一定的控制强度。

（3）功能模拟法

功能模拟法是模拟法的高级形式，以功能和行为的相似为基础，用模型模仿原型的功能和行为的一种方法。比如，电脑就是对人脑功能的一种高级模拟。采用功能模拟法可以将人工智能的方法和技术引入危机控制的大系统中来，建立危机专家智能控制系统。“危机专家智能控制系统”是指把国内外的、各个领域的危机管理专家的知识、技能、方法及其案例都集合起来，建立一个专家智能控制模型，来辅助政府做出应急决策。

一个专家控制系统中一般由案例库、知识获取、推理机、知识利用四部分组成。首先根据突发事件的特征，向专家获取相关知识，然后从危机案例库中搜索出以往的应急经验，并通过推理机器进行分析、推理和判断，最后利用知识，进行信号处理与变换，控制信号给输出政府应急执行机构作为危机决策的依据（图 7-3）。

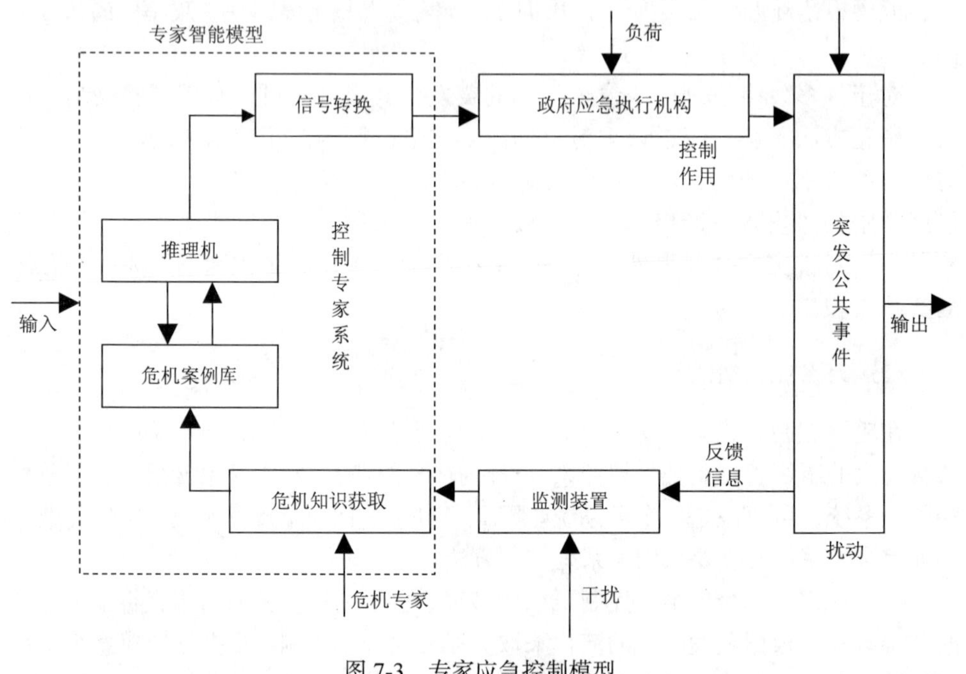

图 7-3　专家应急控制模型

资料来源：涂序彦，1994

三、应对突发公共事件扩散的控制方式

尽管每一种灾变和危机的成因、特点各不相同，但是从危机宏观控制的角度

而言，各种危机之间是相互关联的，它们都有其共性的规律和共同的扩散方式。因此，这就需要我们从系统论的角度去抽象出突发公共事件的共性的扩散方式，并运用特定的应急方式有针对性地加以控制。

在第四章中，我们曾论述过突发公共事件的主要扩散方式。在一定时空下，城市突发事件可以产生不同的扩散方式，主要有积聚促发式扩散、深度蔓延式扩散、区域位移式扩散、异质转化式扩散、连锁式扩散、回循式扩散、辐射式扩散和耦合扩散等。面对这些多样的扩散方式，我们应当有针对性地采用特殊的应急控制方式。下面将具体阐述。

（一）积聚促发式扩散与预防控制、规避

积聚促发式的扩散属于单个事件扩散，事件爆发的方式是瞬间的、突变式的。这一类的突发事件一般持续的时间不长，但其强度和杀伤力都很大，如激烈的大爆炸、地震、瞬间的坍塌事故等。短时间内，事件给社会系统造成的震荡是巨大的，如图 7-4 所示。

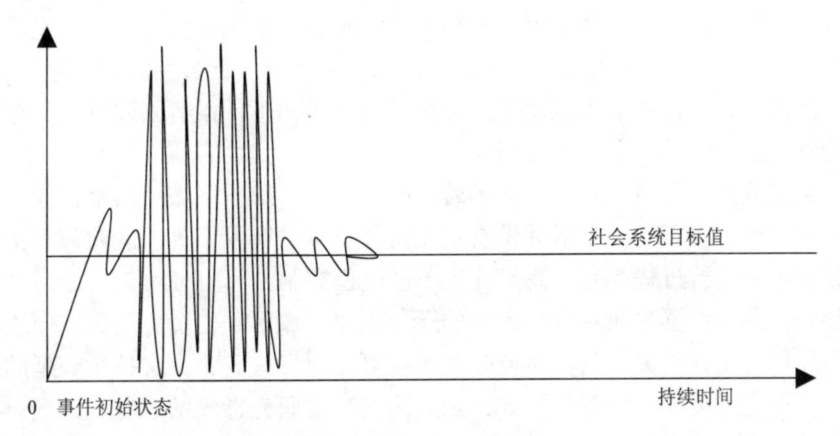

图 7-4　积聚促发式扩散

此外，有些事件虽然结束得很快，但后期对人们心理的影响是长久的，从这个角度来说是一种事后的扩散。如日本广岛原子弹爆炸事件，虽然时间很短，但后期产生的影响深远。

对于这样一种一旦爆发就来势汹汹、强度极大的突发事件，唯一能采取的手段就是预先控制与规避。

首先，要加强对社会风险的监控和预警，要尽一切可能排除所有的风险源和安全隐患，对任何蛛丝马迹都不能放过。因为这类危机一旦发生，根本就无法控

制，如地震、爆炸、房屋桥梁的瞬间坍塌。在灾害发生时，就已经为时晚矣，完全处于被动状态，造成伤害是不可避免的，所以第一步就是预控。

其次，在预警的基础上，要采取规避措施。比如，在预测到某地区将有地震发生时，就应当及时地采取疏散群众、转移财产等规避灾害的措施，在灾害来临之前将人员转移到安全地带，从而最大限度地减少人身和财产的损失。

此外，在预警之前，也不是无事可做，而要做好具体防范措施。比如，为了减少地震来临时造成的损害，除了预测，还可以通过提高城市中建筑物的抗震能力来减灾。也就是说要增强承灾体的抗灾能力。城市中承灾体的承受能力增强了，灾害造成的损失自然就会减少。

（二）深度蔓延式扩散与单项过程控制

深度蔓延式扩散也同样属于单个灾种的扩散。突发事件发生之后，随着时间的推移，其损害的对象逐步扩大，但没有引发其他类型的突发事件，也就是说没有其他致灾因子的介入，只是受灾体的数量在随时间不断增加。比如说火灾，随着火势的蔓延，伤亡的人数和财产的损失越来越多，如果火灾并没有引发其他的次生事件(因为火灾有可能引发煤气爆炸，也有可能引发社会性的动乱等)，就属于这类扩散方式。食物中毒也属于这种扩散方式，该事件没有引发其他类型的突发事件，只是中毒的人数越来越多。

这类扩散是属于缓慢式的，并随着时间的进程，影响区域持续地扩大，灾情也越来越严重。由于此类扩散并没有引发其他类型的突发事件，因此只需集中资源对单个灾种进行过程控制，我们称为单项过程控制。

首先，要集中资源研究这类灾害的运行规律、成因和传播方式，以便于我们防范和预警。比如火灾，就要研究哪些因素可能引发火灾，火灾持续蔓延的条件有哪些，火灾的传播途径等。再如，毒气泄漏，要研究毒气的成分，毒气对人体危害和对生物体的影响等。

其次，由于此类突发事件发生后并不是瞬间的，有一个相对缓慢的扩散期，因此我们可以有时间采用过程控制。比如，对事前、事中、事后分别进行控制。

在过程控制中，先期处置是很重要的，也就是说要尽可能从一开始就将势头遏制住，不能等到势态严重时才控制，因为那时损失已经很严重了。比如，先扑灭了小火源，就不至于酿成大的火灾。如果先期控制不能奏效，就要接着对事件的蔓延期、高潮期分别加以控制，直到事件逐步衰退。

（三）区域位移式扩散与隔离控制

区域位移式扩散主要是指事件从一个时空扩散到了相隔很远的另一个时空。比如,“非典”从一个城市位移到另一个城市，禽流感从一个地区传播到另一个地区，这是从空间角度来分析突发公共事件的。对于这类扩散要采取隔离控制，将其控制在一定范围内，不至于在另一个时空里传播，如图 7-5 所示。

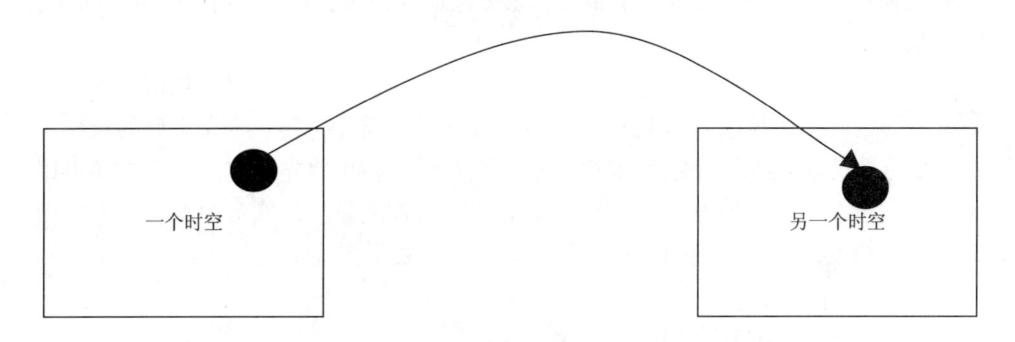

图 7-5　位移式扩散

首先，要找出“传播源”并进行研究。比如“非典”的传播源就是 SARS 病毒。我们第一步要确认的就是传播源。

其次，我们要找出传播载体和传播媒介。位移式扩散之所以可以发生主要是借助于传播载体和传播媒介，载体和媒介可能是有机物(人、动物、植物等)，也可能是无机物(水、空气等)。比如，感冒病毒的传播载体是人，传播媒介是空气和唾液；禽流感病毒的传播载体是候鸟和家禽，传播媒介是空气或其他。

在确认了传播源、传播载体和媒介之后，首先要防止传播源侵入传播载体，接着要将传播载体与其他传播载体、传播载体与传播媒介隔离开来。在“非典”期间，我们通过隔离“非典”病人，可以防止病毒在更大空间里传播。最后，我们还要对一些关键的传播点进行控制。由于传播载体和媒介常常都是流动的，所以我们要对机场、海关、车站、码头等重要关口的关键扩散点进行布控，这样传播源就很难扩散到另一个遥远的国度。很多国家的海关其实都承担了这样一个角色。

（四）异质转化式扩散与跟踪控制

异质转化式扩散是指，原来的城市突发事件(致灾因子)消亡，而引发了新的其他类型的突发事件(致灾因子)。这两种不同质的危害事件表现为时间上的先后性和因果上的关联性。比如，自然灾害之后引发公共卫生事件，经济危机之后引发社会危机，地震之后接着就是海啸。

对于这种一个灾害消亡，又引起另一个灾害的扩散方式，我们要采用跟踪控制方式。比如，人们常说水灾过后往往有大疫，洪水之后，疾病流行是很常见的。所以，要采用跟踪控制，不是简单把水灾处理完就行了，还要有后续的步骤。在自然灾害发生后，一般采取三个步骤：第一，追踪救人；第二，追踪防疫；第三，恢复生产。

跟踪控制的重点在于要追踪第一个灾害发生过程，尤其要跟踪和密切注视第一灾害消亡以后可能引发的其他风险和新的危机。因此，第一个灾害后的重建工作是很重要的。认真做好灾后重建工作，不但可以防止原先的灾害复发，还可以预防和阻止次生灾害的发生。比如，2008 年春运期间发生的雪灾说明，不但要做好防雪灾的工作，还要跟踪雪灾，关注是否会引发融雪性灾害。

（五）连锁式扩散与路径控制

在现代社会，尤其是在城市中，很多灾害是连锁扩散的。连锁式扩散是指原来的突发事件还持续发生，但事件进一步演化，同时引发了相关联的其他类型突发事件的发生。灾害从一个子系统扩散到另一个子系统，接连不断，造成更大范围内的社会危害。比如，2003 年的“非典”事件所连带产生的社会危机。

连锁式扩散是多起事件并发式的扩散方式，根据其扩散的路径可分为单链式扩散、树状式扩散和网状式扩散三种，如图 7-6~图 7-8 所示。

1. 单链传递

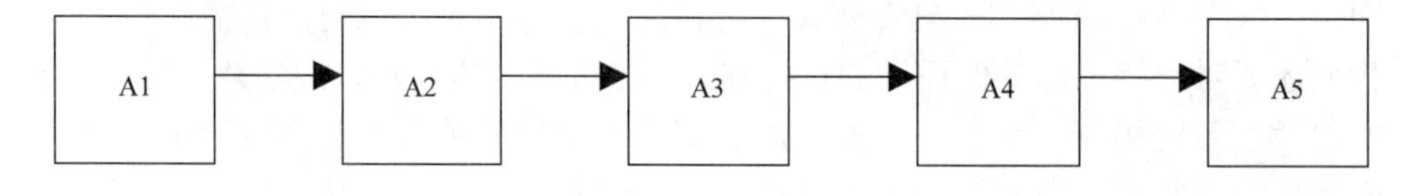

图 7-6　单链传递结构

如图 7-6 所示，单链传递是指依次发生 A1，A2，A3，A4……事件，就像多米诺骨牌一样，A1 事件是引发 A2 事件的原因，A2 事件是引发 A3 事件的原因，A3 又引发 A4……依次传递。

2. 树状传递

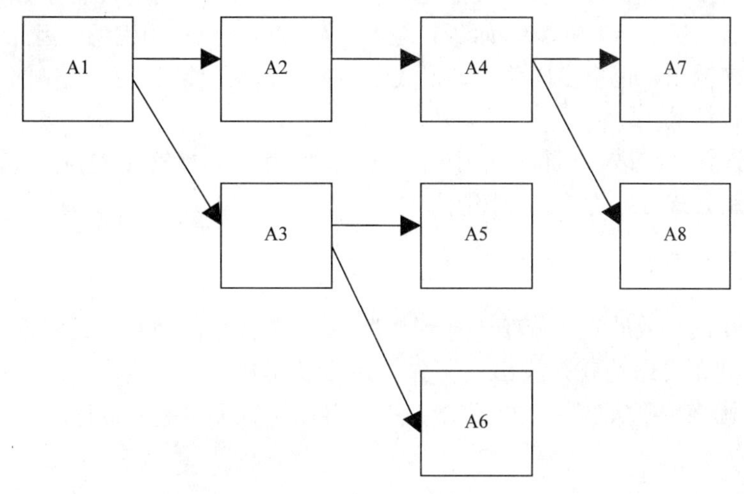

图 7-7　树状传递结构

在连锁扩散中，很多事件并不是单链传递、单向输出的，而是一个灾种引发几个灾种，一个危机事件引发另一个危机事件，另一个危机事件又引起多个危机事件，是多向输出的，就像树干一样，有大量的分叉，所以称树状连锁扩散。比如，由自然灾害引发了政治危机、社会危机、经济危机等。在图 7-7 中，A1 事件引发了 A2 和 A3，A3 又引发了 A5 和 A6……

3. 网状传递

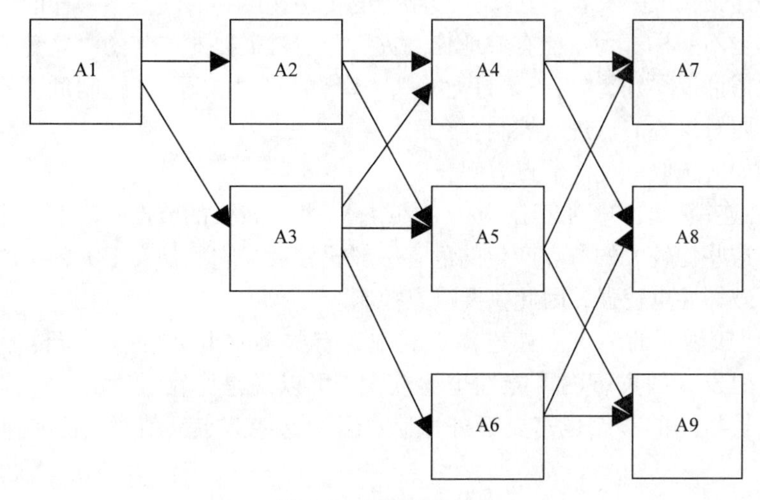

图 7-8　网状传递结构

如图 7-8 所示，网状扩散是更复杂的一种连锁扩散。在网状传递结构中，一个灾种可引发多个灾种，一个灾种也可能是由多个灾种共同作用而引发的。在图 7-8 中，A5 引发了 A7 和 A9，而 A5 又是由 A2 和 A3 灾种引发的。因此，这类扩散既有多向输出，也有多向输入，形成了纵横交错的因果链条，就像网状一样，又称为网状扩散。

由于连锁式扩散在运行过程中可以看成是若干个点所连接成的传递路径，因而对其控制方式可称为“路径控制”。路径控制要把握以下几个方面：

1. 首先是对连锁扩散源的控制

很多连锁扩散的灾害依赖于连锁扩散源（图 7-8 中的 A1），针对这一连串灾害，我们首先要做的就是找出灾害源，并加以控制。有时候，只需要控制住连锁扩散源就能控制灾害扩散的动力。然后再针对每个灾害的传递环节，逐步加以控制。

2. 要对扩散的“主相关链”和“关键节点”进行控制

很多连锁扩散虽然错综复杂，但仍然有一个“主相关链”。所谓“主相关链”是指连锁扩散的主矛盾线，它代表了危机扩散的主方向。打个比方，经济领域内一系列的突发事件，如国际金融风暴、国内通货膨胀、价格上涨、倒买倒卖、股市崩盘、楼市大跌等引发了社会恐慌、群体骚动，甚至政治危机……对于这样的连锁扩散，我们要把重点放在经济领域，把经济领域内发生的一连串事件作为“主相关链”，对其进行重点控制。

很多连锁扩散的灾害，在不同线路上的传递速度和时间是不一样的，控制的代价自然也不一样。为了能有效地控制灾害，自然需要对灾害的“关键节点”进行控制。俗话说得好，“打蛇要打七寸”，“牵牛要牵牛鼻子”，控制危机的扩散也是如此，要对核心节点进行控制。

那么如何选取“关键节点”呢？

1）在连锁扩散中，尤其在网状结构中，一些比较大的节点一般都是比较重要的节点。这些比较大的节点产生的危害一般比较大，它们是众多灾种中威力比较强劲的，破坏性也较强，因此，要重点控制。

2）比较敏感的节点。在连锁扩散中，有些事故虽然很小，但传播的速度比较快，引发大的灾害的可能性也比较大，可以说是比较敏感的。在传递过程中，对比较敏感的节点也需要额外控制，因为这些节点阈值小，传递速度比较快。

3. 对连锁扩散的已受害节点的修复

灾害传递到多个系统，我们需要对已经破坏的系统进行修复。当条件允许的时候，我们可以加固系统的稳定性，增强系统承载体的鲁棒性，也就是说对系统的防御措施进行升级。

（六）回循式扩散与震动控制

循环式扩散是连锁式扩散的一个特例，又是比较常见的一种扩散方式。它是指某一灾害事件的爆发能够引发若干其他灾害事件，被引发的事件又对原有事件产生叠加影响，形成共同放大的效应。比如，火灾引发了爆炸，爆炸又使火势更加凶猛；经济危机引发了社会危机，社会危机又加重了经济危机；物价上涨引发了群体性抢购风潮和社会治安的混乱，而社会秩序的不稳定又进一步加剧了通货膨胀。再如，在美国，房市萎靡带来了消费乏力，信贷市场和证券市场异动带来了融资困难，以中小企业为主力的美国经济正在风险厌恶情绪的酝酿中面临着前所未有的增长阻力。而增长困境的出现会在带来消费者财富下降和企业生存空间缩小的同时，给房市、债市和股市施加循环型的负面影响。在第四章中论述的日本“手纸事件”就是一个典型的循环式扩散的案例。

在连锁扩散中，以两个节点为例，A1 引起了 A2，A2 又反作用于 A1，它们之间是相互影响、相互制约、互为补充、互为因果的关系。从 A1 到 A2，再从 A2 到 A1，形成一个循环回路，如图 7-9 所示。

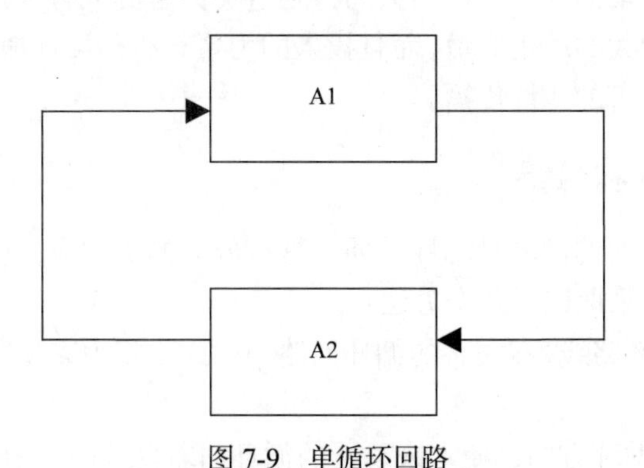

图 7-9　单循环回路

灾害链之间的循环是一种负效应的循环扩散，也可以说是一种放大性的恶性循环。有时候这种循环是在经过了一连串事件后才形成的，有多个节点，可成为大循环。比如，从 A1→A2→A3……→An→A1→A2…… 如图 7-10 所示。

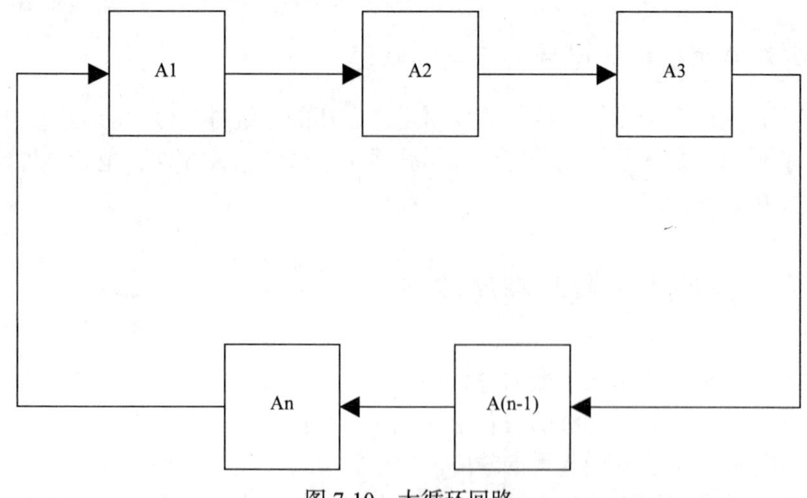

图 7-10　大循环回路

如果灾害是在几个子系统中轮流出现危害，并形成循环回路，那么我们就可以把危害描述为一个振动曲线，对其进行震动控制。震动控制要把握以下几个方面：

1. 对振动频率和振幅的控制

如果灾害的振动曲线的振幅是逐渐减小的，则这种灾害是可以自然消解的。这类灾害只需要适当投入一些力量，控制、修复被破坏的节点即可；也可以增加灾害的传递难度，使灾害的发生频率减小。

如果灾害的振动曲线是不断增大的，则这类灾害的危害性是非常大的。这类灾害就需要投入较大的矫正力量，而且投入的力量至少是要使振幅是逐渐减小的，这样才能控制住灾害的恶性传播。

2. 循环破坏和阻断

由于灾害链之间的循环是恶性循环，具有放大的负效应，所以要进行循环的破坏和阻断。可以采取以下几个方法：

1）要阻断循环路线，在灾害的循环回路中插入干扰力来切断各节点之间的相互共振。

2）可以打破循环方向，使本来恶性的循环向着良性的方向发展。

3）对心理恐慌和传播失衡的控制。有很多循环式扩散是由传播失衡和心理恐慌引发的危机。城市社会是一个环环相扣的复杂系统。任何一个环节都不可能超负荷工作，如果由于信息的不对称，造成误解、流言泛滥和群体性恐慌，人们涌向某些子系统，必然会造成子系统的瘫痪，这样灾害就一个接一个地发生。因此要对不良信息和谣言加以控制，对媒体进行监督，用客观、真实、科学的信息，驱散虚假、夸张、歪曲的信息，构建公平、正义的舆论氛围。

（七）辐射式扩散与源面控制

辐射式扩散是由点到面，呈辐射状的扩散结构。它可能是单个事件扩散，也可能是多个事件扩散。比如，很多放射性有害物质的扩散、核泄漏的扩散，还有一些植物物种的扩散，如水花生的扩散造成水体生态的破坏，都属于单灾种扩散。如果一个事件从一点发生，便迅速在周围引发多起不同类型的事件，在空间上是呈现源面形并层层辐射开去，形成一定的辐射空间，这就是多事件的扩散。

辐射式扩散之所以会发生，既与辐射源的性质有关，也和辐射所在的区域及辐射周边的环境有关。比如，火灾在密集的居民区，由于环境所限，不呈现辐射扩散，但在空旷的野外和广阔的森林，火灾又呈现出了辐射扩散的方式。

在对辐射扩散的控制中，包含着对点和面，即辐射源和辐射面的控制，因此称之为“源面控制”（童星，1990）。源面控制要把握以下几个方面：

1. 首先是对辐射扩散源的控制

一般辐射扩散的灾害事件都有一个发生源。当辐射扩散的灾害依赖于灾害的源泉时，控制住了辐射源，就相当于给灾害釜底抽薪。比如，核泄漏产生的生态环境灾害，就需要对放射源进行调查、控制。只有控制了灾害源头，才能有效地避免灾害的扩散。灾害的源泉，往往是一个系统的薄弱环节，这就需要对这个地方施加额外的安全保障措施。比如，易发生地震的地方，需要提高对建筑的抗震级别要求；易山体滑坡的地方，需要加固或者房屋建筑需要迁址……

2. 对辐射边界和辐射面的控制

(1) 对辐射媒介的控制

灾害的传播途径离不开一定的媒介，对辐射媒介控制的好坏，影响到灾害的传递速度和范围。为了及时地控制灾害，我们需要截断灾害的传播媒介。辐射扩散的灾害主要都是在空间范围内传播的。所以，任何辐射的灾害都要借助于空间上的媒介，比如，空气、水、物品，对辐射扩散灾害的媒介隔绝就能破坏其在空间范围内的传播。

(2) 对辐射扩散的边界的控制(隔离灾害的传递)

辐射扩散的灾害在传递一段时间后，都有一个辐射半径。可以在辐射半径外围构建一圈隔离带，如森林火险的时候，就常常采用此方式，这样可以阻断灾害继续扩散。

(3) 对辐射扩散的面的修复

辐射扩散的灾害如果已经传播了一定半径，就形成了一个辐射面，那么就需要对这个半径内的被破坏事物进行修复。如倒塌房屋的修理、人员心理的干预以及被污染水源的清理等。

(八) 其他控制方式

1. 技术控制——变害为宝

有些灾种，虽然有害，但也可能有利。因此，可以用技术控制，使其变害为宝。以水葫芦为例。水葫芦是一种特殊的植物。水葫芦过多会覆盖水面、堵塞河道、影响航运，如不及时清除，还会阻碍排灌，在汛期阻碍水流。浓密的水葫芦降低了光线对水体的穿透能力，影响水底生物的生长，并增加水中二氧化碳的浓度，降低水产品产量，因此有些学者将之列为“世界十大害草”之一。

但另一方面，水葫芦其实是净化污水的生态功臣，在适宜条件下，一公顷水葫芦能将 800 人排放的氮、磷元素当天吸收掉。水葫芦还能从污水中除去镉、铅、汞、铊、银、钴、锶等重金属元素。利用水葫芦净化污水是一种成本低廉、节约能源、效益较高的简便易行的方法。根据趋利避害原则，我国的一些专家巧妙地攻克了水葫芦再利用的技术难关。他们研究出三种综合利用水葫芦的渠道：通过发酵转化，提高水葫芦蛋白质含量，制成饲料；利用水葫芦中含有大量氮磷钾的特点，制作有机、无机复合肥；从中提取营养素，加工提炼食品、保健品、药品及饲料添加剂。这样一来，水葫芦不但得到控制，而且能变废为宝。

2. 耦合扩散与解耦控制

上面介绍的连锁扩散、辐射扩散、循环扩散其实都是一种耦合扩散的形式。原生、次生、衍生等众多事件与环境耦合在一起，就构成了一种复杂的耦合扩散形式。对于一些复杂的耦合扩散，常常是多回路、多变量的，要达到真正控制并非易事。在工程控制系统中，对于多回路的耦合扩散，会设计出一个解耦器，对其进行解耦控制。一些看似复杂的耦合扩散，其实内在要素之间有着紧密的联系，而解耦器正是利用这些耦合的关联性巧妙地将复杂的耦合化解了。由于耦合器的设计很复杂，涉及众多的变量、参数的配置和多重算子的转化，还需要运用一些特殊的方程和模型，这里就不再一一详述。

综上所述，以上几种应对不同扩散的控制方式不是孤立的，而是相互联系、相互渗透的，在复杂的控制突发公共事件的过程中往往是多种控制方式的结合与并用。在实际的处置危机的过程中，我们还需要灵活地将这些控制方式加以综合和创新，不断积累经验，将危机造成的损失控制在最小的范围内。

案例：贵州瓮安事件与社会控制

一、事件描述

1. 事件发生的时间和地点

2008 年 6 月 28 日下午，瓮安县城发生一起严重的围攻政府部门打、砸、烧的群体性突发事件。一些人因对瓮安县公安局对该县一名女学生死因的鉴定结果不满，聚集到县政府和县公安局，在县政府有关负责人的接待过程中，一些人冲击县公安局、县政府和县委大楼。随后，少数人趁机打砸办公室，并点火焚烧多间办公室和一些车辆，一度还冲击临近的县看守所，整个过程持续近 7 小时。据统计，共烧毁县政府 104 间办公室、公安局大楼 47 间办公室和 4 个门面，烧毁 54 辆车，其中包括 22 辆警车，聚集人数达到两万人。

至 29 日下午，在贵州省公安局的强力措施之下，经过州、县各级干部、公安民警、武警官兵大量辛苦的工作，县城秩序才基本恢复正常。

2. 关于“6·28”事件的缘起和经过

(1) 李树芬溺水死亡事件

2008 年 6 月 22 日凌晨 0 时 27 分，瓮安县公安局 110 指挥中心接到报警称，在县西门河大堰桥处有人跳河。雍阳镇派出所接到 110 指挥中心指令后，迅速派值班民警赶赴现场，并通知 119 人员赶赴现场。民警赶到现场立即开展救捞，因天黑施救条件有限，经持续紧张工作，于凌晨 3 时许将溺水女孩打捞上岸后，急救人员证实其已死亡。经向在场报警人王娇、刘言超、陈光权询问得知，溺水女孩名叫李树芬，1991 年 7 月生，系瓮安县三中初二(六) 班学生。6 月 22 日 7 时 40 分许，雍阳镇责任区刑警队又派人员进行了现场勘查、尸检和调查工作。

（2）李树芬死亡后有关部门的处理经过

瓮安县公安局根据调查结果，认为李树芬死亡一事系自已跳河身亡，属自杀，不构成刑事案件，并将调查处理意见及时告诉了死者家属。死者家属不能接受，认为有奸杀的嫌疑，要求进行DNA鉴定。6月25日下午，黔南州公安局派出法医赶到瓮安对死者进行复检，系溺水死亡。死者家属当时表示认可，但不安葬死者，要求公安部门责令王娇、刘言超、陈光权等人赔偿50万元。

6月26日，经县工作组多次做工作，死者家属表示同意县工作组的协调意见，答应在6月28日签订协议了结此事。但6月28日16时，死者亲属邀约300余人打着横幅在瓮安县城游行。由于当日正是周六，街上人较多，部分群众尾随队伍前行，人越来越多。16时30分许，游行人员到县公安局办公楼前聚集。公安民警拉起警戒线并开展劝说工作，但站在前排的人员情绪激动，有人用矿泉水瓶、泥块、砖头袭击民警，并冲破民警在公安局一楼大厅组成的人墙，打砸办公设备、烧毁车辆，并围攻前来处置的公安民警和消防人员，抢夺消防龙头，剪断消防水带，消防人员被迫撤离。20时许，不法分子对瓮安县委和县政府大楼进行打、砸、抢、烧。

在“6·28”事件中，群众被少数不法分子煽动，导致事态扩大。目前，经公安机关的初步侦查发现，在直接参与打、砸、抢、烧为首的人员中，多名是当地恶势力团伙成员，现已抓获50余人，案件侦破工作正在进行中。

（资料来源：金黔在线讯 http://www.sina.com.cn 2008年06月30日08:31）

二、原因分析

这次群体性事件，导火索是女中学生的死因争议，但从一起单纯的民事案件酿成一起严重的打、砸、烧群体性事件，其中必有深层次的因素。归纳起来共有以下三个方面的原因：

1. 社会风险的不断积聚

从社会风险到群体性事件的发生，其间必有一个风险积聚和扩散的过程。在瓮安县，一些社会矛盾长期积累，多种纠纷相互交织，矿群纠纷、移民纠纷、拆迁纠纷突出，干群关系紧张，治安环境不好。《瞭望东方周刊》调查发现，在此事件之前，瓮安群体性冲突不断，每爆发一次，政府威信就减少一分，沸腾的民怨，早已将瓮安县政府推到火山口上。因此，这起事件看似偶然，实属必然，是社会风险不断积聚的必然结果。

一般而言，每个社会人都是理性行动者，其行为都有目的性，遵从趋利避害的原则。但是，由于每个人的利益、偏好、预期和选择不同，个体集合的行动就可能偏离或违反集体的和社会的理性目标，由此产生社会风险。而所谓风险控制，就是通过理性的社会控制，使风险最小化。在现代社会，每个人都是社会复杂系统的一个节点，每个人的个体行为都有可能因偏离或误差给社会带来危害。因此，在风险积聚的过程中，要将个体行为的异动化解在萌芽状态，扼制风险进一步扩散。

2. 地方官民矛盾的长期积压

家属对公安局死因鉴定结果不满在很多地方并不少见，然而这一次在瓮安县却引发了大规模暴力冲突，引起了中央关注和总书记的亲自批示。事实上，瓮安地方群众的普遍不满并不是这一次孤立事件造成的，而是地方官民矛盾长期积压的结果。这次事件表面的、直接的导火索是李树芬的死因，背后深层次原因却是瓮安县政府在矿产资源开发、水库移民安置、建筑拆迁、国企改制等工作中侵犯群众利益的事情屡屡发生，而在处置这些矛盾纠纷和群体事件过程中，一些干部作风粗暴、工作方法简单，甚至随意动用警力。他们工作不作为、不到位，一出事就把公安机关推上第一线，群众意见很大，不但导致干群关系紧张，而且促使警民关系紧张。有一些矛盾久拖不决，群众利益诉求难以得到及时、满意的答复，社会矛盾一触即发。

可见，瓮安县官民矛盾的长期积压，才是造成“6·28 事件”的根源。在这一点上，瓮安县委、县政府、县公安局和有关部门的领导干部都负有不可推卸的责任。

3. 地方黑势力的长期横行

瓮安县作为经济欠发达地区，长期以来地方黑势力盛行。瓮安黑帮最主要的收入来自于矿厂，或收保护费，或入干股，常常也帮助矿老板打退因种种原因前来索赔的当地居民。其中，“玉山帮”是瓮安实力最大的帮派，很大程度上是因为玉山镇是矿厂最集中的镇之一。“玉山帮”把守着玉山镇所有出入路口，每辆车进出，都会被提着马刀的“玉山帮”成员拦下，并严格盘查。

在当地，由于黑势力的长期横行，并有利可图，导致了警察与黑势力，黑势力与商人相互勾结。瓮安的少数党政干部缺乏危机意识，更缺乏党性和正气，成为黑恶势力的“保护伞”，导致了干群关系紧张。为了需求自保，当地的很多居民和一些学生也加入黑帮组织，整个社会秩序陷入混乱。

三、给我们的启示

一起普通的民事案件却演变成上万人聚集的恶性事件，这的确值得我们进行深刻的反思。就社会群体性事件而言，必须从社会结构层面，进行深层次的思考，找出问题的病根所在，才能维护社会的长期稳定与和谐。

首先，加强社会控制，防止群体性事件的发生，必须建立常规的防范风险的预警机制。

很多群体性事件的发生，都有一个风险积聚的过程，是从量变到质变的结果。在风险扩散的过程中，任何一件小的事情都可能成为导火索，从而引发严重的社会事件，瓮安事件就是如此。其实，每一个群体性事件都有着深刻的社会根源，有的是源于利益矛盾，有的是种族矛盾引发，还有的是文化冲突使然。所以，我们不能等事件爆发再进行被动的强力控制，这样往往只是暂时的缓解，是治标不治本的，而且代价也很大。因此，我们要深刻剖析不同社会风险的发生机理与传播机制，建立常规的风险预警体系，进行追踪控制，将风险化解在萌芽之中。

其次，加强社会控制，需要政府以身作则，不断提高自身的诚信度和政治合法性。

在社会控制中，政府作为主控制的官僚体系，必然要具备政治的合法性，否则就会激发民怨，引发社会冲突。政府的政治合法性是与其诚信度成正相关的，诚信度越低，其政治合法性就会动摇，社会控制的难度就越大。政府中的官员是老百姓选举产生的，所以必须要秉公执法、严于律己、对百姓负责，只有这样才能切实维护自身的控制地位。

再次，加强社会控制，化解官民矛盾，需要政府以群众利益为重，营造和谐的制度环境。政府要广泛听取意见，切实解决工作中存在的突出问题和涉及人民群众切身利益的问题。要对信访、治安、民事、刑事等历史积案逐一清理，尽快结案，及时化解社会矛盾。要把解决民生问题作为第一要务，切实做到“权为民所用，情为民所系，利为民所谋”。

此外，加强社会控制，还需要和谐的系统环境。在成熟的民主国家往往都有公众参与政治决策的合法化环境。要营造和谐的社会环境，必须从制度上保证地方政府对地方人民负责，地方人民或者直接参与地方决策，或者通过名副其实的选举保证民意代表在决策过程中充分反映选民需求，进而监督政府执法部门，这样才能真正保护人民的合法利益。

第四部分　应急控制与城市和谐

第八章　反控制、控制优化与城市和谐发展

城市应急管理与控制是一项极其复杂的系统工程。有句俗话：“哪里有压迫，哪里就有反抗。”这在控制论中，也同样适用。就控制而言，多少带点压迫的成分。控制哲学告诉我们，有控制就有反控制，尤其是在应急控制、危机控制中，反控制就表现得更加明显。反控制的出现，削弱了控制的力度，出现了难以控制、不受控制和失控的局面。因此，要想克服和战胜反控制，就必须优化系统，尤其是优化司控系统，强化控制力度和控制的精确度，来实现社会的和谐发展。

一、突发公共事件与反控制

不论是常规控制，还是非常规控制，在控制过程中不可避免地会出现难以控制、阻碍控制、反抗控制的行为和现象，我们称之为反控制。特别是在社会控制中，由于受控系统和对象不是工程系统中的实物、元件，而常常是与人类有关的社会行为、社会心理和社会组织，因而反控制是不可避免的。在应急控制中就更是如此，反控制是一种必然现象，有其特定的原因和特征。

（一）反控制是应急控制中的必然现象

我们知道，在应急控制中，司控系统所实施的控制对象是突发公共事件，突发公共事件的复杂性和多变性，必然决定了控制过程不可能一帆风顺，一定存在着很多干扰和阻力，因此，在应急控制中，反控制是一种必然现象。

首先，从系统哲学的角度看，有控制就有反控制，正如有作用力就有反作用力一样，只是反作用力有大有小而已。反控制是与控制相对的，反控制是对控制的一种反作用力。如果反控制力过于强大，就会出现难以控制，甚至无法控制的局面。在一切社会控制中，反控制是不可避免的。社会系统不同于其他系统，社会系统规模庞大，各要素之间的关系纷繁复杂，很多控制行为都不是单独存在的，它们往往受到与其方向相反、作用相对的某些行为的冲击和干扰，所以反控制必然存在。更重要的是社会系统中有人的参与，人是社会系统中最为活跃的要素，对人的控制是社会控制的重要内容。但人对人的控制又是最为多变和最难控制的，人的主观性往往是反控制的直接动因。

其次，就受控对象的性质看，突发公共事件本身就是反控制的产物。从系统论的角度看，突发公共事件是在特殊的情况下，由于城市系统的内部条件和外部环境发生急剧变化，系统的稳定性和常规可控制性遭到破坏，系统的行为出现异常情况而发生的一类复杂的危害事件，该过程也是系统内的一些事物发生质变的过程。可见，突发公共事件的发生是系统的常规可控性失效或失灵的表现。在城市日常管理和维护中，存在着很多潜在的社会风险和社会问题。如果问题长期得不到解决，很多的安全隐患不能够及时地排查，日积月累风险会不断积聚，问题会越来越多，最终会以危机的形式爆发出来，这时，常规控制往往就会失去作用。所以，突发公共事件是反常规控制的产物。

再次，在对突发公共事件进行控制的过程中，也容易出现反控制。在突发公共事件爆发后，对其进行的控制是应急控制，它属于非常规控制的范畴。由于时间急迫、信息有限(信息不完全、信息不及时和信息不准确)，决策者自身素质和专业技术严重匮乏，在应急过程中，一般的技术设备往往失灵，特别需要一些高精尖的技术及设备。在控制程序上，应急控制常常采用非程序化和模糊控制手段，这样的控制方式风险大，结果难以预料。因此，在应急控制过程中，控制效果就很难保证，反控制不可避免。

在控制过程中，对于控制力与反控制之间的相互作用关系可以借用下面的曲线图来表示。需要说明的是，不是控制力度越大越好，而是要控制到点上面，恰到好处，当然没有控制力也是不行的。

第一种情况：控制力与反控制力成正比，如图 8-1 所示。

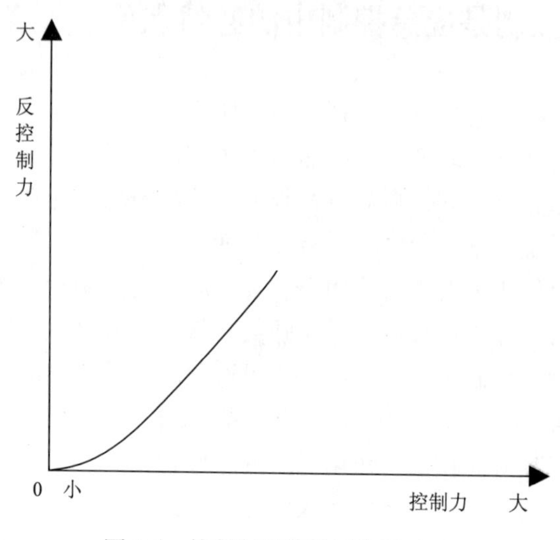

图 8-1　控制与反控制正比图

随着控制力的不断增大，反控制力也在不断增加。在现实生活中，这样的现象也很多，例如，对橡皮筋拉力越大，则皮筋的张力也越大；弹簧也是如此，对它的压力越大则弹力也越大；资本家对工人的剥削越深，工人的反抗和斗争就越激烈。对于这种情况，控制力是不能无限扩大的，因为反控制力在不断增强，容易造成系统崩溃。在解决社会问题的过程中，如果只是一味地压制民意，一味通过暴力去镇压民众，那么大众的反控制就会越强烈，一旦压力达到一定的程度，就会爆发严重的社会冲突，反而激化矛盾，不利于问题的解决。因此，控制力不能无限地加大，在达到一定的强度后，要适当地转变控制方式和手段，来疏导矛盾解决问题。

第二种情况：控制力增加，反控制力逐步减少，并趋于缓和，如图 8-2 所示。

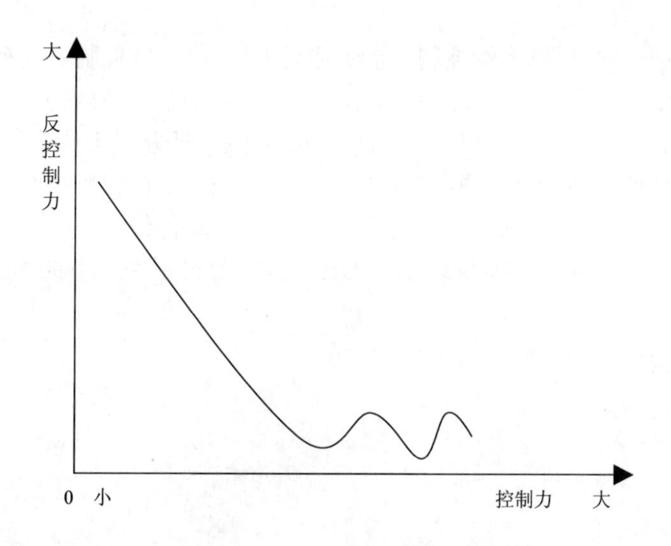

图 8-2　反控制减弱型

随着控制力的不断加大，反控制力逐渐减少，在控制力达到一定值后，反控制力在一定的小范围内上下浮动，并慢慢趋于缓和。这说明随着控制力的介入，控制起到了较好的效果，反控制力受到了制约。在现实的应急控制中，这种情况是我们乐意看到的，这说明此时的控制方式得当，控制手段合理，控制效果也较明显。

第三种情况：理想型控制，如图 8-3 所示。

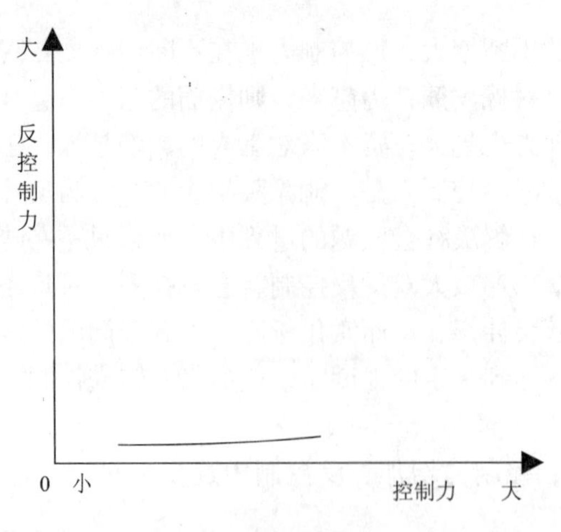

图 8-3　理想控制型

随着控制力的增强(当然控制力也不能无限增加)，反控制力没有发生变化，几乎是没有反控制力(趋于坐标中 0 的位置)。在奴隶社会，奴隶主完全拥有奴隶，对其有绝对的控制和支配的权力，而奴隶只有绝对的听从，几乎没有反抗的能力，就是属于这样的控制情形。现实生活中，一个人完全掌控着另一人，而另一人绝对地服从和听命，也是如此。如果我们将突发公共事件作为控制对象，反控制是常见，而绝对的被控制却是很少的， 因此，在应急控制中，这种情况属于理想型的控制。

第四种情况：失控型，如图 8-4 所示。

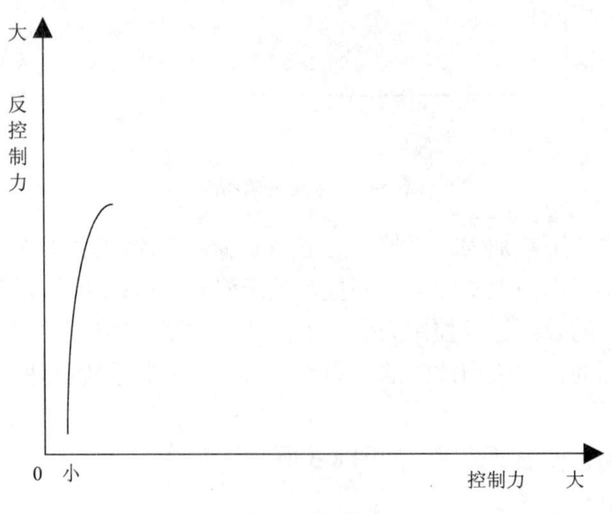

图 8-4　失控型

反控制力是在不断增加的，而控制力没有改变，几乎处于为 0 的状态。这表明反控制力量越来越强大，而控制力却使不上，对被控制对象几乎失去控制，也就是我们所说的失控状态。在应急控制中，如果反控制力量过于强大，并造成了现有系统的严重破坏，加之现有控制技术匮乏，就很容易形成失控的局面，这也是我们所不愿意看到的情形。

就失控而言，其产生的原因有很多种，也有很多种不同类别的失控，可以大致归纳为下面几种情况。

第一种：技术性失控。技术性失控是由于管理技术原因造成的。这里可以分成三种情况，第一种情况是技术缺乏。就是说失控是由于缺乏必要的科学技术手段造成的。在应急过程中，一般的技术设备往往失灵，特别需要一些高精尖的技术及设备，因此技术显得特别重要。在突发公共事件爆发时，常常会因为专业预警技术的严重匮乏而无法预见和预测事件的发展趋势及其可能造成的后果，所以一系列的应急措施会失去目的性，不能够有的放矢，从而导致失控。第二种情况是技术滥用。任何一种技术都有其特定的适用条件、实施用途和使用范围，一旦超过自身的使用途径和适用条件，也就失去了作用力。一些技术一旦不加控制，到处滥用，常常会引起灾害性后果，甚至威胁整个人类社会。比如，克隆技术在人体上的滥用会引发社会重大伦理问题，影响社会和家庭的稳定，必须加以控制。再如，核技术的滥用，会造成核泄漏，引发核战争，人类对于技术滥用而酿成的自然灾害和社会灾害的苦果必须由人类自己来承受。第三种情况是管理不善。这种情况既与管理技术相关，也与人的主观能动性相关。管理不善可能是由于技术原因引起的，也可能是管理工作者没有充分发挥自己的主观能动性，不能充分掌握技术或者是疏忽大意而造成的失控。在应急管理中，一些处置事件的人员并没有完全掌握相关的技术要领或者麻痹大意，玩忽职守，让小事件酝酿成了大危机，一发而不可收，导致全面的失控。

第二种：制度性失控。制度性失控是由于制度的不完善而引发的失控。首先，在当今的社会转型时期，很多的突发公共事件是由于制度变革和政策调整引发的。在体制转轨、社会变革和观念更新的背景下，城市的经济政策、保障制度都还不完善，容易激发社会矛盾。目前我国很多的社会群体事件，无论是从整体形态、组织的运作，还是从个人的缓解渠道来看，都与现有制度的不完善、利益政策调整的不科学、不合理息息相关。其次，在控制突发公共事件的过程中，常常由于应急体制、应急机制和应急法制的不完善而导致资源不能有效整合、各部门之间推诿扯皮的现象，从而不利对事件的处理和控制，严重时会引发失控。

第三种：社会结构性失控。社会结构性失控是由于社会结构的不合理引起的。郑杭生(2004)等认为中国社会的结构性断裂导致社会各阶层和群体之间难以达成共识，无法进行广泛的社会动员和有效的社会控制，不利于社会风险的防范与控制。孙立平(2004)认为 20 世纪 90 年代以来的中国社会是一种“断裂”的运作逻辑，改革初期的资源扩散和到一定程度的资源重新聚集，导致社会结构的两极分化，改革的成本分摊与利益分配之间的矛盾日趋激烈，政治权威的合法性危机日益显性化，人们对于权威的认同程度在不断下降，对抗政府政策法令的技巧已达到炉火纯青的地步，中央政府关于国计民生的重大决策无法顺利施行，怀旧心理在一些地方滋生蔓延，更普遍存在的是一种逆反现象，凡是来自上边的意图、决定，都会引起一种出自本能的反感和自发的抵制，从而引发社会结构性失控。我国目前的社会结构是上层实体化、下层碎片化，容易引发社会矛盾和社会性失控。

通过控制与反控制的关系曲线可以看出，一旦出现强烈的反控制，其后果大致会有三种情形：第一，加大控制力度；第二，采用更合理的控制手段和方法；第三，无法控制和失控。其中，第三种情形是我们最不愿意看到的情形。

（二）应急控制中的反控制特征及其表现

应急控制的对象是突发公共事件，事件的复杂性决定了突发事件本身就具有反控制特性，危机事件之所以难以控制就在于危机事件具有较强的反控制特征，这些特征可以归纳如下：

1）突发性。突发性是危机事件最基本的属性，同时突发性也是反控制的特征。许多危机事件很难控制或造成失控，一个最重要的原因就是事发突然。在控制危机的过程中，往往还会出人意料地有一些其他突发事故发生，不断干扰事件的处置。

2）连锁性、扩散性。突发公共事件具有连锁扩散的特点。在前面的章节中曾经归纳了突发公共事件不同的扩散类型，事件不仅有不同的扩散方式，而且常常是连锁式的，一个事件引发多个事件，小事件引起大危机。正是由于危机具有连锁扩散性，才使得事件具有反控制的特征。

3）混沌性、模糊性。危机事件常常具有非线性、模糊性的特点，这些特点使得人们对事件发生机理和内在规律在短时间内很难有一个清晰的了解，从而也就很难有效地预测事件发生的时间、地点和控制事态的发展。

可见，危机事件本身的特性也使危机事件表现出难以控制、无法控制和反控制的特征。

此外，危机事件之所以具有反控制的特性，还与事件的内部因素和外部因素密切相关。危机事件的内部因素可以分为客观因素和主观因素两方面。客观因素是指由物的作用引发的一些不安全因素，是潜伏在即将发生重大事故的物体本身内在的某些安全隐患。比如，火药、钢瓶等易燃易爆物品。主观因素是指由人参与的，带有主观的破坏、反抗的社会性反控制行为。比如，群体性事件、政治暴动、动乱等，这些反控制行为的发生直接源于人的主观因素。事件的外部因素主要是指环境因素，包括自然环境和社会环境。自然环境的恶化和社会环境的不稳定都是造成危机事件难以控制、反控制的原因。

在控制危机事件的过程中，常常会出现事态不但没有好转，反而进一步恶化的情况，这主要是反控制在起作用的原因。在实际处置突发公共事件的过程中，引发反控制行为的原因有以下几个方面：

1）地方保护主义引起的反控制行为。在危机发生后，一些地方政府，常常"捂盖子"刻意隐瞒真相，怕家丑外扬。一些地方官首先考虑的往往是当地的名声、小团体的利益和个人的政绩，将大众的利益和国家利益抛之脑后。这种情况在矿难事故中屡屡出现，是地方对抗中央的反控制行为，这种行为不但不利于危机的处置，而且还会在社会上产生恶劣的影响，造成社会的不稳定。

2）流言谣言的煽动引发的反控制行为。这一点在前面已经多次论述。 在危机的处置过程中，谣言的肆意传播都是导致危机恶化的重要原因，同时也是引发反控制行为的诱导要素。比如，在 SARS 期间，流言引起了很大的社会性焦虑和恐慌，不稳的社会心理必然会引发群体性的骚动和反控制行为，像抢购风潮。因此，控制谣言、监督媒体显得十分重要。

3）群体矛盾引发的反控制行为。在危机处理过程，往往一些平时没有显现的群体矛盾此时也会变得异常明显。这些群体矛盾可能是物质利益冲突，也可能是意识文化形态的对立；可能是国内矛盾，也可能是国际矛盾。此外，国内外的一些反对势力还会乘机发难，激化群体矛盾，最终会导致反控制的行为的发生。

因此，对于危机中所表现出的反控制现象，我们要查明原因、排除干扰、总结经验、探索规律，进行合理科学的控制。

二、控制优化与城市和谐发展

不论是工程控制、生物控制还是社会控制，都涉及一个控制优化问题。正是由于受控对象——突发公共事件具有反控制的特性，所以我们必须优化应急控制系统，尤其是司控系统。通过提高系统控制的效率、准确度、稳定性和经济性，来达到系统的优化和社会的和谐。

（一）对应急司控系统的优化

对于受控系统——危机事件而言，它随时随地都可能发生，有着不确定性和随机性，所以谈不上优化的问题。对于主控系统（司控系统）而言，它是以政府为主导的应急组织系统，是一个由人—机—环境制度组成的相对稳定的管理系统，因此，必然存在一个优化组合的问题。通过对主控系统的优化可以提高应急处理系统的可控性、稳定性、鲁棒性、快速性、准确性和可靠性，可以在资源整合的基础上最大限度地控制危机事件的发生、蔓延和扩散。当然，司控系统的优化和整合必须要围绕受控对象展开，受控对象（突发公共事件）的演化规律和扩散特征是我们设计、建构和优化司控系统的主要依据。

优化原则就是要发挥系统整体的运行功效，在应急处置过程达到最优状态。政府应急控制系统作为一个复杂的管理系统，在危机处理过程中当然要追求最佳的防控效果和处置方法，使系统的应急联动在运行中达到最适当的有序状态。因此，需要达到下面的基本要求：

第一，系统设计力求最优。一个应急处理系统能否被最优设计，是其能否发挥良好的效能和维护社会持续稳定的重要前提。因此，要对应急系统的人、财、物、制度环境等资源进行有效的整合，使各部分的功能服从于系统的整体目标，这是优化的基本要求。而且，随着时间的推移和事态的变化系统能在动态上不断调整结构，并经常保持有序的最佳状态。

以城市为例，在应急人力分布上要以社区为中心，市区为重点，以郊区和城乡结合部为依托，以周边城市为屏障，构筑城市的防控体系；在防控要求上要突出人防，完善物防，发展技防，实行优势互补，不断健全应急管理的体制、机制与法制建设；在系统运作上，以城市应急联动中心为龙头，以现代化通信交通手段为纽带，以布局合理的治安监控点为依托，按时间和地域科学地分配人力、物力和财力，把控制力量放在突发事件和问题多发的时间和空间里，坚持巡逻、守候、堵截、检查、清查等日常化措施。努力达到“五不失”要求，即事不失管，人不失控，物不失看，线不失巡，岗不失人（李锡海，2000）。这样的系统设计就会相对全面且适用，达到了优化的要求。

第二，系统运行力求最优。应急控制系统需要在运行上下大力气，要使系统适应不同环境下的应急决策、指挥、信息处理、处置和报警求助的需要，并与城市“点”、“线”、“面”的防控机制相结合，使整个系统的控制达到高度灵活、快速反应和运转高效的要求。在应急过程中，各个运作过程之间不是孤立的，而是相互联系、动态沟通的。所以，要处理好监测预警机制、应急信息联动机制、指挥决策机制、分级响应机制、公众沟通与动员机制、奖惩机制和恢复机制之间的协调与沟通，实行协同运作。运行优化要求整个控制过程成为一个有序运动过程，在这个过程中要做到信息灵通、反馈准确，从而不断向最优运行结果靠近。

第三，系统日常管理力求最优。平战结合是应急管理的基本原则，因此，在常规状态下，系统的日常维护是必需的。系统在平时维护和管理的好坏，关系到系统在应急状态下能否发挥出应有的作用。在常规的管理中，我们要力求系统状态到达最优，实行严格的规范化管理，明确各个岗位职责、权利和义务，凡管理不到位、防范措施不落实的，要承担相应的责任。因此，系统日常维护的优化是系统高效运行的重要保障，是系统应急时发挥良好效能的关键，是系统运行结果达到最优化的保证。

除了要遵循上述的基本要求，对应急司控系统的优化要做到以下几个方面：

1. 对系统硬件的优化

系统硬件主要是指在应急管理过程中，控制、监测风险危机所必须具备的公共设施、技术平台和操作系统。对硬件系统的优化主要是指利用核心技术，开发用于综合减灾的计算机系统来提高应急管理的效率。

目前我国许多城市在配备专职人员的基础上建设了相应的操作系统和应急技术平台。许多发达城市，还新建了现代化的应急指挥中心和配套的大屏幕电视墙图像控制系统、有线无线指挥调度系统、110 报警服务系统、GPS 卫星定位系统、信息处理系统等。如南宁市成立了第一个应急联动中心，并专门核定了编制，其应急联动中心由 15 个子系统组成，由摩托罗拉公司负责系统设计和技术总集成，国防科技大学提供技术支持，国内相关部门和企业开发研制相关系统软件。深圳市成立应急指挥中心，也有独立的职责定位和技术平台，其应急指挥系统由深圳中心通信公司建设，该系统终端和 MCU 可采用以太网、专线（DDN/FR）直接接入，提供的终端为 IP/E1 双模式的，采用公安 350M 集群呼叫系统，为实现应急指挥的下情上报和上令下达奠定了技术基础。

在城市中，灾种繁多，自然的、人为的交互作用，每时每刻都可能发生危机，因此想要在动态上实时监控城市的每一个角落，必须要借助高端的技术平台。在城市防灾网络系统中可以采用遥感技术和地理信息系统（GIS）来进行系统优化，提高运行效率。遥感技术集中了空间、电子、光学、计算机通信和地学等学科的最新成就，是当代高新技术的一个重要组成部分。GIS 是由计算机程序和地理数据组合而成的空间信息模型，可以动态采集、分析、处理空间地理信息。遥感技术与 GIS 的结合并在减灾领域的应用能突出效益、发挥遥感全天候、全天时、动态监测的能力。在灾害管理和应对中，运行这些技术可以进行灾害监测、风险预警、灾情评估和决策支持等，大大提高了应急管理的效率。

每个城市经济发展水平不同，在硬件投入上会有所差距，每个城市应当根据自身的实际情况因地制宜地完善应急网络平台，不断使系统向最优化接近。

2. 对系统软件的优化

对应急管理系统软件的优化主要是指对应急管理的体制、机制、法制等相关要素的优化。体制的不完善、机制的不合理以及法制的不健全，使得应急管理的整体效率低下。比如，很多城市都在建立应急联动中心，但应急中心的地位、职责、权限、行政级别的定位仍然十分模糊，导致公安、消防、医疗急救等应急联动单位之间缺乏持续性的配合。

就法律而言，我国缺乏总体的一般危机管理法律的指导。面临特大的灾害事件时，又没有一个完整的紧急状态法律可循。在国外，许多国家都有一套较为完整的应急法律体系。比如，日本有《灾害对策基本法》，美国有《国土安全法》，俄罗斯有《俄罗斯紧急状态法》。目前，我国许多的应急法主要分散在不同灾害法中，如《中华人民共和国气象法》、《森林法》、《防洪法》、《国防减震法》、《环境保护法》等，没有一个统一的应急处理的根本法。许多刚刚颁布的应急法规和规章又仅仅是针对不同类型的突发事件分别立法的，难免出现冲突，而且各部门都是根据自己所负责的事项立法，“各扫门前雪”，缺乏有效的沟通和协作。由于缺乏这样一个基本的龙头法，从而大大降低了处理突发事件时的协作和合力。因此，当务之急应该抓紧制定紧急状态法，完善有关突发事件应急的专门法律、行政法规，形成一个完整的应急法律体系，让政府在应急管理中有法可依。

就预案而言，许多城市的应急预案只是流于形式，预案的内容模糊，缺乏具体的实施细则和相关办法，不具有实用性和可操作性，甚至有些预案根本没法操作。在企业中很多应急方案都是从局部行业的角度出发而制定，往往缺乏系统性、全面性，没有形成完整的体系，在应对像“非典”这样的综合性突发事件时就会显得力不从心。

对预案的完善和优化就是要增强预案的实用性和可操作性，提高预案的质量。一个预案的完善程度反映了政府综合处置突发事件的能力。对应急预案的优化是一个动态的过程，从预案的制定、预案的执行到预案的更新，都是一个动态发展的过程。预案的动态运行流程如图 8-5 所示。

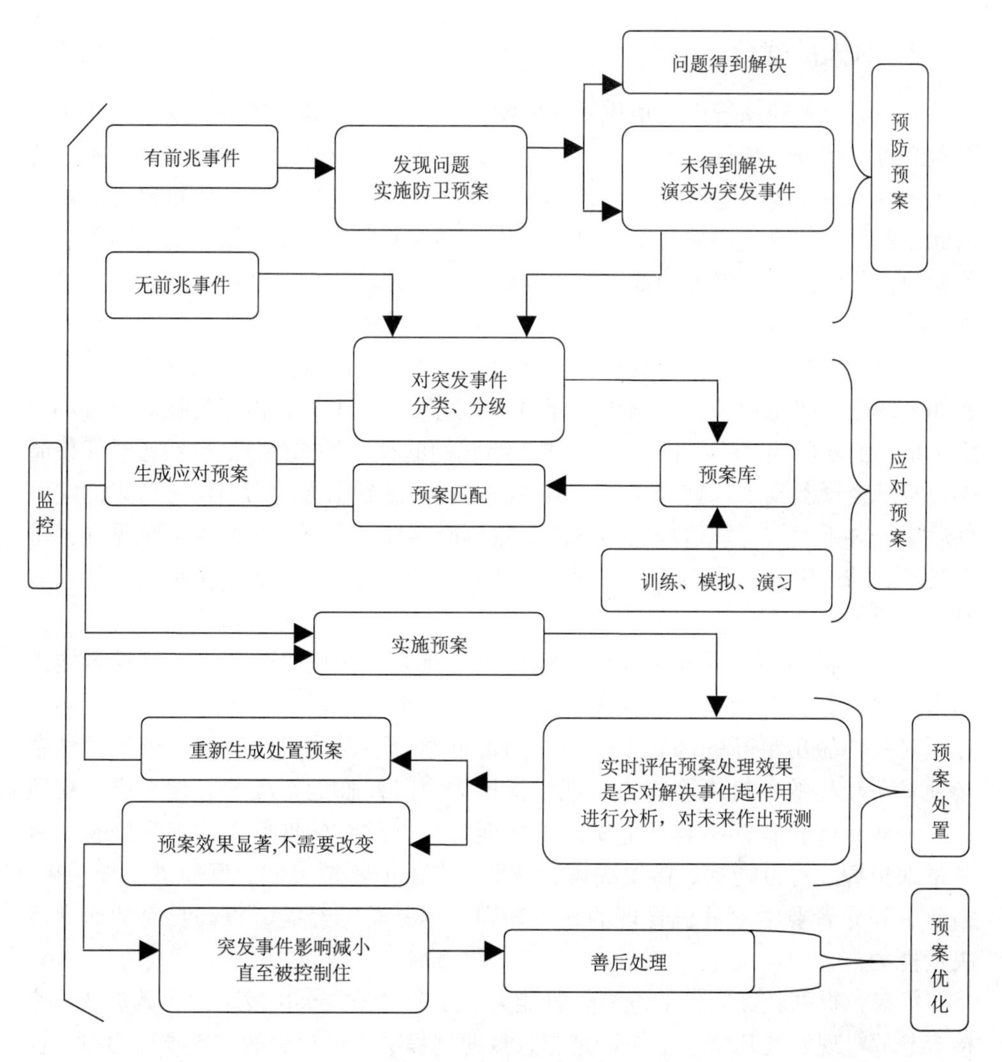

图 8-5 预案动态运行

资料来源：赵红等，2006

如图 8-5 所示，整个预案的运行贯穿了突发事件发生和响应的每个过程。在这一过程中，预案不是一成不变的，它要根据突发事件的发展势态，及时地更新和调整，不断地修正、完善、更新、优化，并及时地丰富预案库。

与硬件相比，我国目前城市应急管理体制的软件建设还显得比较落后，需要在实践中不断完善。

3. 对人的优化

人在应急司控系统中是很重要的要素。人在应急控制中作为决策因素和执行因素既可以促进系统较优的运行，也能成为系统运行的障碍，破坏和干扰系统的正常运行。人作为有意识的主体，其一举一动都会对危机事件产生重要的影响，因此，对系统的优化必然要对人进行优化。对人的优化主要是指提高人的危机防范意识，危机的决策能力、处置能力和执行能力等。

第一，提高危机管理者的风险意识与危机预见能力。应对危机的第一步就是对危机的预警和防范，精密的仪器和高超技术固然可以预测危机的发生，但管理者如果缺乏危机意识和危机的预见能力，对危机视而不见，再好的技术装备都无济于事。在2008年春运期间的一场雪灾给我们的教训是深刻的，虽然通过气象遥感技术已经预测到了暴雪的来临，但并没有能预见到南方的大雪可能带来的灾害性后果，对于大雪可能造成大面积的电路瘫痪这样一个后果，政府的预见能力是极其不足的。因此，我们要培养危机管理者的风险意识和危机预见能力，提高应对危机的主动性。

第二，提高领导者和指挥者的危机决策能力。在危机管理中，领导者能力和素质是极其关键的要素。在危机状态下，由于时间紧、情况急，领导者必须在短时间内做出果断的部署工作，否则很可能会贻误战机。这就要求就领导者必须具备较高的危机决策能力、现场指挥能力以及临危不乱的心理素质。在地方，一些行政长官并不具备危机决策的能力，也没有处理危机的丰富经验，常常是瞎指挥、盲目指挥、错误决策，结果事态不但不能控制，反而进一步恶化。因此，领导者要学习危机管理的相关知识，不断总结经验，提高自身的非常规决策能力。

第三，提高救援队伍的危机处置能力。在突发公共事件发生后，救援队伍直接奔赴危机现场展开营救工作，是应急救助过程中不可缺少的一支重要力量。拥有一支装备精良、专业素质过硬的应急求援队伍可以在第一时间内进行人员、财产的抢救工作，避免损失的进一步扩大。目前，我们要不断提高应急求援队伍的危机处置能力，不仅要加强专业技能的训练，而且要增强不同应急队伍和不同警种(火警、武警、交警、公安、医疗等)之间协同作战的能力，从整体上提高救援的效率。

第四，提高公众的危机防范意识与危机参与能力。公众虽然不是危机处理系统内的专职人员和管理人员，但公众危机防范意识和参与意识的增强可以大大缓解危机给社会造成的损失和伤害，达到维护社会和谐的目的。因此，我们要不断健全危机的公众参与机制和沟通机制，提高大众的风险意识，经常开展公众参与的应急演练、演习以及应急知识培训等方面的活动，形成全社会共同治理危机的格局。

（二）最经济控制——过程最优与策略最优

在优化控制的过程中，除了要提高控制的时效性、稳定性和精确度等技术性能，还会涉及一个最经济控制的问题，将经济代价最小的经济指标最优化，即以最小的代价换取最大的效果。不论是常规控制还是非常规控制，在经济最优化的过程中，都会遇到两个问题：过程最优与策略最优。

所谓过程控制，是指使应急控制的过程最优化，即对突发公共事件扩散的每一阶段、每一步骤的控制实行最优化。这就要求我们在对危机事件进行分段、分时控制的时候，要力求在每一个控制时段以最小的代价换得最大的收益。所谓策略最优是指对整个控制过程通盘进行考虑，将每一阶段、每一步骤做出的决策串联成一个最优序列，其中每一决策阶段的控制未必是最优的，但每一个阶段所排成的多级过程序列组合在整体上是最优的。也就是说不必计较某一步的得失，而是关注所有步骤形成的综合效果，是应急控制总体目标的最优化。

举个例子，假设某一突发公共事件从发生到结束，一共经历了四个演化阶段，分别用 A1，A2，A3，A4 表示，在每一个阶段都对应着不同的控制方式和不同的控制代价。在控制效果都相同的情况下，我们当然会选择控制代价最小的控制。假设在 A1 到 A2 阶段有三种方案可以选择，分别为 a1，a2，a3，这三种方案对应的控制代价分别用数字表示为 1，2，3，控制效果相同的条件下，在这一阶段我们当然会选择 a1 方案，因为 a1 方案的控制代价最小，这样的选择就是过程最优。

按照这样的逻辑，我们只要选择每个阶段控制代价最小的方案不就达到控制最优了吗？比如，选择在 A2 到 A3，A3 到 A4 阶段中代价最小，然后再把它们加起来，这不就是最优控制了吗？其实这样是不对的，因为我们只是孤立地去看待了每一个控制过程，并没有从动态整体的角度去分析。

在实际控制过程中，从总体的角度来看，各个方案的选择都不是孤立的，各个阶段的方案有着不同承接关系。比如，从 A1 到 A2 阶段控制代价最小的方案是 a1，从 A2 到 A3 阶段控制代价最小的方案是 b1，但实际控制中 a1 与 b1 是不能简单相加的，因为 a1 与 b1 可能并不配套，与 a1 配套或者是具有承接关系的方案可能是 b2，而 b2 又能在 A2 到 A3 的阶段不是控制代价最小的方案。因此，这里就涉及一个整体最优化的问题，即什么样的方案组合最终可以达到整体最优化的效果，这就是策略最优化选择。

以上只是打了一个简单的比方，在策略最优的过程中，我们会用到不同的决策函数和数学公式来计算总体的代价，是一个比较复杂的过程。在运筹学中有一个动态规划最优化原理，该原理遵循了“马尔可夫”过程定义的寻优策略，其核心内容是，“一个过程的最优决策具有这样的性质：即无论其初始状态和初始决策如何，其今后诸策略对以第一个决策所形成的状态作为初始状态的过程而言，必须构成最优策略”。简言之，一个最优策略的子策略，对于它的初态和终态而言也必是最优的。由于最优策略模型涉及运筹学和数学，相对复杂，这里就不再具体展开。

就应急控制而言，其手段是属于非常规控制的。由于非常规控制的后果不定，难以清晰地勾画出危机事件的各个演化阶段，更无法准确地描述各个阶段的控制代价的期望值，因此，往往只能作出过程最优的选择。在应急过程中，由于时间紧、情况急、压力大，难以从全盘角度去考虑问题，常常进行过程最优选择，因而也就很难到达整体的最优化效果。但是，随着城市突发公共事件的频繁发生，危机风险将日益成为常态化的社会现象，所以，对风险危机的控制就会逐步从非常规控制向常规控制转变，从非常规管理向常态管理转变，从过程最优化向策略最优化发展。

城市应急管理的最终目标就是要使应急管理常态化、常规化、不断提高社会系统的自组织化程度。通过建立长效应急机制，修复和保护城市社会系统动态的自组织能力，维护城市的动态和谐。

（三）应急控制与城市动态和谐发展

应急控制的受控对象是突发公共事件，控制的目的是为了降低突发公共事件的发生频率，减少危机事件带来的损失。控制优化的目的是为了对系统进行升级，提高控制效率和效果。其实不论是控制还是优化控制，其最终的目的都是为了维护社会的稳定，促进城市的和谐发展。

在城市应急控制系统中，应急司控系统是根据被控制对象的特征来设计和建构的，司控系统与受控对象之间是控制与被控制、控制与反馈、控制与反控制的关系。突发公共事件作为一个复杂的受控对象，有其特有的构成要素、结构功能和演化周期，并随时间与环境不断互动变化。同样，应急主控系统（政府应急系统）也有着自身的控制结构和运行机制，并与外部社会组织（非政府组织、商业组织、社区等）进行互动，形成协同应对网络，来共同应对多元化的突发事件，遏制其扩散和蔓延。

在城市这样一个大的社会系统中，受控对象与司控系统体现了城市的两种社会功能。突发公共事件干扰了社会的正常运行，引发了社会的震荡，表现为城市的负功能；应急司控系统(政府应急管理系统)承担着预测风险、控制危机的社会职能，是城市正功能的体现。随着城市化的扩大，突发事件也越来越复杂和多变，政府的应急控制体系也要与时俱进，不断更新、优化、完善，来适应新的城市环境，应对新的突发事件，维护城市和谐发展。

这里需要指出的是，并不是没有冲突就是和谐，正如齐美尔所说，冲突是社会的本质。城市的和谐是一种动态的和谐，是社会在不断地对立冲突中达到的一种和谐。

突发事件的爆发频率、应急控制的能力与城市的和谐度之间有着内在逻辑联系，大致存在以下几种情况。

第一种：一方面突发事件频繁爆发，伴随次生灾害和连锁效应，社会损失重大；另一方面城市的应急机制不完善，控制力较弱。在这种情况下，城市的和谐度也较差，或称社会不和谐。

第二种：城市中突发公共事件几乎没有发生过，社会损失较少，此时，城市的应急能力应该是较弱的，社会暂时和谐。为什么这么说呢？因为在这种情况下，一旦发生突发公共事件，尤其是重大的灾害和公共危机，城市应急机制会由于没有经历过灾难的教训而显得麻痹和疏忽大意，或者即使有一定的应急能力，但也会因为没有实际应对灾害的经验而显得力不从心，所以社会处于暂时和谐。像日本，如果没有经历地震的惨痛教训，就很难有如此完备的应急机制与应急立法。美国也是，如果没有经历过“9・11”，也很难说会如此快速地提升国土的安全性。正如孟子对治理国家提出的论断，“入则无法家拂士，出则无敌国外患者，国恒亡”，其实也是一样的道理。可见，没有危机也未必是件好事。

第三种：在城市中，可预见的突发事件仍旧频繁发生，说明应急机制中的预警机制较弱。对城市和谐度而言，这里又有两种情形，一种是，如果此时城市的应急机制也不完备，则社会损失较大，城市和谐度较差；另一种是，如果此时应急机制完备且及时，则社会损失相对较小，社会和谐度一般。

第四种：在城市中，可预见的突发公共事件发生的频率越来越少，说明应急机制较完善，控制能力较强；一些不可预见的突发事件也因应急机制的完备而得到及时有效的控制，则此时，社会损失较小，城市社会处于动态的和谐之中。

在上述的四种情况中，第四种情况说明了城市的和谐是处于矛盾冲突的动态发展过程。系统论告诉我们“整体稳定，局部变化”才是社会的真正动态和谐。

我们知道，一个城市、一个社会(尤其是现代社会)想要完全杜绝突发事件的发生是不可能的，关键是要降低突发事件的发生频率，尤其是降低可预见性突发事件的发生频率，阻止不可预见的突发事件演化为公共危机，从而不断提高城市的应急能力。由于突发公共事件是不断变化的，所以要不断更新、优化和完善应对机制，以动制动，只有这样才能够应对万变和复杂的突发公共事件，才能维护城市的动态和谐。

参考文献

鲍勇剑, 陈百助. 2003. 危机管理——当最坏的情况发生时. 上海: 复旦大学出版社.

贝塔朗菲. 1981. 一般系统论的历史和现状. 科学学译文集. 北京: 科学出版社.

常绍舜. 1998. 系统科学与管理. 北京: 中国政法大学出版社.

陈栋. 2000. 管理控制论. 北京: 中国矿业大学出版社.

陈先红, 殷卉. 2004. 危机传播控制模型的建构. 武汉: 武汉理工大学学报(社会科学版), (6): 790–793.

戴健林. 2006. 论公共危机管理中的社会心理调控. 华南师范大学学报(社会科学版), (3): 117–120.

董华, 张吉光. 2006. 城市公共安全——应急与管理. 北京: 化学工业出版社.

杜钢建. 2003. 危机管理与政治问责制. 新东方, (4): 4–10.

杜正艾. 2004. 当代突发事件发展态势刍议. 云南行政学院学报, (5): 63–65.

房宁. 2005. 突发事件中的公共管理——"非典"之后的反思. 北京: 中国社会科学出版社.

冯惠玲. 2003. 公共危机启示录——对SARS的多维审视. 北京: 中国人民大学出版社.

冯仕政. 2004. 我国当前的信任危机与社会安全. 中国人民大学学报, (2): 26–30.

高小平. 2004. 规范服务性政府的定位和思考. 中国行政管理, (11): 14–16.

高小平. 2005. 危机管理方法论初探. 中国行政管理, (5): 74–78.

郭济. 2004. 政府应急管理实务. 北京: 中共中央党校出版社.

郭济: 2005. 中央和大城市政府应急机制建设. 北京: 中国人民大学出版社.

郭晓来. 2003. 对现代危机管理的几点思考. 广东行政学院学报, 15(5): 28–31.

哈肯. 1986. 协同学导论. 北京: 原子能出版社.

韩大元, 莫于川. 2005. 应急法治论——突发事件应对机制的法律问题研究. 北京: 法律出版社.

郝柏林. 1990. 混沌: 开创新学科. 上海: 上海译文出版社.

何文蛟. 1986. 反馈控制理论. 北京: 光明日报出版社.

胡宁生. 1999. 中国政府形象战略. 北京: 中共中央党校出版社.

华艳红. 2004. 论社会危机中的传播失范. 浙江传媒学院学报, (2): 10–12.

江秀乐. 1996. 系统演化发展. 陕西: 陕西师范大学出版社.

金磊. 1997. 城市灾害学原理. 北京: 气象出版社.

金以慧, 郭仲伟. 1998. 过程系统控制与管理. 北京: 中国石化出版社.

康晓光. 2002. 未来3-5年中国大陆政治稳定性分析. 战略与管理, (3): 2–15.

勒内・托姆. 1989. 突变论・思想和应用. 上海: 上海译文出版社.

雷鸣, 阎耀军. 2003. 建立城市监测、预警、预控管理系统的设想. 城市, (5): 36–37.

李程伟. 2006. 公共危机管理: 理论与实践探索. 北京: 中国政法大学出版社.

李经中. 2003. 政府危机管理. 北京: 中国城市出版社.

李锡海. 2000. 系统论方法与治安防控大格局. 山东社会科学, (3): 112–114.

林汉川. 2006. 构建我国煤矿安全生产保障体系的思考. 中国工业经济, (6): 30–36.

刘佳, 陈建明. 2007. 应急管理中的动态模糊分类分级算法研究. 危机评论, (3): 38–41.

卢佩. 1991. 混沌学传奇. 上海: 上海翻译出版公司.

罗马俱乐部. 1983. 增长的极限. 李宝恒译. 四川: 四川人民出版社.

马颖, 胡志. 2006. “非典”危机对建立社会心理干预系统的启示. 中国农村卫生事业, 26(5): 48–49.

莫纪宏. 2005. 重大责任事故中领导责任的法律审视. 北京观察, (2): 24–26.

莫于川. 2004. 公共危机管理中的行政指导措施引出的行政法学思考. 法律适用, (10): 39–42.

牛文元. 2001. 社会物理学与中国社会稳定预警系统. 中国科学院院刊, (1): 15–19.

彭宗超, 钟开斌. 2005. 我国危机决策机制的转型特点与未来选择分析. 中国行政管理, (06): 36–39.

钱学森. 1981. 系统科学、思维科学和人体科学. 自然杂志, 1: 3–9.

钱学森. 1982. 论系统工程. 湖南: 湖南科学技术出版社.

秦启文. 2004. 突发事件的管理与应对. 北京: 新华出版社.

青平. 2004. 食品安全危机中的消费者心理引导. 商业时代, (35): 69–70.

尚春明. 2005. 发达国家应急管理特点研究. 城市综合减灾, (12)6: 64–68.

佘廉, 吴国斌. 2005. 突发事件演化与应急决策研究. 中国管理科学, 14(6): 827–829.

沈荣华. 2003. 政府应急管理: 来自国际的经验. 中国社会导刊, (11): 11–13.

沈荣华. 2005. 非政府组织在应急管理中的作用. 公共管理科学, (5): 5–10.

沈荣华. 2006. 城市应急管理模式创新：中国面临的挑战、现状和选择. 学习论坛, 22(1): 48–51.

史安斌. 2004. 危机传播与新闻发布. 广州: 南方日报出版社.

史培军. 1991. 灾害研究的理论与实践. 自然灾害研究专辑. 南京大学学报(自然科学版), (11): 37–42.

史培军. 1996. 再论灾害研究的理论与实践. 自然灾害学报, 5(4): 6–14.

宋林飞. 1995. 中国社会风险指标体系于社会波动机制. 社会学研究, (6): 90–95.

宋林飞. 1999. 中国社会风险预警系统的设计与运行. 东南大学学报, 1(1): 69–75.

宋林飞. 2002. 中国社会转型的趋势代价及其度量. 江苏社会科学, (6): 31–35.

孙立平. 2002. 资源重新积聚背景下的底层社会形成. 战略与管理, (1): 18–23.

孙立平. 2004. 失衡——断裂社会的运作逻辑. 北京: 社会科学文献出版社.

滕五晓. 2005. 公共安全管理中地方政府的责任及其作用. 社会学研究, (12): 65–71.

童星. 1990. 社会改革控制论. 南京: 南京大学出版社.

涂序彦. 1994. 大系统控制论. 北京: 国防工业出版社.

万军. 2004. 新时期我国政府应急管理建设指导原则初探. 理论前沿, (06): 61.

汪明生. 2001. 冲突管理. 北京: 九州出版社.

汪玉凯. 2009. 金融危机中的电子政务建设. 信息化建设, (6): 10–12.

王二平. 2003. 社会预警系统与心理学. 心理科学, 11(4): 363–367.

王劲峰, 孟斌, 刘纪远, 等. 2005. 突发事件系统优化管理. 安全与环境学报, 5(1): 103–107.

王诺. 1994. 系统思维的轮回. 大连: 大连理工大学出版社.

王绍光, 胡鞍钢, 丁元竹. 2002. 经济繁荣背后的社会不稳定. 战略与管理, (3): 26–33.

王绍玉. 2005. 城市灾害应急与管理. 重庆：重庆出版社.

王声湧. 2005. 城市突发伤害事件及其应急管理体系. 中国公共卫生, (5): 638–639.

吴锋, 赵利屏. 2002. 信任的危机与重建. 湖北大学学报(哲学社会科学版), 29(4): 55–58.

吴国斌, 王超. 2005. 重大突发事件扩散的微观机理研究. 软科学, 19(6): 4–7.

吴江. 2005. 公共危机管理能力. 北京: 国家行政学院出版社.

夏琼. 2005. 建立公共危机应急管理体系的思考. 长江大学学报(社会科学版), 28(5): 79–82.
萧南槐. 1986. 大系统论——预测决策管理方法. 广东: 广东人民出版社.
徐浩. 2007. 基于大系统控制论的重大突发事件处理系统研究. 计算机应用研究, (2): 92–97.
许文惠, 张成福. 1997. 危机状态下的政府管理. 北京: 中国人民大学出版社.
薛克勋. 2004. 政府紧急事件响应机理研究. 中国行政管理, (2): 77–81.
薛克勋. 2005. 中国大城市政府紧急事件响应机制研究. 北京: 中国社会科学出版社.
薛澜, 张强, 钟开斌. 2003. 防范与重构: 从 SARS 事件看转型期中国的危机管理. 改革, (3): 5–19.
薛澜, 张强, 钟开斌. 2003. 危机管理: 转型期中国面临的挑战. 北京: 清华大学出版社.
薛澜, 钟开斌. 2005a. 突发公共事件分类、分级与分期: 应急体制的管理基础. 中国行政管理, (2): 102–106.
薛澜, 钟开斌. 2005b. 国家应急管理体制建设: 挑战与重构. 改革, (3): 5–14.
阎耀军. 2004. 社会稳定的计量及预警与控制系统的构建. 社会学研究, (3): 1–9.
颜泽贤, 范冬萍, 张华夏. 2006. 系统科学导论——复杂性探索. 北京: 人民出版社.
杨桂华. 1998. 转型社会控制论. 山西: 山西教育出版社.
杨雪冬. 2004. 全球化、风险社会与复合治理. 马克思主义与现实, (4): 61–75.
叶骁军, 温一慧. 2000. 控制与系统——城市系统控制新论. 南京: 东南大学出版社.
袁辉. 1996 重大突发事件及其应急决策研究. 安全, (2): 1–5.
扎德. 1982. 模糊集合、语言变量及模糊逻辑. 北京: 科学出版社.
湛垦华. 1995. 系统科学的哲学问题. 陕西: 陕西人民出版社.
张成福, 唐钧. 2007. 政府危机管理的能力建设. 中国经贸导刊, (15): 29–30.
张成福. 2003. 公共危机管理: 全面整合的模式与中国的战略选择. 中国行政管理, (7): 6–11.
张春曙. 1995. 大城市社会发展预警研究及应用初探. 预测, (1): 47–49.
张启人. 1992. 通俗控制论. 北京: 中国建筑出版社.
章友德. 2004. 城市灾害学—— 一种社会学的视角. 上海: 上海大学出版社.
赵成根. 2006. 国外大城市危机管理模式研究. 北京: 北京大学出版社.
赵红, 康大臣, 汪亮. 2006. 突发事件应急管理机理、机制与体系探讨. 中国管理科学, 14(10): 784–787.
赵士林. 2006. 突发事件与媒体报道. 上海: 复旦大学出版社.
赵伟鹏, 戴元祥. 2001. 政府公共关系理论与实践. 天津人民出版社.
郑杭生. 2004. 中国社会结构变化趋势研究. 北京: 中国人民大学出版社.
郑州, 成福锋. 2003. 透视危机事件传播链的断裂. 传媒观察, (4): 23–25.
中共中央马克思恩格斯列宁斯大林著作编译局. 1965. 马克思恩格斯全集. 第 3 卷. 北京: 人民出版社.
中共中央马克思恩格斯列宁斯大林著作编译局. 1965. 马克思恩格斯全集. 第 47 卷. 北京: 人民出版社.
中国行政管理学会课题组. 2005. 政府应急管理机制研究. 中国行政管理, (1): 18–21.
钟开斌, 彭宗超. 2003. 突发事件与首都城市应急联动系统的构建. 北京社会科学, (4): 60–64.
周孟璞. 1986. 科学技术基础. 成都: 四川科技出版社.
周天勇. 2005. 扩大就业, 减费是关键. 中国经济时报, (7): 1–4.
祝江斌, 王超. 2006a. 城市重大突发事件扩散的微观机理研究. 武汉理工大学学报(社会科学版): 19(5): 170–173.
祝江斌, 王超. 2006b. 城市突发事件扩散机理刍议. 华中农业大学学报(社会科学版), (5): 65–68.
左小德, 林福永. 2000. 系统工程. 广州: 暨南大学出版社.
[澳]罗伯特・希斯. 2000. 危机管理. 王成, 宋炳辉译. 北京: 中信出版社.
[德]乌尔里希・贝克. 2004. 风险社会. 南京: 译林出版社.

[德]乌尔里希・贝克. 2004. 世界风险社会. 南京: 南京大学出版社.

[德]乌尔里希・贝克. 2005. 从工业社会到风险社会. 见: 薛晓源, 周战超主编. 全球化与风险社会. 北京: 社会科学文献出版社.

[美]戴维・奥斯本, 特德・盖布勒. 1996. 改革政府: 企业精神如何改革公营部门. 上海: 上海译文出版社.

[美]劳伦斯・巴顿. 2002. 组织危机管理. 北京: 清华大学出版社.

[美]欧文・拉兹洛. 1997. 系统、结构和经验. 李创同译. 上海: 上海译文出版社.

[美]吴量福. 2004. 运作、决策、信息与应急管理. 天津: 天津人民出版社.

[英]安东尼・吉登斯. 2000. 现代性——吉登斯访谈. 尹宏毅译. 北京: 新华出版社.

[英]斯科特・拉什. 2002. 风险社会与风险文化. 王武龙编译. 马克思主义与现实, (4): 52–62.

A. R. 列尔涅尔. 1980. 控制论基础. 刘定一译. 北京: 科学出版社.

N. 维纳. 1963. 控制论. 北京: 科学出版社.

Beck U. 1992. Risk Society: Towards a New Modernity. London: Sage Publications.

Beck U. 1999. World Risk Society. Cambridge: Polity Press.

Douglas M, Wildavsky A. 1982. Risk and Culture. Berkeley: University of California Press.

Douglas M. 2003. Risk Acceptability According to the Social Science. London: Routledge Press.

Dror Y. 1986. Policymaking under Adversity. New Brunswick, CT: Transaction Books.

Fink S. 2002. Crisis Management: Planning for the Inevitable. Lincoln, NE: Universe.

Gaines B R 1979. General Systems Research. Quo Vadis. General Systems Yearbook, 24: 1–10.

Giddens A. 1990. The consequences of modernity. California: Stanford University Press.

Giddens A. 2000. Runaway world: How globalization is reshaping our lives. London: Routledge Press.

Heath R L. 1997. Strategic Issues Management: Organizations and Public Policy Challenges. Thousand Oaks, CA: Sage Publications.

Hermann C F. 1972. International Crises: Insights from Behavioral Research. New York: Free Press.

Rosenthal U, ′t Hart P. 1991. Experts and decision makers in crisis situations. Knowledge, Diffusion, Utilization, 12 (4): 350–372.

Rosenthal U, Charles M T, ′t Hart P. 1989. Coping with Crises: the Management of Disasters, Riots, and Terrorism. Springfield, IL: Charles C Thomas.

Rosenthal U, 't Hart P, Kouzmin A. 1991. The bureanpolitics of crisis management. Public Administration, 69: 211–233.

Rosenthal Uriel. 2001. Managing Crises: Threat, Dilemma, Opportunities. Springfield, Illinois: Charles L. Thomas Publisher Ltd.

Rowe W. 1977. An Anatomy of Risks. New York: Wiley.

Toth E L, Heath R L. 2000. Rhetorical and Critical Approaches to Public Relations. Hillsdale, NJ: Lawrence Erlbaum Associates.

Whippleoc, Covello V T. 1985. Risk Analysis in Private Sector. New York: Plemum Press.

World Health Organization. 1999. Community Emergency Preparedness: A Manual for Managers and Policy-makers. Geneva: WHO.

后　记

2005 年秋，我成为南京大学公共管理学院社会学专业的一名博士研究生，师从童星教授。在导师的影响下，我的研究兴趣发生了改变，尤其是对社会风险与危机管理产生了浓厚的兴趣。也正是在这一年，南京大学社会风险与公共危机管理研究中心正式成立，挂靠在公共管理学院，我有幸成为该中心的一位研究人员，随后我的专业也从社会学转成了行政管理专业，研究方向是公共问题与公共管理、社会风险与公共危机管理。

在南大社会学系的学习虽然只有半年，但还是使我受益匪浅的，它使我学会了如何从社会的角度来分析公共问题，如何从社会的视角来研究突发事件与公共危机。也许对于应急管理、危机管理这样的新兴学科，正需要这样一种跨学科的研究视角。

2005 年，在导师的指导下，我参与了江苏省哲学社会科学规划重点课题“江苏防范重大社会风险预警研究”（05EYA009），使我对社会风险与公共危机、应急管理之间的内在联系有了更为深刻和更为理性的认识。2006 年，我参与了导师主持的国家社会科学基金重大项目“建立健全社会预警机制和应急管理体系研究”（06&ZD025），我越来越意识到社会预警与应急管理已经成为社会各界高度关注的一个全新课题，更加坚定了我的研究方向。由于城市公共安全问题已成为众多学科的关注焦点，所以我一直在思考着如何整合这样一个多学科的研究课题。在众多的理论中我最终选择了系统论与控制论，因为它们可以使我们更全面、更系统地去分析问题、解决问题。

2008 年，我博士毕业，成为南京航空航天大学人文学院公共管理系的一名教师，2009 年，取得了硕士研究生导师资格。进入南航以来，我一直延续着对公共危机管理与应急管理的研究热情，并先后独立承担了两项校级课题：南航引进人才基金——突发事件扩散机理与应急管理（S0899-101）和南航哲学社会科学基金——城市突发事件演化与政府应急管理（V0991-101）。而这本书也是在主持课题的过程中，经过反复斟酌和思考形成的研究成果。同时，本书的出版还获得了南京航空航天大学研究生院的资助，复旦大学数学系的李海滨博士也给予了很多理论性的建议，在此特表感谢！

本书将系统论与控制论的思维方式运用到了城市应急管理的研究中，同时也是文科专业的老师用工科的系统思维方式来分析公共问题的一次大胆尝试。由于是尝试，加之本人的功底有限，所以难免存在浅薄、疏漏、错误与不足之处，敬请各位专家、同行和读者朋友批评指正！

沈一兵
南京航空航天大学
2010 年 10 月